稲荷町 グルメロード❷

Summer has come

行成 薫

ハルキ文庫

角川春樹事務所

就職難民ガール（1）

「では、自己紹介をお願いします」

「はい」

わたしは無意識に股が開いてしまわないよう気をつけて立ち上がり、ふっ、と息を小さく吐き出した。緊張するし、やっぱりこういうの慣れないなあ、とげんなりしつつ、ちょこんと頭を下げて、すぐに顔を上げる。

「御名掛幸菜《みなかけゆきな》と申します。本日はよろしくお願いいたします」

わたしは自分の名前と大学名、学部名を一通り伝えると、もう一度頭を下げた。ペコペコしすぎてもいけないし、頭を下げないわけにもいかないのでタイミングが難しい。態度、姿勢、言葉遣《づか》いと、「就活マニュアル」で学んだことを何度も頭の中で反芻《はんすう》する。たった数分でも緊張したまま集中力を切らさないようにしているのは、脳がかなり疲れる。なにしろ、一般の女子大生の日常には、こんなかしこまった言葉遣いで丁寧《ていねい》に挨拶《あいさつ》する機会なんか、ほとんどないし。

挨拶が終わると、「ご自身の長所と短所を教えてください」と、機械的な口調で質問がきた。当然、想定しておくべきド定番の質問ではあるけれど、これがやたら難しい。就活が始まってから改めて自分自身の価値というものを客観的に見つめ直してみたものの、長所と言えるような長所もないし、短所とまで言うほどの短所もない、という中途半端《ちゅうとはんぱ》さこそがわたしそのものだと思うのだ。というか、だいたいの人はそうではないだろうか。

良くも悪くも性格にエッジの効《き》いた人はいるけれども、わたしはどちらかというと、トガらないように二十年ちょっとを生きてきたタイプの人間だった。学校では、周囲と協調するために自分をぼかすのが正、という空気の中でやってきたのに、就活の時になって急にくっきりした自分の輪郭《りんかく》を求められても困ってしまう。

友達同士の輪の中なら、わたしだって多少は個性も発揮できているんじゃないかと思う。でも、就活で求められるものは、そういうものとは違った。能力、資格、学歴、経験。目に見えるわかりやすいステータスやオプションが「個性」であって、これまでの人生を平《へい》凡《ぼん》に過ごしてきたわたしは、企業から見たらきっと、無個性、没個性以外の何物でもない。

それでも、なんとか考え抜いた長所短所を言い終えると、ようやくわたしが待ちかまえていた質問が来た。よっしゃきた、と、お腹に力を入れる。この質問だけは、ちゃんと答えるべき回答がわたしの中にある。

「御名掛さんが、学校生活で特に力を入れていたことを教えてください」

「はい」

学校生活で力を入れていたこと。

所謂《いわゆる》、「ガクチカ」である。

　本来であれば、わたしはこの質問に一番困らされるはずだった。都内のそれなりに偏差値高めの大学に入ったところまではよかったけれど、大学生活は力が入る場面など一切なく、ぬるっとなんとなく消化してきたからだ。当たり障《さわ》りのないサークルにちょろっと参加してはみたけれど、本格的にスポーツとか文化活動などに打ち込んだことはないし、バイトはホテルのレストランのホール担当の一番下っ端。趣味もなく、将来に対する高い意識もなく、夢もやりたいこともなく、就活で聞かれたら、長所短所以上の難問になることは必至だった。でも――。

「わたしが大学生活で一番力を入れたのは、ある商店街の活性化のお手伝いです」

　昨年、わたしはひょんなことから、父の故郷である「あおば市」という地方都市にある商店街の活性化事業のお手伝いをすることになった。ひょんなこと、というのは、あおば市が「まちづくり若者アドバイザー」なる人材のWEB募集をしていたのを、就活に役立ちそうなボランティアやら社会活動やらを探していたわたしがたまたま見つけたことだった。

　条件は、二十五歳以下の若者であることだけ。報酬《ほうしゅう》額は、破格の年額二千五百万円。わたしは強欲《ごうよく》な友達にそそのかされ、就活のためになにかせねば、という切実な思いも相まって、勢いで応募してしまった。もちろん、まさかの合格、とはならなかったけれど、合格してアドバイザーになった瀧山《たきやま》クリスという人と知り合い、彼のアシスタントとしてプロジェクトに携《たずさ》わることになったのだ。クリスがわたしに声をかけた理由は、彼と同じことを考えていたからだった。

グルメで商店街を活性化するという、「グルメロード・プロジェクト」。

あまりにも人通りがないことで、地元民からは「ゾンビロード」と言われるほどさびれた商店街を立て直すというお仕事は、わたしの人生観を大きく変えたと思う。都内に住むわたしは、地方のシャッター商店街なんて関係のないこと、なんなら、商店街の衰退《すいたい》は時代の変化とか自然淘汰《とうた》のようなもの、とさえ思っていた。でも、人通りのあまりない商店街にもたくさんの人が住んでいて、それぞれの人生や想《おも》いがあった。そしてみんな、毎日を一生懸命《いっしょうけんめい》生きていた。

和菓子屋さんの新商品開発とか、お寿司《すし》屋さんのリニューアルとか、中華料理屋さんの新規出店とか。ただ大学生をしているだけでは経験できないことを、わたしはたくさん経験させてもらった。いつも苦悩と喜びがあって、嬉《うれ》しくて、わーっ、ってなったこともあるし、悔しくて泣いたこともある。すべての経験が大切な財産で、就活を乗り切るための唯一無二の武器にもなった。

わたしは、就活解禁前の二月いっぱいまでクリスのアシスタントをやらせてもらって、いよいよ社会人への第一歩を踏み出した。ゾンビロードはまだまだゾンビロードのままだけれど、それでも商店街のために奔走《ほんそう》した九ヵ月という日々は、わたしの人生に大きな指針を作ってくれたように思う。

「わたしは、商店街活性化のお手伝いを通して、自分のやりたいことを見つけることができました。それは、人と人とを繋《つな》ぐ仕事がしたい、ということです。御社の業務は──」

最後の質問となった志望理由に答えて、わたしの面接は終わった。終わった、と思った瞬間、バキバキに入っていた力が抜けて、どっと疲れが来た。

でも、今日の面接は本番ではない。

大学で行われた模擬《もぎ》面接だ。

面接官役をやってくれたキャリアカウンセラーの人が、お疲れさまでした、と微笑《ほほえ》む。

模擬面接は、時間にして十分に満たないほど。本番も、一次面接はおそらくこれくらいだろう。長くも感じたし、終わってしまえばあっという間だった感じもある。でも、そのった数分でわたしの人生が大きく変わってしまうと思うと、改めて怖くなる。

「御名掛さんは、考えるときに少し口が開くクセがあるので、気をつけてくださいね」

「え、開いてましたか」

「うん。うっすらと」

「す、すいません」

カウンセラーさんのフィードバックをもらって、わたしは、口を閉じる、と、念仏のように己の心に刻《きざ》み込む。実際の面接で、ああ、この子はアホの子なんだな、などと思われるわけにはいかない。

「長所短所は、ちょっと謙遜《けんそん》しすぎと言うか。もう少し自信をもって、印象に残るようなことを言った方がいいと思いますよ」

「そ、そうですね。そうします」

その後も、カウンセラーさんは、痛いほど正確にわたしの弱点を赤裸々《せきらら》にしていった。話し方や目の動きといった細かいところから、言葉の使い方や話の組み立て方まで。わたしが自信をもって言えなかったな、と思ったところは、ずばずばと指摘された。痛いのではあるけれど、痛いだけで終わらせることもできないので、ノートに逐一《ちくいち》アドバイスを書き取っていく。友達同士で面接の練習をするときのいい資料になるはずだ。

「それから、ガクチカの質問についてなんですけれども」

「はい」

「商店街のお話、とても興味深くて、面白かったです。ご自身の価値観とか、そういうものにすごく影響があったんですね」

「はい。生の声を聴くことができた、というのは大きかったと思います」

わたしが唯一《ゆいいつ》の武器と思っている「ガクチカ」の話になって、ようやく少し力が抜けた。さすがに、こんな仕事をしたことがある女子大生はそれほど多くないだろうし、インターンでもここまでの経験はできないはずだ。何かと自信がないわたしでも、実際に頑張ったことは、自信をもって「頑張った」と言える。

「ただ、その、もう一つなにかないですか？」

「も、もう一つ？」

「そうなんですよ。御名掛さんは、アドバイザーの方のアシスタントだったんですよね？」

「は、はい、そうです」

「実際、プロジェクトを主導されていたのは、アドバイザーの方ですよね」

「そう、ですね」

「アシスタントのお仕事は、事務的な？」

「あんまりきちっとは決まってなかったですけど、まあ、電話とったりですとか、お手伝い、という感じです」

「できれば、面接のときは御名掛さんがご自分で考えて達成したこととか、力を入れたことがあるといいと思うんですよ」

「……え？」

「やっぱり、企業側は主体性を求めますから、御名掛さんご自身がやったこと、の方がアピールになると思うんですよね。そばで見ていた経験もいいんですが、実際に自分が動いた経験談なんかを用意しておいた方がいいんじゃないかなと思います」

「え、あ、はあ」

「それから、人と人とを繋ぎたい、という思いはすごく響くものだったんですけれども、もう少し具体化して、実際にどういう業務に就《つ》きたいか、まで言えるといいと思いますよ。それから――」

後半は、カウンセラーの話が頭に入ってこなくなるほど、わたしは動揺していた。そっか、わたしが「貴重な経験をした」と思っていたことは、クリスの仕事を傍観《ぼうかん》していただけなんだ。いやもちろん、わたしが駆け回ったこともあるのだけど、少なくとも、言葉で伝えただけでは、わたしは傍観者だったようにしか見えないのだ、と思い知らされた気がする。

これはまずいかもしれない、と、心臓がばくばくいいだした。わたしはどこかで、「こんな経験をしている人は少ない！　素晴らしい！　採用！」というリアクションを期待していたのだろう。でも、社会はやっぱり、そんなに甘くはないようだ。前途多難、という四字熟語が脳裏《のうり》に浮かんで、亡霊のように焼きついてしまった。

クリスは、元気でやってるのかな。

わたしは、メモを書く手を止めて、ペンを置いた。窓の外は気持ちよく晴れている。今から数ヵ月後、夏休み前までに就活の大勢は決まってしまうだろう。早々と内定をもらえたら、卒業までの間はクリスのアシスタントとしてまたお手伝いしてもいいかなと思っていたのだけれど、考えが甘かったかもしれない。夏までには決められるのではないか、という希望的観測の唯一の根拠であった「ガクチカ」が、今あっさりと崩壊《ほうかい》したばかりだ。

それ以上に、クリスにはもう、わたしなんか必要ないかもな、とも思う。

クリスと一緒になって頑張っていたような気になっていたけれど、あくまでわたしはアシスタントでしかなくて、クリスの半分、いや十分の一も仕事をしていなかった。今頃はきっと新しいアシスタントが決まって、クリスのことを補佐しているだろう。あの商店街に、わたしの居場所は残っていない。

前に進まなきゃ。靄《もや》がかかったような未来に向かって、わたしは歩き出さなければならなかった。先を示してくれると思っていた光は思ったより弱くて、頼りない。でも、そうだよね、と納得はしている。結局、自分の道は自分の足で切り開いていくしかないんだ。

稲荷町グルメロード

2

Summer has come

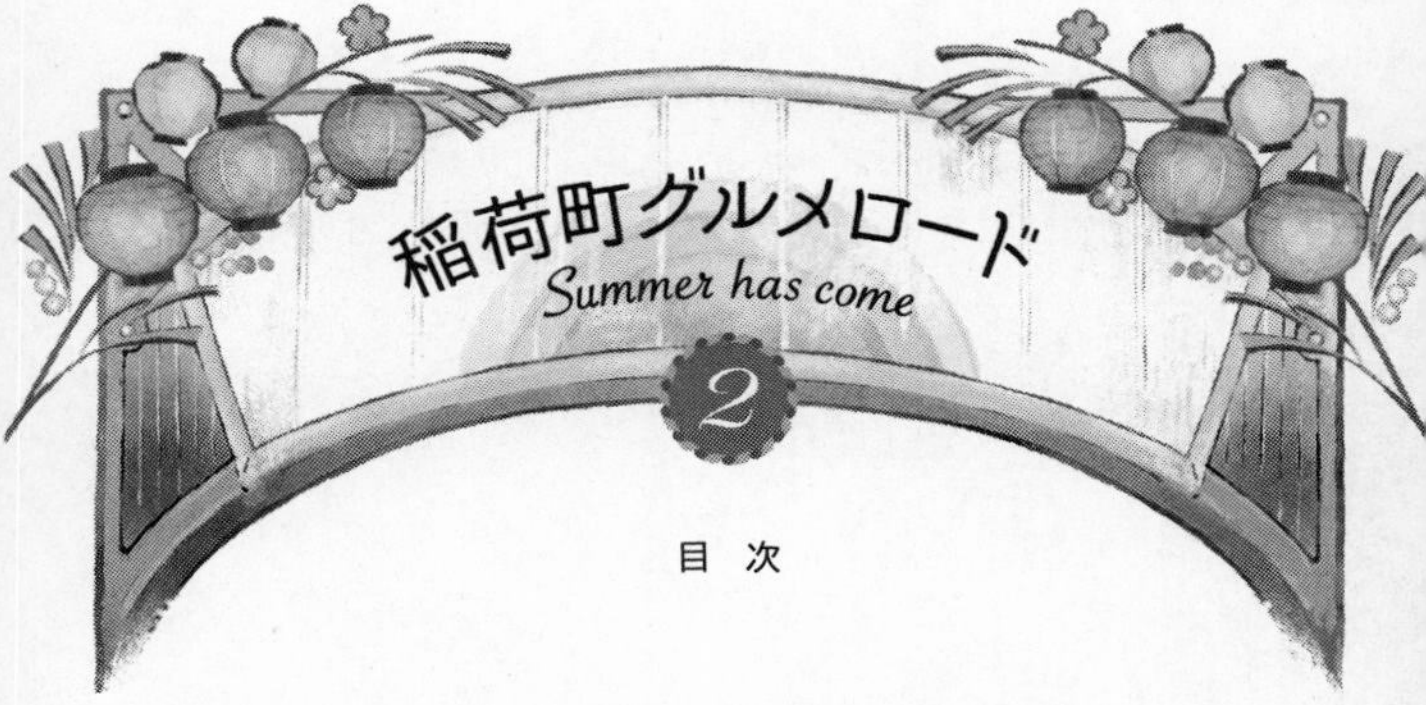

目次

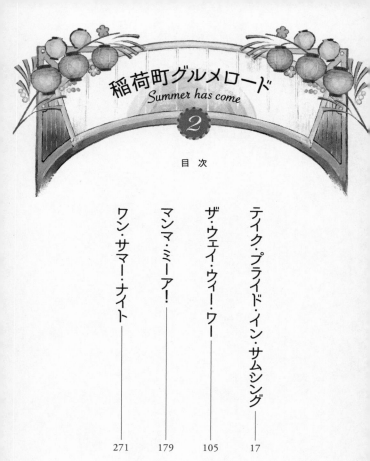

テイク・プライド・イン・サムシング

1

「瀧山《たきやま》さん、おはようございます」

「もうお昼前ですけどね」

僕が事務所に到着すると、いい香りが鼻をくすぐる。僕のデスクに、きれいな色の紅茶が注《つ》がれたカップが置かれた。淹《い》れてくれたのは、新しいスタッフのジョージさんだ。年齢は僕より少し上の三十二歳。ひょろりと背が高くて、今日はカジュアルなジャケットにくるぶし丈のパンツを合わせている。ややクセのある髪の毛はセンター分け。ウェリントン型の黒ぶちメガネがよく似合う顔立ちは優しげで、笑うと目が糸のように細くなる。寡《か》黙《もく》な人で口数は少ないが、人当たりが悪いわけではない。「ジョージ」というのは僕がつけたあだ名で、本当は吉祥寺大也《きっしょうじひろや》という大御所《おおごしょ》俳優のような名前がある。でも、彼の優しげな佇《たたず》まいからすると、「吉祥寺さん」と呼ぶのはやや堅苦しい感じがしたので、僕は、ジョージさん、と呼ぶことにしている。

「ジョージさん、慣れました？　ここ」

「はい。仕事は」

「仕事以外で慣れないことがありますか」

「ジョージと呼ばれることにはまだ慣れていません」

「え、ほんとに？」

「私の苗字《みょうじ》は、きちじょうじ、じゃなくて、きっしょうじ、なので、正しくは、ショージ、になります」

「でも、ショージ、だとなんか普通っぽいから」

「普通で何も問題はないのですが」

　ジョージさんは、元々あおば市の出身だ。大学進学のときに上京、そのまま就職してつい最近まで東京の企業で働いていた。東京では、「吉祥寺《きちじょうじ》」ではなく、隣駅の三鷹《みたか》駅近くに住んでいたそうで、友達や同僚《どうりょう》からは「なんで三鷹なんだよ」などとよくツッコまれていたらしい。自分は「きちじょうじ」じゃなくて「きっしょうじ」なんだ、という意識が、住む家を一駅先に押しやったのかもしれない。人それぞれ、小さくも譲《ゆず》れないプライドというものがあるものだ。

　そのジョージさんは、今年の春、会社を辞めて地元にUターンしてくることになった。きっかけになったのが、実は僕だ。

　僕の事務所がある「サンロードあおば」こと稲荷町《いなりまち》商店街は、ルーツを辿《たど》ると江戸時代まで遡《さかのぼ》るという歴史ある商店街だ。でも、全国津々浦々で起きている商店街衰退《すいたい》の波に呑《の》まれ、ここ二十年で来街客数は激減、売り上げの低迷や店主の高齢化でお店の閉店も相次《あいつ》いでいて、すっかりシャッター商店街の様相を呈《てい》している。あまりにも人がいないものだから、B級ゾンビ映画のロケ地として使われたこともあって、地元では「ゾンビロード」

と揶揄《やゆ》されている。

昨年四月に新しくあおば市初の女性市長となった若木戸《わかきど》はるか市長は、市内の商店街活性化事業を市政の軸の一つに置いていて、就任早々「二十五歳以下の若者を商店街活性化のアドバイザーに任命する」という奇策に打って出た。しかも、報酬《ほうしゅう》は年額二千五百万円の四年契約、つまりは総額一億円だ。市長自身の報酬よりも高い。書類審査とプレゼンを経《へ》て、活性化事業の第一弾となる稲荷町商店街のアドバイザーに選ばれたのが、昨年時点では二十五歳だった僕だった。

若者がさびれた商店街を救うというストーリーは、メディアには受けがいい素材だ。そのせいか、僕のところには地元紙や地方局からの取材がちょこちょこ舞い込んでくる。半年ほど前には、在京キー局の夕方の情報番組で僕のことが取り上げられた。その番組を、ジョージさんは見ていたそうだ。地元の商店街を盛り上げようとしている若者がいることを知って、自分も故郷に貢献《こうけん》したいと思ってくれたらしい。先日、僕が事務所スタッフを募集《ぼしゅう》したところに、ジョージさんはUターン希望で応募してきてくれた。もちろん、即採用。ジョージさんの最大の特技は「異常においしく紅茶を淹れてくれること」だが、任せている業務はWEBサイトやSNSの運営・管理と事務所のPC周りの構築・保守で、決して紅茶淹れ係ではない。

契約形態《けいたい》は、申し訳ないけれども現段階では契約社員だ。市の「まちづくり振興課」と連携《れんけい》して予算の一部を振ってもらえるとはいえ、瀕死《ひんし》の商店街を立て直すための資金は決して潤沢《じゅんたく》ではない。スタッフさんのお給料や経費は、僕が受け取っている二千五百万円の報酬の中から支払わなければならないので、僕が設立した会社『スリーハピネス』の正社員として迎え入れるだけの余裕はまだない。「僕の会社」などと言ってはいるけれど、稲荷町商店街活性化事業のために便宜的《べんぎ》に立ち上げた会社なので、正社員はゼロ。社長である僕以外は、契約社員とアルバイトの二名だ。

あまり待遇《たいぐう》がよろしくないので、募集をかけても応募はほとんどこなかった。でも、ようやく来てくれたジョージさんとの面接では、下手《へた》に隠し事はせずに、ありのままを正直に話すことにした。今は条件として提示できるのはボーナスなし、昇給なしが限界で、僕のアドバイザー任期である四年経過後の見通しすらついていない。ジョージさんは一瞬頬を引きつらせたが、「実家暮らしになるのでなんとか」と受け入れてくれた。ジョージさんの応募理由は「地元に貢献したい」という純粋《じゅんすい》な気持ちだったようで、飄々《ひょうひょう》とした印象とは裏腹に、志《こころざし》と熱量のある人だと思った。そういう人が来てくれたことを、神様に感謝するばかりだ。


「ジョージさん、お昼食べました？」

「いえ、まだです」

「じゃあ、どっか行きましょう」

「はい」

「今日は、ラーメンにしようかなって思うんですけど」

僕が「ラーメン」と言うと、ジョージさんは少しだけ表情を変えて、「例の」とうなずいた。

「そう、例の」

「わかりました。大丈夫です。行きましょう」

事務所は開けっ放しのまま、男二人で外に出る。施錠《せじょう》だの警備だのと神経をとがらせなくてもあまり問題にならないおおらかさが、田舎町《いなかまち》のいいところだ。

ラーメン店に向かう前に、振り返って事務所を見る。元は呉服屋さんが店を構えていた建物で、昨年からは僕のアドバイザー事務所として使わせてもらっている。以前は、奥行きの広い空間のど真ん中にどかんとデスクを置いていただけだったけれど、春からの改装工事を経て、新しく生まれ変わった。商店街の通りに面する部分は全面ガラス張り、内装は木の温かみを感じる空間にしてある。デザインは、僕の友人でもある建築デザイナーの藤崎文香《ふじさきあやか》が手掛けた。優秀な若手デザイナーで、商店街のお店のデザインもたびたびお願いしている。

新事務所の一階は、事務所スペースと、誰でも気軽に利用できるフリースペースを整備した。Wi-Fiも使えるし、簡単なカフェメニューも提供しているので、コワーキングや商談にも使ってもらえるはずだ。壁には、商店街の求人募集や店舗物件の賃貸《ちんたい》情報も掲示できるスペースも作った。ここから何か新しいお店や展開が生まれてほしいな、と思っているけれど、まだ掲載情報は数件しかないのが現状だ。

古びた商店街の真ん中に突如《とつじょ》誕生したモダンな事務所に、僕は「Ina-Link《イナリンク》」という名前をつけた。稲荷町商店街の「いなり」と、たくさんの繋《つな》がりを生んでいきたいというイメージの「リンク」という言葉を結びつけた造語だ。この手の命名センスがあまりない僕にしては、いい感じの名前がつけられたと自負《じふ》している。

去年の今頃は、当時アシスタントをしてもらっていた御名掛幸菜《みなかけゆきな》と二人、殺風景な事務所で仕事をしていたなあ、と思い出す。彼女は就職活動のためにアシスタントを辞めてしまったけれど、彼女にも「Ina-Link」を見てもらいたかったな、と思う。きっと、新しいことが始まる予感にわくわくしてくれただろう。

僕がさあランチに行こう、と歩き出してすぐ、小柄《こがら》な女の子が向かってきているのが見えた。服装は、オーバーサイズのスウェットにワイドパンツというユルめの格好《かっこう》。髪型は相変わらず派手《はで》で、肩くらいのミディアムヘアに真っ赤なエクステンションを編《あ》み込んでいる。彼女は「Ina-Link」の雑務全般を担当してくれるアルバイトさんで、名前は砂町《すなまち》みなみ。地元出身・在住の二十歳のフリーターだ。言葉遣《づか》いなどは誰に対しても戦慄《せんりつ》のタメ口で方言も全開だけれど、そこが妙に面白かったのと、友人も多くて地元に精通しているというところを買って、アルバイトとして採用したのだった。みなみは僕とジョージさんを見つけると、「うぃー」と、日本語にしがたい挨拶《あいさつ》をしつつ、手を挙《あ》げた。

「どっかいくん？」

「早めのお昼にいこうかと思って」

「え、マジ？　どこ？」

ジョージさんが「ラーメンの予定です」と答えると、みなみは口元を引きつらせて、

「あー」「あいつんとこか」と苦笑いをした。

「みなみも、一緒に行く？」

「あそこはパス」

「飲食代、経費で落ちるけど」

「え、マジ？　どうしよっかな」

みなみは少し、うーん、と迷っている様子だったけれど、「やっぱりパス」と首を横に振った。

「そっか」

「やっぱさあ、こってりしてんとラーメンじゃないじゃろ？　あそこんじゃ、食った気しなそうじゃもん」

「そういうもの？」

「太麺《ふとめん》こってりスープで、にんにくドバドバ入れて、最後に白ご飯ぶっこんでメ《しめ》る、みたいなんじゃないと、ラーメン食う意味ないんよ」

胃が若いですね、とジョージさんが呆《あき》れたように言うが、この近辺に住む若者は、みなみと同じように、油分が多いスープに食べ応えのある太麺、というスタイルのラーメンを

好む人が多いようだ。どうやら、郊外に若者が集まる有名店があって、深夜でも駐車場がいっぱいになるほどの人気らしい。みなみ曰《いわ》く、そのお店のラーメンがあまりにも定着しすぎていて、それ以外のラーメンでは物足《ものた》りなく感じる体にされてしまっている、という話だった。なんて恐ろしいラーメンなのか、と、思わず笑ってしまう。

「じゃあ、事務所をよろしく。三十分くらいで戻ってくるから」

「はいよー」

ダルーい、というみなみのぼやきを背に、改めて、商店街の中の、とあるラーメン店を目指して歩き出す。今日も、いつものように商店街を歩く人の姿はほとんど見かけない。

でも、アーケードの天井越しに見える空は晴れていて気持ちいい。

東京も、今日は晴れているだろうか。

2

お待たせしました、というくぐもった声とともに、僕の目の前のカウンターに、底の深い白のどんぶりがそっと置かれた。覗《のぞ》き込むと、黄金《こがね》色の透《す》き通ったスープに、麺線をきれいに整えられた細麺が盛りつけられている。スープから頭を出した麺の上には、青ネギと一緒に小さく刻《きざ》まれた柚子《ゆず》の皮が散らされていた。それだけで、ぷんとさわやかな柑橘《かんきつ》の香りがする。

具は、別のお皿に載《の》ってやってきた。ＳＮＳに投稿されることを考慮《こうりょ》して、美しく整えた麺を具で隠さないようにするためだろう。スープの温度を下げない、という目的もありそうだ。見た目の違うチャーシューが三種類。低温調理されたピンク色のもの、炙《あぶ》ったもの、そして豚ではなく、鶏むね肉のチャーシュー。他には、柔らかそうな煮卵と穂先《ほさき》メンマ、鮮《あざ》やかな緑色の青菜。見た目の美しさは文句なしだ。こってり派のみなみには物足りないのかもしれないけれど。

稲荷町商店街に先月オープンした『麺匠《めんしょう》・弓張月《ゆみはりづき》』は、近隣にはあまりないスタイルのラーメン店だ。店構えは懐石料理でも出しそうな高級感で、店内は間接照明を使って落ち着いた空気を醸《かも》し出している。ＢＧＭも、雰囲気《ふんいき》のいいジャズだ。都内であれば、近年比較的よく見る感じのお店だけれど、昔ながらの中華そば屋さんや、若者向けのジャンクなお店が主流のこの辺《あた》りでは、なかなかこういったお店にはお目にかかれない。

いただきます、と手を合わせて、スープを一口頂く。どんぶりの底まで見えるほど透明なスープなのに、舌にはとてつもなく複雑な味の波が押し寄せてくる。以前、店主に聞いたところによると、スープのベースは日本三大地鶏の一つである比内《ひない》地鶏。鶏ガラではなく、丸鶏を使っているそうだ。その他にも三重《みえ》県桑名《くわな》の蛤《はまぐり》、そして宇和島《うわじま》産のブランド真鯛《まだい》、と、高級食材を惜《お》しげもなく使っている。口に含んだ瞬間、爆発するように鼻を通り抜けていく香りの素《もと》は、白トリュフを使ったトリュフオイル。個性の強い高級食材たちがひとつのスープにきっちりとまとめられているのは、さすがとしか言いようがない。麺は、すすり心地のよいつるつるとした食感ながら、適度にもちもちとした弾力も感じる自家製麺だ。しっかりとした小麦の香りは、強いスープにも負けることなく口の中で主張する。総合すると、かなりハイレベルな一杯だということが、素人《しろうと》の僕にでもわかる。

「ジョージさん、このラーメン、やっぱりめちゃくちゃおいしいですよね」

「味はもう、間違いなく」

隣で、ジョージさんが真顔で「うまい」と唸《うな》る。でも、僕たちのリアクションとは対照的に、昼時にもかかわらず、お店には他のお客さんの姿はなかった。

「石垣《いしがき》さん、お店の調子、いかがですか」

「いかがですかって、見ればわかるでしょうよ」

カウンターの向こう、従業員の女性の隣で不機嫌《ふきげん》そうな顔をしているのが、『弓張月』店主の石垣弓英《ゆみひで》さんだ。元は都内で働く会社員だったが、仕事のかたわら、趣味で投稿していたラーメンブログの人気に火がつき、有名ラーメン評論家と言われるまでになった。都内近郊を中心に日本中のラーメンを食べ歩き、分析《ぶんせき》、採点、SNSでの発信をしてきた人で、その数、五年間でのべ二千件。ほぼ毎日、一、二杯のラーメンを食べていた計算になる。

その石垣さんが、満を持して自分の店を出店することになった。それが、この『麺匠・弓張月』である。蓄積した知識と有名ラーメン店との交流で得たノウハウを存分に生かし、

究極の一杯を提供する、と、鳴り物入りで開店したお店だったのだが、開店一ヵ月でもう
すでに閑古鳥《かんこどり》が鳴き、お店の存続危機に陥《おちい》っていた。

「その、もしご希望であれば、僕たちが集客のお手伝いもできると思うんですが」

「前に言っただろ。人の手なんか必要ないから、うちは」

「でも、今のままですと――」

「そのうち、口コミが広がって行列ができてくるんだよ！　市内に、うちよりまともなラーメン出してる店、他にないんだから。もうじき、気づいた客が集まってくるの！」

「ですから、そのお手伝いをできればと」

「いらねえっていってんだろ！　ほっとけって！」

声を荒らげる石垣さんの剣幕に、横で従業員の女性が肩をすくめる。

「そう、ですか」

「だいたい、あんただって、ざまあみろ、とか思ってんだろ？　なあ」

苛立《いらだ》つ様子の石垣さんをじっと見る。自信と余裕を失って、視点が定まっていない。本来は、ここまで攻撃的な態度をとる人ではないのだ。自信に溢《あふ》れていて、それがちょっと過剰《かじょう》、というくらいだった。

少なくとも開店前までは。

3

「はじめまして。稲荷町商店街アドバイザーの、瀧山クリスと申します」

「ああ、君が例の〝一億円の男〟かあ」

僕が『麺匠・弓張月』を初めて訪れたのは、先月頭、『弓張月』の開店を間近に控《ひか》えた頃のことだ。店主の石垣さんは、僕のことを知っていた。ジョージさんと同じく、東京で放送された僕の特集番組をたまたま見ていたそうだ。開店準備に忙しそうな様子だったが、それでも石垣さんは名刺交換に応じてくれた。

稲荷町商店街への新規出店は、ここ十年、僕が知り合い経由で誘致《ゆうち》したイタリアンバル『トゥッティ・フラテッリ』と、アドバイザーとして新規出店のお手伝いをした中華料理店『三幸菜館《さんこうさいかん》』の二店だけだ。そもそも、商店街の住人にとっては新規出店自体が珍事《ちんじ》、という状況なのに、誰も知らないまま急に商店街の一角で工事が始まり、どうもそこにラーメン店が入るらしい、という噂《うわさ》が聞こえてきたので、挨拶に行ってみたのだった。

「その、〝一億円の男〟というのは言い過ぎなんですけど」

「でも、不動産会社の人間も君のことを知っていたよ。この辺りじゃ有名人らしいじゃないか。第一、俺がこの商店街に店を出そうと思ったのは、君がきっかけでさ」

「僕、ですか」

「そう。君のことをたまたまテレビで観てね。年二千五百万円で、若い子が商店街の復興をやってるなんて、話題になりやすいし、キャッチーでしょ。いずれ、注目が集まると思うよ。間違いなくね」

「ありがとうございます。微力《びりょく》ではありますが、みなさんのお力になれたらと思いますので、よかったらぜひ、お手伝いを――」

「ああ、そうじゃねえんだ。勘違いしないでほしいんだけど」

僕が商店街出店時にアドバイザーとしてできるお手伝いについて説明しようとすると、石垣さんは薄笑いを浮かべながら首を横に振った。

「勘違い？」

「君の話題性は素晴らしいと思うんだけど、俺は君と馴《な》れ合うつもりはないんだ。あくまで、君の知名度を利用させてもらいたいだけ。うちの店が話題になって集客できるようになれば商店街に来る人も増えるんだし、君にとっても悪い話じゃないだろ？」

「その、お互い協力しあえた方が、相乗効果も見込めると思うんですが」

「要《い》らないよ、そんなの。うちはうちだけでもやっていけるから。どうせ、自治体だって、若い君を広告塔にしてるだけでしょ？　都内でさんざん成功店を見てきてるし、そのやり方も熟知してるから。うちは君みたいな素人に頑張ってもらわなくたって大丈夫なんだ」

「でも、地方の商店街というのは都内と違って特殊な環境なんです。最近は振興会のみなさんも活性化に前向きになってこられていますし、連携した方が、お店の経営もスムーズにいくんじゃないかと」

　ああ、それなあ、と、石垣さんは肩をすくめた。

「あんまりきついこと言いたかないんだけどさ、商店街の組合なんて、もう時代に合ってないんだよ。どうせなあ、バブルの時代までの成功体験にしがみついて旧態から変わることもできないじいさんばあさんが、お互いの足を引っ張りあって出る杭《くい》を打つような組織でしょ？　ここの商店街、うまく行ってるお店なんてほとんどないじゃない。商店街っていうフレームの下で、常連ばかり相手にしてまともな企業努力もせずにきたから、シャッターだらけの商店街になってるわけでしょ？」

「少なくとも、もう一度賑《にぎ》わいを取り戻そうと頑張っている方々もいらっしゃるので」

「君だってさ、ほんとはわかってるでしょ。極論かもしれないけどね、ここにいる連中を全員追い出してさ、競争力のあるお店を誘致して、スクラップ・アンド・ビルドしないとダメなんだよ。振興会なんて言って馴れ合ってるから時代に取り残されてるんであってさ。競争社会なんだから、商店街に出店してる全店がライバルであってしかるべきだろう。お互い切磋琢磨《せっさたくま》して、ダメな店は淘汰《とうた》される。実力店が生き残る。そうやっていかないと、今の時代、商店街の再生なんかできっこないよね」

「その、ならなぜ、石垣さんはこの商店街に出店することにされたのですか？」

「一つは、君の広告塔としての効果を利用させてもらいたいから。そして、ここはバカみたいに家賃相場が安いんだよね。その上、自治体から補助金もでるし、市が関わっているから、地元銀行も結構金を出してくれるし。出店にかかる資金が軽減できるから、その分原価に金を掛けられる。魅力は、その一点だけかな」

「でも、集客数を考えたら、都内で出店する方が明らかに有利ですが」

「まあ、それはそうなんだ。商売のことだけを考えたらそうだよ。でも、俺にも夢ってやつがあるんだよ」

「夢？」

「例えば、うちのラーメンは、一番基本のメニューを千円で出そうと思ってる。全トッピングすると千六百円。大盛りにしたら千八百円。君は、その価格設定をどう思う？」

「都内であっても高めですし、この辺りですと平均で六百五十円くらいですから、かなり攻めた価格ではあるかなと思います」

「そうだろうね。でも、俺のラーメンは、その辺の六百五十円のまがいもんとはわけが違う。無添加《むてんか》、無化調。素材も作り方も一切の妥協《だきょう》をしてない。正直、千円で出すのも厳しいくらいでさ。都内で出したら、家賃と人件費もあって、千五百円に設定しないと元が取れないと思うね。さすがに、その設定じゃ厳しいってのは俺だってわかるよ。でもさ、パスタだったらどうだ？　千円だったら安い方、二千円くらいでもそこまで割高感ないだろう？　なんでパスタはよくて、ラーメンだと高いって言われるんだ？　作る手間ならはるかにラーメンの方が工程かかってるのに」

「それは――」

「最近のラーメンてのは、職人の仕事なんだよね。脱サラした初心者が適当にやって作れていた時代とはわけが違う。一杯千円が高いなんて、ほんとは冗談《じょうだん》じゃないんだ。だから俺は、できる限り原価率を上げた本物のラーメンを作って、世の中の価値観を変えてやりたいんだよ」

「それと、商店街に関係が？」

「名店てのはね、例外なくストーリーがあるもんなんだ。うちが行列を作って商店街を蘇《よみがえ》らせた、なんてことになったら、いいストーリーになると思わないかい？　最近はね、イタリアンとかフレンチの有名シェフも、あえて郊外や地方に店を出すことが多いんだ。そこで、地方なのに予約がいっぱいで取れない、っていうブランディングをするわけだよね。食べたいのになかなか食べに行けない、っていう飢餓《きが》商法とも言える。で、そういう伝説を引《ひ》っ提《さ》げて、都心に店を出すんだ。そうすれば、ラーメン一杯二千円でも食べたいと思ってくれる人は出てくる」

「じゃあ、目標はやっぱり、都内での出店なんですか」

「儲《もう》けようと思ったら、そうするしかないよ。でも、ラーメンがちゃんと儲かるビジネスになればさ、今みたいに、ブラックな環境でボロボロになりながらラーメンを作り続けるようなことはしなくてよくなる。頑張れば稼《かせ》げる、っていう夢も持てるし、もっと業界のレベルも上がっていくだろう。俺の夢は、儲ける以上に、ラーメンを寿司と同じくらいの芸術とか文化の域にすることなんだよ」

かつての自信に満ち溢れていた石垣さんのことを思い出しつつラーメンを食べ終え、ジョージさんと連れ立って『弓張月』を後にする。ラーメンを文化にしたい、と言っていた石垣さんの想いとは裏腹に、現実はやはりそう甘くはなかった。どれだけおいしいラーメンでも、稲荷町近辺での相場を超えれば、「高い」という印象を与えるし、さらに千円を超えるとなると、多くの人の選択肢《せんたくし》からは外れてしまう。

中には、それでも食べてみたい、と思うラーメン好きもいるだろうが、ここではそういう人の数は首都圏《しゅとけん》ほど多くない。商店街付近の住人のほとんどは高齢者で、限られた年金での生活の中、ラーメンに千円出そうと考える人は稀《まれ》なのだ。若年層も、首都圏在住者と比較すると平均年収は八割程度で、年百万円ほどの差がある。肉体労働従事者の割合も高いこともあって、上品で高級感のあるラーメンよりも、安くて、お腹いっぱいになって、わかりやすく味が濃いラーメン屋に客が集中してしまう。

石垣さんは、それでも市内や近隣から客が呼べるだけの話題性が自分の店にはあると踏んでいた。さらに、僕の活動も宣伝的な補助になると考えたようだ。けれど、石垣さんが考えている以上に、稲荷町商店街には人が来ないのだ。交通の便も悪いし、騒音対策で深夜営業も条例で禁止されている。胸を張って言うことではないけれど、伊達《だて》に「ゾンビロード」と呼ばれているわけではない。

「瀧山さん、どうしますか、ここ」

「なんとかしたいんですけど、石垣さんが受け入れてくれないことには手の打ちようが」

「ですね」

「でも、協力するとしても、まずは単価を抑えてもらうようにお願いしないといけないと思うんですよね。せめて、一番安いメニューで八百円台まで。そうなったら、素材の質も少し落とさないといけないし、石垣さんは受け入れられないかもしれない」

「私もそう思います。受け入れてもらえそうにないですね」

「良くも悪くも、石垣さんのラーメンはレベルが高すぎるんですよね。原価を抑えて一杯八百円で出せたらいいんですけど、あれだけ完成された状態から質を落とすっていうのは、きっと石垣さんのプライドが許さない」

ジョージさんは軽くため息をつくと、やれやれ、といった感じで首を横に振った。

「経験上、プライドを持つのはあまりよくないですが」

「ジョージさんはあんまりないですか、プライドとかこだわりとか」

上司が年下は嫌だ、とか。と、僕はさりげなく付け加えた。

「ええ。ないです。就職するときに、学生はプライドを折られますから。上司が年下でも一向にかまわないですね。有能なら」

いいですね、有能な上司、などと言って反撃をかわしつつ、僕はジョージさんの言葉に納得してしまった。思えば、僕にとってもプライドなんて邪魔《じゃま》なものでしかなかった。母がフィリピン人でハーフの僕は、そう多くはないものの、人に上からものを言われることもままあった。そこで反発すれば諍《いさか》いになるだけで、自分が折れてしまった方が人とぶつかることも少なくなる。そういうものだ、と受け入れてしまえば、思い悩む必要もなくなる、と学んだ。石垣さんはラーメンを知りすぎてしまっただけに、下手なものは作れないというプライドに縛《しば》られ、苦しんでいるのではないだろうか。

「でもさすがに、プライドを捨てろ、なんて、石垣さんに言えないですよね」

「そうですね」

脳裏《のうり》に、ふわりと幸菜の顔が浮かんだ。今頃は、彼女も就活の真っ最中だろう。もともとプライドが高いタイプではないけれど、それでも彼女なりに曲げられないものがあって、それが人間としての軸になっているような人だった。その小さいプライドを打ち砕《くだ》かれて、彼女が彼女でなくなってしまったら悲しいな、と思う。

4

「丸一年かかって、新店はたったの四店舗。しかも、うち二店舗はもう撤退《てったい》寸前だって言うじゃないか。本当に、あの〝ゾンビロード〟を立て直す気があるのか？　君は」

「一年目は足固めと思っていますので、店舗誘致を本格化させるのはこれからです。まずは商店街の方々との連携を取るのが第一でしたし、そこは一年かけてやってこられたと思っています」

「君は、去年からずっと同じことを言ってるぜ？　ミスター一億円」

月一で行われる、市側との定例報告会。今回は昨年のアドバイザー業務開始から丸一年ということで、商店街活性化事業の外部監査委員も交《まじ》えた報告会になった。出席者は、錚々《そうそう》たる顔ぶれだ。市庁舎内の殺風景な会議室で、僕の向かい側に座っているのが若木戸はるか市長。僕から見て右側の市職員席には、「まちづくり振興課」の井毛田《いけだ》喜久《よしひさ》課長をはじめ、担当課の職員がずらりと。左側の監査委員席は、市議会議員が二名、市内の大学の教授が一人。そして、地元、あおば商工会議所の会頭・原監物《はらけんもつ》氏。「会頭」とは、商工会議所のトップのことだ。僕の定例報告会に監査委員、そして原会頭が出席するのは、初めてのことだった。

僕が二週間かけて作った初年度のレポートをめくりながら、次々ときつめの指摘をしているのは、井毛田課長だ。あまり政治的な事情について僕が首を突っ込みたくはないけれど、井毛田課長以下市職員はどちらかといえば前市長のやり方に馴染《なじ》んでいる人が多く、市政に対してはやや保守的だ。長年、あおば市議会で多数派を占《し》めていた旧勢力を破って当選した改革派の若木戸市長とは、あまり反《そ》りが合わない。当然、市長肝入《きもい》りの「まちづくり若者アドバイザー」に予算を割《さ》くのも面白くは思っておらず、僕に対しての当たりはどうしても強くなりがちだ。

「あのねえ、君がのんびり地元の人間と遊んでいる間に、いったいいくらの血税が使われたと思ってるんだ？　前にも言ったがね、市税というのは市民の皆さんからお預かりした大切な金なんだ。ちゃんとした結果を出せないなら、任期を待たずに辞めてもらいたいね」

「ちゃんとした結果、と言いますと」

「四年間で、新規三十店の誘致、および商店街の店舗稼働率八十パーセントの達成。それが最低ラインだと思うけどね」

最低ラインが奇跡のレベルですね、と思わず皮肉を返しそうになったが、そこはぐっとこらえる。ここで課長と対立しても、いいことはなにもない。

「確かに、それが達成できれば、間違いなく稲荷町商店街は賑わいを取り戻すでしょうが、契約書上、そういった具体的な目標を定めた条項はなかったはずです」

「そんな呑気《のんき》な返事をしてる場合か？　市民の税金を一億円以上かける事業なんだぜ？　地方の一億は、金満東京都の一億とはわけが違うんだ。頑張りましたけど商店街のお店の数は大して変わりません、ろくに儲けも出ていません、じゃ、市民のみなさんからしたら、事業は失敗、一億円がパーなんだよ！　学生のボランティアじゃないんだ！　君は！　四年後、もし商店街が閑散《かんさん》としていたら、当然、市長の責任が問われることになるんだぞ。君にとって恩義ある市長の責任問題に発展してもいいのか？　よくないだろ？　達成できれば、じゃないんだよ！　達成しろ！　できないなら辞めろ！」

井毛田課長は市長と目を合わせることなく、僕に向かって怒鳴《どな》り声をあげた。毎度毎度、報告や稟議書《りんぎしょ》を上げるごとに課長から嫌味《いやみ》を言われてきたので、僕もだいぶ慣れっこになってきてしまっていたが、今日は市長や監査委員がそろっているせいか、いつもよりもヒートアップしている。いや、ヒートアップしているように見せている、と言った方が正しいだろうか。

僕もさすがに、なにもこんな言い方をしなくてもいいのに、とは思うし、わかりましたよ、じゃあやってやりますよ、などと柄にもなく啖呵《たんか》を切りたくもなるけれど、お腹に力を入れて我慢《がまん》する。笑顔を作って、「頑張ります」とだけ答えた。できます、やります、という言質《げんち》を取られてしまったら、また面倒なことになってしまう。

市長はむっつりと口を閉ざしたまま、何も言わない。僕がちらりと目を向けても、視線が交わることはなかった。元アナウンサーで、支持者の前では「はるかスマイル」を絶《た》やさない市長だが、もちろん、その実は政治家としての強《したた》かさや野心を備《そな》えた人だ。部下である市職員にこれだけの物言いをされれば、きっとプライドも傷つくだろう。黙っているのは、僕がまだ目に見える実績を上げられていないせいだ。

「井毛田君ね、まだ一年なんじゃし、そうカリカリするもんじゃあないよ」

会議室が静まり返る中、突如《とつじょ》口を開いたのは原会頭だった。七十過ぎの老人だが、がっちりとした体格の持ち主で、ライオンのたてがみのようにボリュームのある白髪もなかなかの迫力だ。腹に響いてくる低い声も、妙な説得力を感じさせる。会議室の空気が一瞬でがらっと変わった気がした。

「いや、しかし……」

「彼のような若者がね、我々、商工会議所にも手が出せなかった問題に立ち向かってくれているわけじゃあないか。市内の商店街の復興は、我々にとっても悲願での。貴重な存在じゃし、もう少し市も協力的に接してあげてくださいや」

結局、原会頭のとりなしもあって、定例報告会はなんとか無事に乗り切ることができた。井毛田課長は終始不機嫌そうな様子で、散会になると真っ先に会議室から出て行ってしまった。市長も、僕には声を掛けずに退室して、がらんとした会議室には僕と原会頭の二人が残っていた。

「先ほどは、フォローしていただいてありがとうございました」

なぜか会議室に残って片づけをする僕を眺《なが》めている原会頭に、とりあえずのお礼を述《の》べる。僕から話しかけたのは、じっと見られて間が持たなくなったせいもあるけれど、どことなく、原会頭が何か話をしようとしているように見えたからだ。

「いやあ、礼には及ばん。井毛田君は昔から情熱が先走るタイプでね。商店街の問題も、自分がずっと最前線でやってきたちゅうプライドがあるんじゃろなあ。あんたには関係ないことじゃし、これまで通り、頑張ってくれりゃあいいんよ」

「はい、ありがとうございます」

「あんたは、こっち来る前に東京で飲食コンサルタントの仕事をやっとったらしいの」

「あ、そうです。大学在学中から入社しまして、六年ほど在籍しました」

「若いのにいっぱしのキャリアじゃね。会社はどこにおった？」

「ご存じかわかりませんが、ピッサンリ、という会社です」

原会頭は、ああ、と相槌《あいづち》を打つと、よく知っている、と言うように大きくうなずいた。

「ピッサンリね、知っとるよ。片町《かたまち》君のとこじゃろ」

「あ、そうです。ご存じですか」

片町君、と原会頭が言ったのは、僕が稲荷町商店街活性化事業にかかわる前に在籍していた都内のコンサル企業、「株式会社ピッサンリ」の代表・片町大徳《だいとく》社長のことだ。片町社長は、親を病気で亡くして大学進学を諦めようとしていた僕を、特別に学生社員として採用してくれた恩人だ。僕は働いて学費を稼ぎながら大学に通い、卒業することができた。独立した今も、社長には足を向けて寝られない。

「片町君は、この辺りの出身でね。今はもう引退されたが、ご両親が市内で商売をやられておった。その関係もあって、何度か会ったことがあっての。そうか、彼のところにいたなら、心配はいらんの。どうりで優秀なわけじゃな」

「僕も、だいぶ幼《おさな》い頃ですが、稲荷町商店街の近くに住んでいたことがあります。ピッサンリに採用していただいたのも、社長と同郷だったのが大きな理由の一つで」

「そうか。いろいろ繋がるもんじゃな、縁、ちゅうやつは」

「そうですね。アドバイザーへの応募を後押ししてくださったのも社長ですし、なんとか結果を出して、みなさんに恩返しをしたいと思っています」

「そりゃあ、なんとしてもやりとげんといかんなあ」

原会頭は迫力のある顔で笑いながら立ち上がり、僕の近くへとやってきた。大きな手を僕の肩に乗せて、少し声のボリュームを落とした。

「さっき、新店二店舗が危ない、と言っとったの」

「はい。まだオープンしたばかりのラーメン店とうどん店なんですが、集客が思わしくなくて。なんとかしなきゃと思ってますが、なかなか、これが」

「必要なら、商工会議所に相談に来なさいや。いろいろ協力してやれることもあるしの。あんたの案件には便宜《べんぎ》を図《はか》るよう、下のもんには言っておくでね」

「本当ですか？」

「無論、下心がないわけじゃあない。できれば、商店街の面々に、商工会議所に入会するよう勧《すす》めてもらいたいんよ」

原会頭の話によると、あおば商工会議所ができたのは、市町村合併《がっぺい》であおば市が誕生した二十年ほど前のことだそうだ。合併前のあおば市は三つの自治体に分かれていて、それぞれの街には「商工会」があった。「商工会議所」と「商工会」は、設立の根拠となる法律も違っていて、管轄《かんかつ》する国の官庁も違う。ざっくり言えば、市や大都市の区単位で設置されて、地元企業や商工業者のサポートをするのが商工会議所、町村に置かれ、主に小規模事業者を相手にするのが商工会だ。

あおば商工会議所の前身は、合併した三自治体の中で一番規模の大きかった商工会だぞうだ。本来なら、あおば市が誕生した時点で、三つの商工会が解散・合併して一つの商工会議所にまとまるべきだったのだけれど、なぜかそうはならなかった。原因は、あおば市内における、地区ごとの対立だ。

あおば市は、現在商工会議所や市役所庁舎が置かれている旧A町が主導し、旧B町、旧C村と合併して誕生した市だ。けれど、この合併は、旧A町による二町村の吸収合併に近いものだった。合併後に誕生した新市長は旧A町の元町長で、以降二十年、明らかに旧A町エリア偏重《へんちょう》の施策が取られてきた。そのために、旧B町、旧C村エリアでは市政に対する反発も強くて、二つのエリアの商工会はいまだに商工会議所へ合流せず、独自に活動を継続している。稲荷町商店街は、旧B町エリアにある。そういえば、僕が昨年、商店街の中の和菓子店『稲荷町若梅《わかうめ》』の新商品開発のお手伝いをしたとき、商品リリースの資料を各地のバイヤーに送付してくれたのは、地元「商工会」だった。

「誤解してもらいたくないのは、別に商工会をつぶしたい、などと思っているわけじゃないんよ。ただ、商店街に店を出しているような小規模事業者は、ここ二十年の社会の変化についていけずに、どんどん時代から振り落とされていっとる。商工会だけでは支え切れておらんのよ。このままでは、茹《ゆ》でガエルになりかねん」

お湯の中にカエルを落とせば、カエルは熱さから逃れようとして湯から飛び出す。けれど、水に入れた状態から徐々に熱していくと出ていくタイミングを見失い、やがては茹で上がってしまう。原会頭の言う「茹でガエル」とは、ゆっくりとした変化についていけずに自滅してしまう事業者を例《たと》えた、「茹でガエル理論」のことだろう。

「商工会議所なら、それを救えると？」

「会員、会費が集まれば、それだけ大きな金が動かせるようになる。商工会単体ではできんかった大掛かりな支援もできる。だいたい、そういうことが市町村合併の強みだったはずでの。せっかくひとつの市にまとまったっちゅうのに、中身はバラバラでは意味がない」

「それは、その通りだと思います」

「稲荷町商店街はの、商工会の会員すらもう数軒しか残っとらんじゃろ？　会費を払えるほどの売り上げが立っとる店がもうほとんどないんじゃろ。でも、あんたが新店なり既存《きそん》店なりを商工会議所に引っ張ってきてくれれば、商店街ひっくるめての支援もできるようになるんよ。商店街ちゅうのは、店一軒一軒をどうこうするより、集まった店のシナジー効果がキモじゃろ」

「そうですね」

「商工会議所の支援が稲荷町商店街活性化の一助になったとなれば、他の商店街や店も追随《ついずい》する。それが、市内の商工業者の結束を生むはずなんよ。俺は、任期中になんとかそういう体制を作り上げたいと思っとる」

商店街の振興のためには、どうしてもお金が必要になる。今のところ、使えるのは僕が受け取っている年二千五百万円の報酬と、まちづくり振興課に割り振られている市の予算の一部だけだ。それも、井毛田課長に稟議を通すだけでもかなりの労力がかかる。でも、商工会議所が積極的に商店街の活性化にかかわってくれるなら、補助金などの支援も受けられるかもしれない。稲荷町商店街にとっても、そして僕にとっても、大きな助けになるだろう。

「折を見て、振興会のみなさんに話をしてみます」

「この辺りはなあ、昔から、城の殿様も頭が上がらんと言われるほど、商人衆《あきんどしゅ》が力を合わせて作り上げてきた町じゃからの。俺ぁ、そういう〝商人の町〟を取り戻したいんよ」

だから、あんたも協力してくれ。そう言いながら、原会頭が、にかっ、と笑みを浮かべて僕の肩を叩《たた》く。笑顔なのに子供が泣き出しそうなほどの顔面ド迫力だし、肩を叩く手の力も老人のそれとは思えないほど強いしで、僕はもちろん、嫌です、などとは言えなかった。

5

市庁舎を出ると、正面のロータリーに車が一台停車しているのが見えた。この近辺ではよく見かけるトールワゴンタイプの軽自動車だ。ぱっと見でもわかるほどのカスタムカーで、エアロパーツが取りつけられた車体は地面に吸いついているように見える。ボディカラーは、おそらく全塗装したであろう、ド派手なラメ入りのピンク色だ。鏡面加工もされていて、周囲の景色がきれいに映りこんでいる。まるで、ファンデーションとかスマホのケースのような質感だ。昨今のご時世に反して、「女子！」という押し出しがやたら強い。

「終わった？」

開け放たれた運転席の窓から手を出していたのは、砂町みなみだった。車は彼女の愛車で、僕の移動の際のドライバーをしてもらうのもアルバイト採用の時の条件になっている。とはいえ、この悪目立ちする車に乗り込むのは、毎度、さすがに少し勇気がいる。

「お迎え、ありがとう」

「ねえクリス、まだお昼食べてないじゃろ？」

「そうだね。今日はまだ朝からなにも」

腕時計を見ると、もう午後二時を過ぎている。午前中からぶっ続けで会議をしていたせいで、ランチどころではなかった。自覚してしまうと、急にお腹がすいてくる。

「ちょっと、行きたいところがあるんよ」

「みなみが？」

「まあ、まず乗って」

助手席側に回り、ドアを開ける。みなみからは「土足厳禁！」と言われているので、靴《くつ》を脱《ぬ》いでトレイに載せ、ナビシートに座る。ドアを閉めてシートベルトに手をかけたとき、僕はようやく、ルームミラー越しに後部座席の人と目が合った。

「あれ？　サブローさん？」

「お邪魔してるよ」

みなみの車の後部座席にいたのは、釜田三六五《かまたさぶろう》さんだ。先月、稲荷町商店街に出店した新店のうちの一つ、『讃岐《さぬき》うどん・参六伍《さんろくご》』のイケメン店主さんである。讃岐うどんの本場・香川《かがわ》県の出身で、地元で人気のうどん店を営《いとな》んでいたのだけれど、家族の事情であおば市に移住することになり、市から補助金の出る稲荷町商店街を出店場所に選んでやってきた。年齢は四十代だそうだが、表情や雰囲気はまだまだ若々しい。長めの黒髪は後《うし》ろで束《たば》ね、ヒゲはきれいに整えられていて、服装もシンプルながらおしゃれだ。体型は筋肉質で均整が取れていて、チャラすぎず、堅すぎず、という絶妙な塩梅《あんばい》でまとまっている。

「あれ、お店はお休みですか？」

「いやあ。今日は、妻に任せてるんだよ」

「大丈夫ですか？　奥様おひとりで」

「あんまり客が来ないからね。それに、妻の方が麺茹でも上手《うま》いしさ。俺が店主ってことになってるけど、今は実質、妻の店みたいなもんだよ」

いいんですかそれ、と、思わず笑ってしまったが、お店は現在、あまり笑えない状況だ。石垣さんの『麺匠・弓張月』とほぼ同時期に開店した『参六伍』は、『弓張月』と同じく、開店後の集客に苦しんでいる。このままでは、来月末にも資金が尽《つ》きてしまうかもしれない、という状況だが、石垣さんと違って極度に楽観的なのか、サブローさん自身からはあまり危機感というものが見て取れない。

『弓張月』の苦戦の一番の理由は、店構えの敷居の高さと、強気すぎる価格設定にあると僕は見ている。けれど、『参六伍』は、また状況が違った。元は乾物店だった建物を改装したお店は、間口も広く、飾《かざ》らない感じで入店の敷居は決して高くない。価格設定については、かけうどんの並盛がなんと一杯二百五十円という低価格だ。サブローさんは、それでも「地元よりは高めにつけた」という話だったが、百円のおにぎり一つと、百五十円の天ぷら一品をつけてもワンコインで収まる驚異のコスパだ。価格設定が理由、ということはないだろう。

一つ、問題があるとするならば、それは『参六伍』のうどんそのものだ。

でも、その問題を解決することは、『参六伍』の存在を否定してしまうことになる。

「で、サブローさんはどうしてここに？」

「いやね、実はさっき、Ina-Link に行ったんだ。クリスくんに相談したくて」

「ああ、すみません、不在にしていて」

「で、まあクリスくんがいなかったもんだから、優雅《ゆうが》に紅茶なんか頂きながら、少しみなみちゃんと話をしていたんだけど」

車を発進させたみなみの横顔を見ると、なぜだか得意そうに鼻をひくつかせている。

「はあ」

「そしたら、地元で一番うまいうどん屋を知ってるって言うもんだから、ぜひ教えてほしい、って言ったんだ。そしたら、クリスくんを迎えに行くついでに食べに行こう、って」

なるほどね、と、改めてみなみに目を向ける。どうやら、みなみはもうすでにそのうどん屋さんに向かって車を走らせているようだ。前を向いたまま、ぺろりと舌を出す。僕のおごりでうどんを食べようと画策したんだろう。

「だめ？」

「いや、いいよ。行ってみようか」

あおば市で一番おいしいうどん店なら、僕も興味がある。

「どのくらいかかる？」

「山の方だから、三十分くらい」

結構あるな、と、僕は苦笑いする。あとで、留守番《るすばん》をしてもらったジョージさんに、お土産《みやげ》の一つくらい買って帰らなければならなくなりそうだ。

「それにしても、やっぱりというか、案の定《あんじょう》というか、クリスくんの言うとおりになっちゃったなあ」

「まあ、そうですね」

リアシートに体を預けたサブローさんが、やや芝居《しばい》がかったため息をつく。僕の話というのは、出店前にサブローさんに伝えたアドバイスのことだ。もしかしたら、開店しても苦戦するかもしれない。でも、サブローさんが「讃岐うどん」のお店を出す以上、苦戦を回避する手段がない、という話だった。

「実は、クリスくんの話、半信半疑って感じだったんだよね」

「すみません、なかなかお力になれなくて」

「いやいや。的確だったんだなって思うよ。でも、俺も店をつぶすわけにもいかないから
さ、ちゃんとうどんを研究しなきゃと思ってね」
ハンドルを切りながら、みなみが「今さら」「さすがに笑う」「普通、店出す前にやるじ
ゃろ」と失笑する。サブローさんも、そうだよね、などと言いながら、軽やかに笑った。

6

「どう、ですか？」

「いや、こりゃあ、びっくりした。正直ね」

みなみの運転で細い裏道をくるくると走り、山の上の城址《じょうし》公園に向かう途中に、みなみの言う「地元で一番うまい」うどん店はあった。立地はかなり辺鄙《へんぴ》なところで、公共の交通機関を使って来るのはなかなか大変だ。そのせいか、店の敷地の大部分は駐車場で、昼時を過ぎているにもかかわらず、かなりの台数の車が並んでいた。

お店の屋号は、あおば市のうどん屋さん、ということだろうか、『あおばうどん』という極めてシンプルなものだ。古民家のような佇まいで、店内はかなり広い。テーブル席、座敷、個室を合わせると、全部で百席くらいにはなるのではないかと思われた。その半分くらいが埋《う》まっていて、地元の人たちがおいしそうにうどんをすすっている。

僕の前にも、看板《かんばん》メニューである「あおばうどん」が供されていた。まんまるな形のど

んぶりにはほんのり白濁《はくだく》したつゆが張られていて、そこに一人前にしてはかなり多い量のうどんが溢れんばかりに盛りつけられている。具も独特で、炭火で焼いた鶏肉と白ネギ、刻んだ揚《あ》げ、そして板カマボコだ。みなみのどんぶりを覗くと、それらがさらにふわふわの玉子でとじられていた。最近のトレンドは、この「かきたまうどん」なんだそうだ。

このお店自体は、市が合併した直後に創業して、二十年ほど営業しているようだ。ただ、ご当地うどんのスタイルは戦後間もなくの頃からこの辺一帯に定着しているもので、同じスタイルのうどんを出すお店が市内には数多くある。ここ最近は、人気店である『あおばうどん』の屋号をとって、そのまま「あおばうどん」としてご当地グルメ化しようとする動きもあって、地元の人々には、これがうどんの基本形になっている。

一口食べてみて、僕がはじめて受けた衝撃と同じ衝撃を、サブローさんも今味わっているのだろう。うどんを咀嚼《そしゃく》しながら、何度も首を傾げ、驚いた顔をする。

「まあ、びっくりしますよね」

「その、なんだ。柔らかい、よね」

「そうなんですよ」

この「あおばうどん」の一番の特色。それは、麺の柔らかさ、だ。

サブローさんの地元・讃岐のうどんは、なんといってもその、しこしこ、もちもち、としたコシの強さがウリだ。ただ固いのとは違って、噛《か》み切ろうとする歯を包み込みながら押し戻そうとするような弾力。それこそが讃岐うどんの一番の魂《たましい》だろう。けれど、「あおばうどん」は、方向性としては真逆だ。中太のうどんを長めに茹でて、さらに提供前につゆで煮込んであるので、かなりくたくたになっている。麺のコシというものがまるでなくて、なんなら歯がなくても食べられるくらいの柔らかさなのだ。僕の出身はこの辺りだけれど、あまりうどんを食べないまま市外に引っ越したので、アドバイザーをやるようになってから改めて食べたときは、麺の柔らかさにかなり面喰らった。決してダジャレではなく。

全国的にみると、柔らかいうどんを好む地域は結構多い。伊勢《いせ》うどんが有名な三重県伊勢市。関西も比較的コシのないうどんが多く、ごぼう天が定番の福岡《ふくおか》のうどんも柔らかめだ。でも、この辺りではそういったうどんは比較的珍《めずら》しくて、周辺地域ではオーソドックスなコシのあるうどんが食べられている。あおば市を中心とした地域だけ局所的に「あおばうどん」のスタイルが根づいているのだ。

僕がサブローさんに「苦戦するかもしれない」と伝えたのは、あおば市の人たちにとって、うどんは柔らかいもの、だからだった。

「うどんは、このやわなのがうまいんじゃろ」

かきたまうどんをおいしそうにすすっていたみなみが、困惑しているサブローさんに箸《はし》を向けて口を尖《とが》らせた。ラーメンは脂《あぶら》っこいスープと固めの太麺、うどんはあっさりしたつゆにやわめの中太麺。なかなか、あおば市民の好みは難しい。

「ダシも全然違うね」

「そうですね。讃岐うどんだと、煮干《にぼ》しですよね？」

「そうだね。かけのダシは、煮干《イリコ》しが基本。うちの店もイリコがメインで、あとは昆布《こんぶ》やらなんやかんやでバランスを取ってる」

「ここから海の方に行くと漁港があるんですけど、昔からかつお漁が盛《さか》んだったみたいで、この辺の方々はうどんもそばもかつお節でだしを取ることが多いんですよ」

「でも、カツオだけじゃないね、これ。ケモノ感もある。なんだろ、鶏？」

「正解です。あおばうどんは、かつおだしと鶏だしのダブルスープなんです」

サブローさんが、へえ、と、感嘆《かんたん》の声を上げた。あおばうどんに使われるだしは、かつお節からとったかつおだしと、鶏ガラや鶏肉から取った鶏スープの合《あわ》わせだしだ。カエシには隣県で生産が盛んな白醤油《しろじょうゆ》が使われることが多く、見た目の淡さとは裏腹に、あっさりしながらもしっかりとしたコクのある味わいになる。

ただ、讃岐うどんでよく使われるような、イリコの力強いだしとは少し方向性が違う。コクが深いながらもまろやかで優しい味わいの「鶏かつおつゆ」は、柔らかめに茹でたうどんと合わせ、少し煮込んで麺に染み込ませることで、より一層一体感が強まって、おいしく仕上がるのだ。

「鶏、有名なんだっけ？　この辺り」

「もう少し山の方に行くと比較的涼《すず》しいので、昔はその辺りで卵を生産してたみたいなんですよ」

「鶏卵ということは、なるほど。親鶏か」

一定期間採卵された鶏は、やがて食肉用に出荷されることになる。これを「廃鶏」とか「成鶏」と呼ぶ。サブローさんの言うように、「親鶏」と呼ばれることもある。

廃鶏は、一般に「若鶏」と呼ばれるブロイラーと比較すると肉質がかなり固くて、一般家庭で調理して食べるのには適しておらず、あまりスーパーなどには出回っていない。でも、若鶏よりもうまみが強く、肉自体の味も濃いので、スープを取るなら最高の食材だ。

この地域のうどんに鶏だしが使われるようになったのは、鶏卵農場が近く、昔は廃鶏がタダ同然で手に入ったから、という経緯があったようだ。鶏だしを使ったうどんの元祖《がんそ》を名乗るお店はいくつかあるけれど、いずれも元はうどん専門店ではなく大衆食堂のようなところで、うどんもラーメンも、なんなら定食類も一緒に提供していたようなお店だ。うどんやそばに使うかつおだしにラーメン用の鶏だしを混ぜたのが好評で、そこからかつおと鶏のだしを混ぜたうどんが一般化していった。時代が移って地域から鶏卵農場が撤退した後も、鶏かつおだしの文化だけは残ったというわけだ。

また、柔らかい麺が好まれるようになったのは、この地域の戦後の産業が影響している。戦後から高度成長期にかけては、稲荷町商店街の近辺に市場や工場が多く集まっていた。そこで働く労働者たちにとって、安く食べられるうどんは人気があったようだ。忙しい労働者たちは食事をする時間も短く、しっかり嚙む必要があるうどんよりも、柔らかめの茹で加減であまり嚙まずに飲み込めるうどんを好んだ。それが次第《しだい》に広まって、この地域のスタンダードになった、のだそうだ。

だしや、麺の茹で加減。地域のいろいろな状況から生まれた嗜好《しこう》が一つのどんぶりに集約されたものが、今、目の前にある「あおばうどん」なわけだ。

サブローさんの故郷・香川県にも、こういったいろいろな歴史と事情があって、その行きつく先が現在のコシの強い讃岐うどんだったのだろう。僕はどちらもおいしく食べられるけれど、味やスタイルが文化として強く定着した地域では、他地域の味に対して排他的になってしまう人もいる。この辺りでは、コシの強いうどんはあまり好まれない。それは、『参六伍』の開店前からわかっていたことだった。

他の料理なら、その土地の好みに合わせて味付けやだしを変えるように勧めることもあるけれど、讃岐うどんにとって、「コシをなくして柔らかく茹でろ」というのは、もはや「アイデンティティを捨てろ」と言うのと同義だ。僕は、サブローさんにそう言い放つことはできなかった。あおば市に飲食店を出店する上で、「讃岐うどん店」という業態は、鬼門だったわけだ。

でも、サブローさんも家庭の事情があって、どうしてもあおば市でお店をやらなければならないようだった。自分に作れるのは讃岐うどんしかない、だから、このまま店を出すしかない。そう言ったサブローさんに、僕は現時点で効果的な集客アイデアを出すことができていない。なんとか「こういううどんもおいしいね」と地元の人に受け入れてもらえるように、アドバイザーである僕がプロモーションしなければならないのだけれど――。

「みなみはさ、コシの強いうどんはどう思う?」

「顎《あご》が疲れるでね、あんま好きくないんよ」

「ラーメンは固めの太麵が好きだって言ってたけど」

「ラーメンの太麵とうどんの太いのって、太さのレベルが違うじゃろ」

「煮干しのだしは？」

「あんま煮干しってピンとこないんよ。魚臭そう。なんかエグそう」

全否定だなおい、と、サブローさんが苦笑する。

食べてもらえば新しいおいしさを発見してもらえると思うけれど、中にはみなみのように食べる前から敬遠してしまう人もいる。特に、稲荷町近辺は高齢者が多いのだ。みなみ以上に、新しい価値観に対する忌避《きひ》感は強い。どうやったら、サブローさんのお店に人を呼べるだろうか。考えても答えが見えなくて、ほら、だからお前はダメなんだ、と鼻で笑う井毛田課長の顔が脳裏に浮かぶ。

「うちでも、こういううどん出してみようか」

「でも、それじゃ讃岐うどんではなくなっちゃいますよね」

「俺はさ、心のどこかで、讃岐のうどんがナンバーワン、って思っちゃってたのかもしれないな。だから、地元と同じように店を出せば受け入れてもらえると思ってた。でも、それは地元のブランドに乗っかっただけの甘えだったんだな、って思い知ったよ」

「いやでも、サブローさんが培《つちか》ってきたものもあると思いますし」

「とはいえね、俺も家族で食っていかないといけないから。変なプライドにこだわっていられないんだよね」

そう言いながら、額《ひたい》の汗をぬぐい、また一口、サブローさんが柔らかい麵を口に入れる。

7

サブローさんから、新メニューに対するアドバイスが欲しい、という連絡がきたのは、『あおばうどん』に行ってから一週間後のことだった。その間、サブローさんは市内の他のうどん店も回って、この辺りのうどんをしっかり研究したらしい。本来なら開店前にするべきこと、と言ってしまえばそうだが、地元では行列のできる人気店を経営していただけに、自信もプライドもあったのだろう。でも、いったん本気になればそこは職人だ。なにかヒントをつかんできたにちがいない。

「先輩《せんぱい》は、サブローさんのお店を知ってたんですか」

「うん。香川へ取材に行ったとき、訪問させてもらっててねえ」

今回、サブローさんの試食会には最高の助《すけ》っ人《と》に来てもらった。僕の大学時代の先輩で、東一《あずまはじめ》というペンネームで活動しているフードライターだ。一年三百六十五日、毎食が外食、という筋金《すじがね》入りの食通で、高級店からB級グルメまで守備範囲がものすごく広い。その圧倒的な知識量を武器に、最近は飲食店のメニューのプロデュースなども手掛けている。在学中は比較的スリムな人、という印象だったが、今は幸せを体いっぱいに取り込んだせいか、熊のようなフォルムのがっちり体型になってしまっている。

「釜田さんのおばあさんは老舗《しにせ》の製麵所をやられていてねえ、そこは釜田三六五さんのお兄さんである一二三《ひふみ》さんが継いでるんだ。釜田さんは高松《たかまつ》市内で『参六伍』を営業していたんだけど、結構人気のお店だったよお。休日には行列ができるくらいでねえ」

さすが先輩、と、僕は思わず笑う。

先輩には、後輩という立場をいいことに、ことあるごとに協力をお願いしてきた。稲荷町商店街では、寿司店『鮨《すし》けい』の国産養殖サーモンの仕入れルートの紹介や、中華料理店『三幸菜館』のメニュー開発に協力してもらっている。相談を持ちかけると、いつも嫌な顔一つせずに飛んできてくれるので、ついつい甘えてしまう。

事務所を出ると、いつもの閑散とした商店街の光景が目に飛び込んでくる。僕の後には先輩と、地元民代表のみなみがついてきている。申し訳ないことに、ジョージさんはまた留守番だ。

アーケードのあるB街区を奥に進み、噴水広場を左折して竹熊《たけくま》稲荷神社の旧参道だったA街区に入ってすぐのところに、『参六伍』がある。途中、B街区の端にぽつんと暖簾《のれん》を出している『弓張月』の前を通りかかった。商店街の素朴《そぼく》な雰囲気とは明らかに異質な高級感が漂《ただよ》う店には、やはり今日もお客さんの気配がない。せっかくお店を出してくれる人がいても、失敗する人が相次げば、新規出店しようとする人がいなくなってしまう。なんとかしなければ、と焦《あせ》る気持ちが胸に広がるけれど、今はまず『参六伍』だ。

「いらっしゃいませ。本日はありがとうございます」

定休日のお店は、異世界のような空気がある。テーブル席が片づけられていて、照明も落とされている。誰もいないお店で僕たちを出迎えてくれたのは、サブローさんの奥さん、釜田ふみさんだ。サブローさんとは高校時代の同級生だったそうなので年齢は四十代なのだろうが、童顔で小柄であるせいか、二十代と言われても信じてしまいそうな若々しさだ。手拭《てぬぐ》いで髪をまとめ、前掛けをかけた姿は年下の僕から見てもかわいらしく、サブローさんと並ぶと、仲が良さそうなのも相まって、とても雰囲気がいい。

「あの、サブローさんは」

「あ、今来ますんで、ちょっと待っててくださいね」

カウンター席に案内された僕たちが並んで座ると、奥からサブローさんがやってきた。いつものように挨拶を交わすけれど、いつものようなゆったりとした感じはなく、どこかぴりりとした料理人の緊張感をまとっている。

「試作品、ちょっと作ってみるよ」

前掛けのひもを締めなおすと、サブローさんが業務用の六口コンロに三つ、鉄製の鍋を並べた。そこにつゆを注ぎ、少し粉のついた手打ちのうどんを、茹でずにそのまま入れる。ふみさんも厨房内をくるくると動いて、夫婦がリズミカルに調理をしていく。サブローさんは「妻の店」と言っていたけれど、『参六伍』はやっぱり二人のお店なのだ。どちらが欠《か》けてもいけない。そんな感じがした。

やがて、僕たちの前には湯気を立てる鍋が三つ並んだ。具材を見ると、既視感がある。鶏肉と、刻み揚げ。白ネギの代わりに青ネギ、そして薄く切られたかまぼこ。みなみの前に置かれたものは、卵でとじられた「かきたまうどん」だ。

「遠慮《えんりよ》なく、意見を聞かせてよ」

いただきます、と手を合わせて、一口目を口に入れる。煮込んであるせいで、かなりの熱さだ。勢いよくずるずるとは行けず、鍋用の木杓子《きじやくし》の上に載せて、冷ましながら口に運ぶ。一口食べると、柔らかいながらももちもちとしたうどんの食感と、優しいだしの香りが鼻に抜けた。つゆには少しとろみがついていて、煮込まれたうどんによくからむ。

「ダシは、あおばうどんを参考にしてみたよ。鶏とかつお節。少しイリコと昆布も入れてあるけどね」

横をちらりと見ると、みなみが「ごりウマくね?」と、方言全開で感想を述《の》べている。みなみがウマいと言うのなら、きっと地元の人たちに受け入れられる味になっている、ということだろう。

「なるほどなあ。考えましたねえ」

額から汗を滴《したた》らせながら、先輩がにこにことうなずいた。「考えた」というのがなんのことかわからなくて、先輩にその意味を聞く。

「ご主人、これ、打ち込みですよねえ」

「さすが、よく知ってる」

先輩の言う「打ち込み」とは、「打ち込みうどん」のことだそうだ。打ったうどんを茹でずにそのまま煮込む一種の煮込みうどんで、山梨県《やまなし》の「ほうとう」や、群馬県《ぐんま》の「おっきりこみ」とイメージが近い。打ち込みうどんは香川県の郷土料理で、本来なら根菜や里芋《さといも》などを入れて白みそ仕立てにするのだが、サブローさんはそれをあおばうどん風にアレンジしたのだ。打ち込みうどん自体は、香川県内のうどん店でも提供されているメニューだし、これなら、「讃岐うどん」の看板を偽《いつわ》らずに済む。

「でも、これから夏場ですし、熱い煮込みは出にくいんじゃないですかねえ」

「ああ、それも一応ちょっと考えてあって」

厨房《ちゅうぼう》の流しで、ふみさんがなにやら作業をしている。どうやら、茹でたうどんを冷水で締めているようだ。ほどなく、小ぶりのどんぶりにきれいに盛られた、冷たいかけうどん、いわゆる「ひやかけ」が並んだ。いったん打ち込みうどんを食べる手を止めて、ひやかけも試食させてもらう。

「あ、麵が細いですね、これ」

「そうだね。うちの麵は、だいたい三ミリかける四ミリくらいの太さで切るんだけど、これはもうちょい細く切ってある」

以前食べた『参六伍』のうどんは、嚙み応えのあるもちもちとした太麵だったが、出されたうどんは印象でいうとその半分くらいの細さに感じた。もちろん、嚙んだときのもちもちとした食感はあるけれど、細い分歯切れがよくて、麵のつるつるした舌触りが前面に出ている気がする。

先輩曰《いわ》く、香川県では、太くて嚙み応えのあるうどんを「男麵」、細くてつるつるとしたうどんを「女麵」と形容することもあるそうだ。元々は、讃岐うどんとは「男麵」である、という風潮《ふうちょう》もあったそうだが、近年は、茹で時間の短縮とお客さんの回転率を上げる目的から、「女麵」を出すうどん店も増えてきているそうだ。

「どう、みなみ。おいしい？」

「これくらいじゃったら、まあ食べれんこともない」

「おいしいか、って聞いてるんだよ」

「まずかない」

手厳しいな、と、カウンターの向こうでサブローさんがまた苦笑する。みなみはみなみで、「地元のうどんこそ至高」と主張してきてしまったがために、どうにも意見を曲げられなくなってしまっているらしい。でも、「ツユはウマい」とフォローのようなことを言いつつ、あっという間に打ち込みとひやかけの二種類を完食していた。

「これ、いけるんじゃないですかね」

「そうかな。だといいんだけど」

「どう思いますか？　先輩」

先輩は、もう一度確かめるようにかけつゆを口に含み、うーん、と唸った。

「何か問題が？」

「いや、うん。すごくおいしいんだよ。だけどねえ、ボクはその、香川でやっていた頃のお店に行ったことがあるからさあ」

「味が違うんですか」

「その、ダシは少しね、こっちに合わせて変えてあるみたいで、ちょっと違うなあ、とは思ったけど、それはいいんだ。おいしいと思った。けれど、なんだろうなあ、言葉にするのがすごくむずかしいんだけど、コシがなくなっちゃったなあ、って言うか」

「まあ、打ち込みの方は少し柔らかめになってましたけど、細いうどんも十分コシがあったと僕は思いましたけど」

「ああ、そうじゃあないんだ。麺のことじゃない。コシがなくなっちゃうんじゃないかってのは、お店のこと」

「お店の？」

先輩は厨房で少し硬《かた》い表情になっている夫妻に向き直ると、にこやかな笑顔はそのままで、ふっと息を一つついた。先輩の顔はまったく変わらないのに、なぜか、どことなく寂《さび》しそうに見えた。

「新メニュー、とてもおいしかったなあ、と思います。地域の人もおいしいと思ってくれるんじゃないかなあ。でも、その――」

この料理は、お二人がお客さんに食べてもらいたいものですか？

「しかし、参ったよなあ」

「何がですか？」

「昨日の、あの東さんていう人。腹の中をズバリ言い当てられた気がしてさ」

8

まだ夜の明けきらない早朝、僕は『参六伍』の店内奥にある製麺室にお邪魔させてもらっていた。製麺室は、以前乾物屋だったときにかつお節《けず》を削る機械なんかが置いてあった部屋で、板壁で四方を囲まれた六畳《ろくじょう》ほどのスペースだ。麺を打つ麺打ち台が壁際にどんと置かれていて、目の前の壁に麺棒が掛けてある。あとは道具置きや、小麦粉の袋なんかが、整然と配置されている。

サブローさんがどんな思いでうどんを作っているのかを知りたくて、僕は「うどんを打つところを見たい」と申し出たのだけれど、なかなか迂闊《うかつ》なことを言ってしまった。朝が早すぎて、眠気がまだ抜けきらない。

うどんの手打ちは、前日夜に翌営業日分のうどんを打つ「宵打ち《よいう》」のお店もあるが、『参六伍』は当日の早朝にうどんを打つ「朝打ち」のお店だ。サブローさん曰く、宵打ちはうどんの温度や湿度の管理に気を使わなければならないので、大きな設備を入れられない『参六伍』では、朝打ちの方が品質が安定するそうだ。ただ、そういった考え方についっては、お店それぞれにお店ごとの哲学があって、どれが正解というものではない、とも言っていた。

打ちたて茹でたてのうどんを提供する、というのが『参六伍』の一つの売りではあるけれど、粉から練《ね》り上げた生地は、そのまますぐにうどんにしても中に含まれる分解酵素《こうそ》の働きが不十分で、本来の旨味《うまみ》が出てこない。粉からうどんにするまでの工程の要所要所で生地《きじ》を寝かせる熟成の時間が必要になるので、お昼少し前の営業開始に合わせようとすると、仕込み作業の開始はどうしても早朝になってしまうそうだ。

「店のコシがなくなる、ってのは、なるほどな、って思ったよ」

「それ、言葉の意味がわかりましたか？」

「完全に理解しているわけじゃないかもしれないけど、そっか、ってところもある」

「この間のうどんは、やっぱりサブローさんとしては不本意だったんでしょうか」

「いや、不本意、ってわけじゃないんだ。ちゃんと一生懸命作ったしさ」

「打ち込みうどんも、細うどんも、どちらもおいしかったですよ」

サブローさんが四角い大きなトレイを床に敷き、寝かせていた生地を置いた。生地は、小麦粉に塩水を加えてそぼろ状になるまで混ぜ合わせたものを、少し押し固めた状態になっている。大きなビニール袋のようなものに包まれていて、ここからサブローさんが上に乗り、足で踏んでいく。讃岐うどん独特の足踏み製法だ。

一杯のうどんを作り上げるまでには、落とし穴がたくさんある。

まずは、粉に加える塩水だ。塩の適切な濃度は、気温や湿度によって変わる。塩を加えるのは生地がダレてしまわないようにするためだが、気温や湿度が高ければ生地はダレやすくなるので、多めに加えなければならない。寒い時期は逆だ。製麺室の壁には、細かい数字がびっしりと書かれた表のようなものが貼りだしてあった。地元でお店をやっていたときの、数年分の日付と気温や湿度、加えた塩の量などが全部書きこまれているそうだ。あおば市にくると気候がかなり変わってしまうこともあって、適正な塩分量を見極めるには、過去のデータと照らし合わせて微妙な調整が必要になる。店名である『参六伍』も、サブローさんご本人の名前であるとともに、うどん打ちの世界でいわれる「土三寒六常五《どさんかんろくじょうご》杯《はい》」という言葉からきていて、季節ごとの塩加減を表しているのだそうだ。ここで塩水の加減を間違えれば、もう取り返しはつかない。

塩分量が決まっても、まだ気は抜けない。続いて、小麦粉と塩水を合わせていく「水回し」の作業に入る。サブローさんは「手合わせ」とも言っていた。この作業で粉に水分を含ませていくのだけれど、ここで均等に粉と水が混ざらなければ、いいうどんにはならないそうだ。うどんの出来不出来は、この作業でほぼ決まってしまう。両手をリズミカルに動かして、素早く粉を躍《おど》らせる間だけは、サブローさんは僕に一切話しかけることをしなかった。朝から、気が抜けない作業が続く。

「毎朝、これ大変じゃないですか？」

「そりゃまあ、楽だとは思ってないな」

サブローさんはしゃべりながら、足踏みを続ける。小麦粉をただ練って麺にしても、讃岐うどんのような食感は絶対に出ない。あの独特な食感を生むのに必要なのが、この足踏みの作業だ。生地を強く踏みつけるというよりは、足でじっくりと揉《も》むような独特のステップ。弱すぎても強すぎてもだめで、生地と会話するように、踏んだ感触や戻り加減を確かめながら踏まなければならないそうだ。サブローさんの両足が作り上げるリズムは、しずまりかえった製麺室に音のない音楽を奏《かな》でているように思えた。

「やっぱり、機械じゃいいうどんにならないんですか」

「いや、そんなことないかな。手打ちと変わらないくらいのうどんも作れると思うよ」

「え、そうなんですか」

「ぶっちゃけ、最近はそういうお店も多いよ。でも、機械製麺だからって手を抜いてるわけじゃないから、普通に行列店もあるしさ」

「サブローさんは使わないんですか」

「まあね。うちのやり方じゃないから」

サブローさんが五分ほど生地を踏むと、トレイ一杯の大きさに生地が広がった。これをくるくるとロール状に巻いて少し休ませ、また同じように踏む。お店によって様々だそうだが、『参六伍』ではこれを三回繰り返す。三回踏んだ生地は麺打ち台に載せ、まるで陶芸の土のように、いわゆる「菊練り」をして丸いボールのような状態に仕上げる。そのまま、お店の開店の頃まで寝かせて、お客さんに提供するタイミングに合わせて玉を延《の》ばし、包丁で切って麺にする。

「俺のうどん作りはさ、全部ばあちゃんに教わったんだよ」

「おばあさんは、製麺所をやられてたんですよね？」

「そう。製麺所って、朝っていうか、ほぼ深夜から仕込みでさ。午前中に麺を卸《おろ》さないといけないからね。ばあちゃんは、真っ暗な中で毎日うどんを打ってたよ。一人で」

「一人で？」

「じいちゃんは腰悪くて無理でさ。製麺所も、元々はばあちゃんが副業で細々やってたんだ。取引先も近所の何軒かでさ。でも、うちのばあちゃんのうどん、評判が良くて。年金もらう歳になっても注文が来るもんだから、辞めるに辞められなくなって。だから、半分老後の手慰《てなぐさ》み、みたいなノリでやってた」

「サブローさんはそこでうどん作りを学んだわけですか」

「うちの両親は共働きで忙しかったから、夏休みなんかはばあちゃんちに預けられっぱなしだったんだよ。兄貴とね。だいたい、ばあちゃんちなんか、子供にとって面白いもんなんかないんだ。やることもないし、だんだん、兄貴と二人でうどん作りを手伝うようになった。でも、子供のお遊びじゃ商品にならないから、ばあちゃんもうどん作りをがっつり俺たちに仕込んだわけさ」

「そういう過去があったんですか」

「大人になって、兄貴も大阪《おおさか》で就職してさ。俺も高校卒業して働きだした。結婚もしたし、子供も生まれて、なかなかばあちゃんのところに行けずにいるうちに、わかっていたけど、その日はきた」

その日、と聞いて、ぐっと胸が苦しくなる。

「……お亡《な》くなりに？」

「生地踏んでる最中に倒れたらしくてさ。朝、近所の人が見つけたときはもう、ね」

「じゃあ、おばあさんの跡《あと》を継《つ》ごうと、うどん職人になったわけですか」

「実は、職人とかさ、そういう大げさなことは考えてなかったんだ。ああ、ばあちゃんのうどんがもう食えないのかって思ったら、いやそれはしょうがないで済ましちゃあかんだろって。兄貴もばあちゃんのうどんが恋しくなって大阪から地元に帰ってきちゃってさ。結局、取引先の人たちからも、できれば、ばあちゃんのうどんを使いたいって言われて。兄貴が製麵所を継いで、俺は俺でうどん屋をやることになった」

「なるほど」

サブローさんが両腕に力を込めてぐいぐいと生地を練り上げ、玉を作っていく。剝《む》き出しの腕には、太い血管が浮き上がっているのが見える。男性でも相当力が必要な作業なんだろう。年老《としお》いた女性が、この作業を毎日一人でこなしていたと思うと、その苦労はいかばかりか、と思ってしまう。

「俺は、別にうどんで儲けたいわけじゃなくてさ。家族三人暮らしていけるだけ稼げればいいんだ。志が低いのかもしれないけどね」

「いや、そんなことはないと思いますよ。人それぞれですよね」

「でも、ここで店を出して、お客さんがこない、っていう状態を初めて経験してさ。食っていけるだけ稼げればいい、なんて、ずいぶん傲慢《ごうまん》なことを考えてたんだなって思ったよ。だから、どういう形であれ、店を地元の人に受け入れてもらわなきゃって思ったんだけど。でもその矛盾《むじゅん》を、東さんには見抜かれた」

「矛盾?」

「俺がこうしてうどんを打ってるのは、ばあちゃんのうどんを食ってもらいたかっただけなんだ。それで、うまい、って言ってもらえたら幸せでさ。もし、店で出すのがばあちゃんのうどんじゃなかったら、なんのためにうどん打ってんのかわかんなくなりそうだな、って」

最後の生地を練り終えると、サブローさんは、ううん、と体のあちこちを伸ばしながら、ふらふらと窓際に向かって歩き、粉っぽい床にぺたんと座った。疲れたのか、それだけじゃない何かを吐き出したのか、大きくため息をつく。製麺室の閉じられた窓の隙間《すきま》からは、朝の光が差し込んできていた。

9

お昼の分の生地を作り終えると、サブローさんはいったん休憩《きゅうけい》で、二階の事務所で少し仮眠をとる。お店には、入れ替わりでふみさんがやってきていて、店内清掃《せいそう》と茹で釜の準備を始めていた。

「あ、クリスさん。どうでした？　まじめに働いてました？　うちの夫」

「それはもちろん。思っていた以上に体力勝負で驚きました」

「ね。私も、さすがに毎朝あれやるのは無理だなあ、って思っちゃう」

手際《てぎわ》よくカウンター席を拭きながら、ふみさんがころころと笑った。

「ねえ、うちのお店、どうにかお客さん来るようになりますかね」

「もちろん、なんとかしたいとは思っています」

「何か、お客さん増やす方法なんて、あります？」

「そうですね。とりあえず、現状のピンチを持ちこたえるには売り上げアップが至上命題ですけど、客数を一気に伸ばすのは難しいと思うんです。なので、客数が増えないなら、客単価を上げる必要があります」

「客単価、かあ」

「現状、お店の客単価は、五百円から六百円の間ですよね。これを、七百円台後半から、できれば八百円台に引き上げたいところです」

「それって、値上げしろってことですか？」

「はっきり言えば、そうです。値上げは、常連客が少ない今だからできることなので。幸い、サブローさんは職人としてとてもいい腕を持っておられますし、少し高級化を狙うとよいのではないかなと」

「どういうことですか？」

「例えば、使用する小麦を、今使っているオーストラリア産のものから、国産高級小麦に変えます。ダシに使用する素材も厳選して、それを謳《うた》い文句にするんです。この辺りの人たちにとって、讃岐うどんというのは外の食べ物ですから、普段のうどんとは違うもの、という認識を持ってもらえば、既存のうどん店との差別化ができます。その上で、海鮮丼といった、少し高単価のサイドメニューを増やしたり、ドリンク類、できれば酒類を提供できるようにしたりすれば、さらに客単価を上げることができます。ランチで七百円台、ディナーで千円台に持っていければ、現状の集客数でも十分な儲けが出る計算です」

「でも、材料費にお金をかける余裕は……」

「策としては、まず、商工会議所に加入してもらいます。商工会議所からの補助金を受け取るには一定期間会員であるなど条件はありますが、国の補助金の申請《しんせい》のサポートをしてくれますし、商工会議所の援助が受けられるという前提があれば、金融機関からの追加融《ゆう》資《し》も受けられる可能性があります。僕はここの大家さんとは面識があるので、一時的な家賃の減額も交渉しようと思いますし、厳しいかもしれませんが、市の補助金も追加申請してみます。その資金を使って、お店の経営戦略の立て直しをします」

ふみさんは手を止めて、僕に向き直った。心なしか、表情が硬い。

「そのお話、夫にもしました？」

「今日、どこかのタイミングでご提案しようかなと思ってたんですが――」

――ばあちゃんのうどんを食ってもらいたかっただけなんだ。

――うまい、って言ってもらえたら幸せでさ。

サブローさんがうどん店を営む理由が、「おばあさんのうどんを食べてもらいたいから」というただ一つの願いを叶えるためだったとしたら、僕の提案は的外《まとはず》れなものでしかない。今よりも高級な食材を使えば、サブローさんはおそらく価格に見合ったうどんを作ることもできるだろう。でもそれは、サブローさんがお客さんに食べてもらいたい「ばあちゃんのうどん」ではないのだ。

僕がそのことを話すと、ふみさんは「そうやんね」と、笑った。苦笑いのようでもあり、どこか安心したような、複雑な表情だ。

「アホでしょ、うちの夫」

「いや、そんなことは。まあ、正直、それが店をやる理由、といわれると、えっ、とは思いますけれども」

「私、夫とは高校時代から付き合ってるから、夫のおばあちゃんちに行ったこともあるし、うどんも食べさせてもらったことがあってね。そのときに、おばあちゃんが私に言ったんだ。うどんは、百点を取っちゃいけない、って」

「百点を？」

「料理人てね、普通、百点を目指すでしょ。よりいいもの、よりおいしいもの、みたいに。でも、うどんていうのは私たちの地元では日々の常食だから、八十点くらいでずっと変わらないのがいいんだよ、って、おばあちゃんは言ってた。わりと何回も。なんでか私に」

「八十点、ですか」

「夫の作業を見てもらったからわかると思うんだけど、うどんて、毎日同じもの作るのが難しいのよね。天候にも左右されるし、作る側の体調も出ちゃうし。だから、味の探求なんかして最高のうどんなんか求め続けたら、きっと心も体も続かないと思うんだ」

「そうかもしれないですね」

「そうそう、最近はさ、うどんにタピオカでんぷんなんかを練りこむお店もあったりする。その方が、小麦粉だけよりつるつるするし、わかりやすくコシも強くなるし。茹で時間も短くなるし。結構いいことづくめ」

「冷凍うどんなんかそうですね」

「そう。それって、安く、おいしく、効率的で、いいものを、百点のうどんを、って追求していくうちにたどりついたものだと思うんだ。でも、そういうことすると、私が小さい頃から食べてたうどんからちょっとずつ遠ざかって行っちゃう気がする。まあ、おいしければいいんだけど、私はどうせうどん屋やるなら、昔からあったものも残したいし伝えたい。だから、うどんていうのは、八十点くらいのものを出してね、お客さんがそれぞれ自分好みのお店を持つ、っていう感じでいいと思うんだ。その代わり、毎日八十点満点を取れ、って、おばあちゃんが。八十点に誇りを持て、って」

八十点に誇りを、と、僕は思わず口の中でつぶやいた。

「どうして、サブローさんのおばあさんは、それをふみさんに伝えたんでしょうね」

「いずれ、夫がうどん屋やりだすだろうってわかってたんじゃないかな。だから私に、彼をよろしく、みたいな感じで言ったのかも。直接夫に言っても、あの頃はわかんないだろうな、って思ったのかな。アホだったからね」

「高校の頃すでに、もう将来の結婚相手、って思われてたんですね」

「なんか、ね。私、夫とは人生のリズムが合ってるんだよね。隣にいるのが一番収まりがいいんだ。だから、おばあちゃんのうどんを出すうどん屋をやる、っていきなり言われても、まあ、それもいいか、みたいになっちゃって。あ、ついに私の出番か、みたいな」

「ようやく、おばあさんの言葉が」

「クリスさんがね、うちのためにいろいろ考えてくれてることには、すごい感謝してる。私も、夫も」

「いえ、そんな」

「でも、うちの店は、やっぱり八十点のうどんにこだわりたいんだ。そして、できたら、近所の人たちが毎日ふらっと来てくれるような、そんなお店にしたい」

無茶言ってるよね、と、ふみさんが頭を下げた。なかなか無茶を言いますね、と、今度は僕が苦笑いをする。でも、ふみさんの言葉は、なぜかうれしかった。

「私、うどん茹でるの担当なんだけどね」

「ああ、サブローさんが、自分より茹でるの上手い、っておっしゃってました」

「うどんのコシって不思議なのよね。パスタみたいに、芯を残しちゃったら大失敗。かといって、茹ですぎたらコシがなくなっちゃう。芯までしっかり茹で上げるんだけど、中心に、芯じゃない何かを残すのよ」

「何か？」

「うどんの魂、みたいなものかな。外側と真ん中で水分量が違うからとか、そういう蘊蓄《うんちく》があるみたいなんだけど、あいにく、私も夫も感覚派だから理屈《りくつ》があんまりわかってないんだ。でも、うどんの真ん中に残った魂が、食べるときに歯を受け止めて、しっかりしたコシになる。なんか、うちの夫みたいでしょ」

「サブローさん？」

「芯があるのかなんなのかよくわからないけど、一応、外側のエッジはしっかりしてて、引っ張っても簡単にぷつんとは切れない」

僕が、うまいこと言いますね、と言うと、ふみさんは「うどんの国の人なもので」と、朗《ほが》らかに笑った。

「うちの夫、よくわからない生命力みたいなのはあるから、うどん屋じゃなくても、なんでもできると思うんだ。私も、根拠はないんだけど、そういうところは信じてるから、あんまり心配してない。もし、このお店がだめになってもなんとかなるから。娘が手を離れるまで夫婦で他の仕事を頑張って、娘が独立した後で地元に戻って、またうどん作ってもいいかなって」

ふみさんは、サブローさんを、うどんのよう、と言ったけれども、僕は二人ともそうだな、と思った。何か、固い意志、高潔なプライドのようなものが人間のど真ん中に通っているわけじゃない。人当たりも柔らかで、考え方も柔軟だ。でも、中心にはしっかりした魂があって、ある日ぷつっと切れてしまうような弱さは感じない。人を拒むような固さはないけれど、包み込みながら押し返すような弾力がある。しっかりとした嚙《こ》み応えの男麵と、細くとも靭《しな》やかな女麵。コシの強いご夫妻だ。きっと、お店も立て直せるだろう。

「何か、方法を考えます」

「ありがとう。ごめんなさい」

ふみさんに見学のお礼を言って、お店の外に出る。日が長い季節、アーケードの屋根のないA街区からは、明るくなった朝の空が見えた。梅雨《つゆ》入り直前の貴重な青空。商店街はいつも以上にひっそりしていて、道行く人も、動いているお店もほとんどない。A街区の先、神社の近くにある和菓子屋『稲荷町若梅』は、もうじき朝生菓子の仕込みに入る頃だ。そろそろ、小豆を煮るいい香りがしてくるだろう。『参六伍』そして『稲荷町若梅』を除《のぞ》けば、今商店街で仕込み作業の最中なのは、あと一店、『福田《ふくだ》とうふ店』だけだろう。稲荷町商店街振興会の会長である、福田豊《ゆたか》さんのお店だ。福田とうふ店の開店は午前七時。今頃が、一番忙しい時間かもしれない。

——商店街ちゅうのは、シナジー効果がキモじゃろ。

突如、脳裏に原会頭の言葉がよぎった。シナジー効果。商店街のお店が相互に作用することによる、相乗効果のことだ。商店街のお店、ひとつひとつは小さなお店だ。でも、それが寄り集まって商店街を形成することで、個々のお店の力以上の集客力を発揮し、何十年も生き残ってきた。

ほとんどの店がシャッターを閉ざしたこの商店街では、ひとつのお店がいくら音を響かせても、それは広がっていかなかった。でも、今はほんの少しだけ、お店が増えた。お店が刻むかすかなリズムが、商店街の中に音のない音楽を奏でようとしているところだ。オーケストラは、オーボエがAの音を響かせるところから始まる。しだいに音が増え、共鳴し合い、やがて大きな音のうねりを作り出す。この商店街も、今まさにそんな状態に違いない。

「そっか、そうだ。ここは商店街なんだよ」

僕は当たり前のことを言いながら、A街区のがらんとした道を駆け出した。向かう先は、A街区の一番端、神社の鳥居の前に店を構える、『福田とうふ店』だ。

10

週次レポートの提出日。市役所の「まちづくり振興課」内の会議スペースで、僕は直近の活動状況を井毛田課長に報告していた。今日は、ひとつ残念な報告をしなければならない。『麺匠・弓張月』が、今月いっぱいでの閉店を決めたのだ。やはり高級志向のラーメン店というのは、年配の人が多いこの地域には新し過ぎたのかもしれない。『弓張月』は開店から一ヵ月たっても客数が思うように増えず、石垣さんは、負債《ふさい》額を増やすよりは、と損切りの撤退を決めたようだ。店の前に用意された行列待機用の長椅子《ながいす》が使われることは、残念なことにただの一度もなかった。

「おいおい、これは随分な打撃なんじゃないのかねえ」

「そう、ですね。残念ですが」

「他人事《ひとごと》みたいに言うんじゃないよ。アドバイスを聞いてもらえませんでした、なんて言い訳するつもりか？　そういうのも込みでアドバイザーの仕事だろ？　話を聞いてもらえないなら、聞いてもらえるまで何度でも話に行けよ。あんまり舐《な》めた仕事をしてるんじゃないぞ、ミスター一億円」

「申し訳ありません。僕の力不足です」

もし幸菜がアシスタントをやってくれていたら、あるいはこの結果を変えられたかもしれないな、とふと思う。彼女は、するりと人の懐《ふところ》の中に入っていく天性のキャラクターがあった。僕のように頭で考えることが先に立ってしまう人間とは違って、不器用なまでに正面からぶつかっていくから、相手も変にかわしようがないのだ。あの石垣さんも、幸菜がいたら少しは胸襟《きょうきん》を開いてくれていたかもしれない。

もっとも、彼女がいたら、といくら考えたところで、現実は変えられない。

「もう一店の新店はどうなんだ？　そっちも風前のともしびか？」

「レポートにも記載させていただきましたが、徐々にではあるものの、売り上げも伸長傾向です。まだ軌道に乗ったとは言い難《がた》いですが、このままいけば安定的に利益を出せるようになると思います。なので、追加で市の補助金を申請しようと考えていまして、僕が審査用の事業計画書の作成をサポートするつもりです」

「おいおい、出店時に補助金出てるだろ？　それだけでは飽《あ》き足らず、まだ貴重な税金を持っていこうって言うのかよ。ゾンビロードは、商店街活性化事業の重点地区になってるんだぜ？　ただでさえ、他の商業地域からしたら不公平感があるのに、これ以上はいくらなんでも審査なんか通してやれないぜ？」

「でも、ここで見放せば、せっかくお店の経営が波に乗ろうとする手前で息が切れてしまいかねません。『参六伍』さんは移転前の香川県では行列を作った人気店ですし、ポテンシャルは十分にあります。今はまだ小さなリターンしか見込めませんが、このまま一歩一歩商店街にお店を根づかせていけば、いずれ大きなシナジーを生むときが来るはずです。それは、稲荷町商店街にとどまるものではありません。きっと、他の商店街にも、商業地区にも波及していきます。『参六伍』さんが生き残るかどうかは、この事業の分水嶺《ぶんすいれい》になるんです」

「分水嶺、ねえ」

井毛田課長は鼻で笑うと、周りを見るように視線を動かし、僕に顔を寄せた。顔は薄い笑みを浮かべているが、目は笑っていない。

「分水嶺なら、いっそのこと、事業失敗の方向に流れてしまえばいいんじゃないか」

「本気で言ってるんですか？」

「あのな。あそこの連中のことは、俺が一番よく知ってる。近視眼的で、論理を理解しようとしない。時代に合わせて変わろうという意志もなく、能力もない。汗をかくことを嫌うくせに、補助金をちらつかせると口を開けてよこせよこせと騒ぎ出す」

「そんなことはありません」

「いいか、あそこはな、ゾンビロードなんだよ。死体が動いているに過ぎないんだ。ゾンビになったら手遅れ。いくら薬をやっても元には戻らない。やるだけ無駄《むだ》なんだ。市職員になってからずっと、俺は滑稽《こっけい》なゾンビの徘徊《はいかい》を見続けてきたんだよ。もう、商店街なんて形態は時代に合ってないんだ。それは、君だってわかってることだろ？」

「まだ、そう言い切れるとは思ってません」

「俺は、無駄遣いされている金を他の場所に回してやりてえんだよ。商店街だけじゃねえんだ。地方の経済ってのは、疲弊《ひへい》してボロボロなんだよ。あえいでる事業者は市内にゴマンといる。目立ちたがり市長のパフォーマンスのために無駄金を使って、救えるはずの事業者を見殺しにするなんて、俺には我慢ならないね。君にわかるか、この憤《いきどお》りが」

しばらくの間、僕と井毛田課長はお互いに正面から目を見合ったまま、口を開かなかった。業務が動いている周囲の空気から、小さな会議卓だけが浮き上がって、流れる時間から外れてしまったかのようだ。同席の職員さんも固まってしまい、異様な緊張感が場を支配していた。

「君もな、四年の間、市の税金をちゅうちゅう吸い上げて、適当な実績ができればそれでいいんだろ？　妙《みょう》ちくりんな事務所なんか作って、その場所だけ切り抜いた写真でも撮って、ほら、おしゃれな商店街に変わったでしょ、なんてどこかの会社に売り込みにでもいく魂胆《こんたん》なんだろう。違うか？」

「そんなつもりはありません」

「見ろ、去年うろちょろしてたあのアシスタントのバカ学生はどこに行った？　さっさと東京に帰って就職活動に勤《いそ》しんでるっていうじゃないか。商店街のことなんか、どうでもよかったんだろう。面接のときに、したり顔で地域社会に貢献しました、なんてほざいているんじゃないか？　こっちもいいダシに使われたもんだ」

「彼女と契約したのは僕ですが、二月末までというのは事前に決めてあったことです。当初はそういった打算もあったかもしれませんが、彼女はアシスタントとして商店街のために奔走《ほんそう》してくれました。昨年、売り上げを大幅に伸ばした二店も、彼女の協力があってこその成果です」

　どん、と、井毛田課長の手のひらが会議テーブルを叩く。

「そんなことは、どうでもいいんだよ」

「何がおっしゃりたいのでしょうか」

「腐った死体の再生なんて、夢物語だ。君もそれはわかっている。だったら、良心に従って、アドバイザーなんていうお飾りになるのはもうよせ。ありのまま、稲荷町商店街の再生は困難、とレポートを上げて、辞任しろ。あおば市民は市長や君の養分じゃないんだ」

「僕は、稲荷町商店街の活性化は可能だと思っています」

「強情だなあ、君は。そして強欲だ。厚顔無恥《こうがんむち》でもある。できもしないことをできると嘘《うそ》をつき、市民の皆さんをバカにする。一年で、新規出店は四店舗。うち一店舗は開業一ヵ月で撤退。もう一店舗は、補助金を注入してやらねば破綻《はたん》寸前。誰がそんな実績で、あのゾンビロードがどうにかなるなんて信じるんだ？　いい加減にしろよ」

「ですから、一年目は――」

「それはもう聞き飽きたんだよ。君はねえ、あおば市民から見たら詐欺師《さぎし》だぜ。できるできる詐欺だ。よくもまあ、こんな実績でいけしゃあしゃあと、活性化は可能です、なんて言えたものだ。一体どういう育ち方をしてきたんだ？　ろくでもない親にでも育てられたのか？　親の顔が見てみたいもんだな」

井毛田課長の最後の一言は、僕のお腹の奥底の一番深いところにある傷をえぐった。病室のベッドで、すっと目を閉じた〝ママ〟の顔が浮かぶ。

でも、ここで僕が激昂《げっこう》でもすれば、井毛田課長との関係は修復不可能なところまで行くだろう。市との連携が取れなくなれば、僕のアドバイザー業務は暗礁《あんしょう》に乗り上げる。サブローさんに申請を勧めている市の特別補助金制度は、まちづくり振興課が審査を担当している。つまり、決裁権は井毛田課長にあるのだ。僕の言動いかんによっては、井毛田課長はサブローさんの申請を却下《きゃっか》するだろう。そうなれば、『参六伍』の経営は苦境に陥るかもしれない。

でも、それでも。

僕は、胸ポケットから手帳型のカードケースを取り出して、そっと井毛田課長の前に差し出した。ケースには、公共交通機関用のＩＣカードと名刺が入っている。そして、開いて左側にあるクリアホルダーには、一枚の写真を入れてあった。

「なんだ、これは」

「見たいとおっしゃいましたよね。マイ・マムですよ。母の写真です」

「母だって？　外国人じゃないか」

「そうです。母はフィリピン人で、僕はハーフです。僕が幼い頃に両親は離婚しまして、ずっと母一人で僕を育ててくれましたが、僕が十八の時に死別しました」

アドバイザーに応募したときのプレゼンでは、僕は自分の生《お》い立ちのことは話さなかった。僕の母親が外国人であったことも、井毛田課長は初耳だろう。

「そんな話は――」

「Given,Get,Give」

「な、なんだって？」

「人から与えられ、自分で得て、そしてまた誰かに与える。その三つの幸せを大事にしなさい、というのが、僕の母の教えです。僕が生まれた頃、母は稲荷町の近くに住んでいまして、商店街裏のスナック街で接客業をしていました。そのときに、たくさんの住人の方が、シングルマザーの母を、そして幼い僕を助けてくださいました。与えられた幸せを、今度は僕が返す番。そう思って、今ここにいます」

「そんな都合のいい――」

「まだみなさんに安心していただけるだけの実績を上げられていないのは僕の力不足で、そこについては申し訳なく思います。でも、稲荷町商店街に賑わいを取り戻したいという気持ちに嘘偽りはまったくありません。僕は詐欺師ではないし、僕のママはろくでもない親などでは決してない。今の発言は、撤回してください」

「な、撤回？」


撤回してください！


それは、僕の人生において、一番大きな声を出した瞬間だったかもしれない。フロアの職員さんたちの視線が一斉に僕のいる会議卓に集まって、一瞬音が消えてなくなった。井毛田課長は顔を真っ赤にして唇を噛み、僕をにらみつけている。やがて、口の端から少しずつ息を吐き出して、肚《はら》を落ち着かせているようなそぶりを見せた。

「君の親御さんについては……、失言だった。撤回させてもらう」

「撤回していただけるなら結構です。ありがとうございます」

誰の中にも、どうしても譲れない小さなプライドというものはある。僕にも、どうやらそれがあったみたいだ。でも、プライドで凝《こ》り固まって頑《かたく》なに人を拒むのではなく、サブローさんのうどんのように、柔らかな物腰の奥に靭やかな魂を持つ。僕は、そんな〝コシ〟の強い人間になれたらいいなと、心から思った。

「いろいろ思うところもおありでしょうが、少なくとも、あおば市内の商業を活性化させたい、という点については、僕も課長も同じ方向を目指しているはずです。この事業が市長のパフォーマンスかはさておき、成功すれば、市内の、いや全国の商店街関係者の方々のモデルケースにもなりえますし、多くの人に希望を与えることができます。そのために、微力ながら僕も全力で取り組みます。何卒《なにとぞ》、今後ともご協力、ご支援をお願いします」

時間なので、と、僕は席を立った。苦虫を口いっぱいに頬張って噛みしめているかのような表情の井毛田課長は、そっぽを向いたままだった。

「課長」

「なんだ。まだなんかあるのか」

「一つ、課長のおかげで目標ができた気がします」

「目標？」

「新店誘致三十軒と、商店街全体の店舗稼働率八十パーセントの達成です」

「ずいぶん大きく出たな。そんな奇跡のようなハードルを越えられるとでも？」

「奇跡ですか？　会議のときは、これが最低ラインとおっしゃってましたが」

「そ、それは――」

「越えられるかはわかりません。高いハードルだな、と正直思いますが、今まで、明確な数字での達成目標の設定がなかったので、僕もどこを目指しているのかな、という感じがありました。でも、その数字を出していただいたおかげで、三年後の商店街の姿を、具体的にイメージできるようになったと思います」

「イメージするだけなら、誰でもできる」

「そうですね。でも、人間が頭でイメージできることは、不可能なことじゃないんですよ」

新店三十軒。そして、既存店と合わせた商店街全体の店舗稼働率が八十パーセント。三年後、その数字が達成できていれば、もはや誰も「ゾンビロード」などとは呼ばないだろう。

また来週、報告に来ます。僕はそう言葉を置いて、雑多な音が飛び交う市庁舎を後にした。

11

とん、きゅっ、という独特のリズム。サブローさんが生地を巻きつけた長い麺棒を転がしながら、両手で揉む。まん丸だった生地の玉が、縦、横、と四角い形に延ばされていく。厚さも均等だ。鮮やかな手つきは、何時間でも見ていられそうだ。

やがて、サブローさんは十分に延ばされた生地を麺棒にかけて引き上げると、打ち粉を撒《ま》いたまな板を持ってきて、その上に畳《たた》むようにして置いた。四角い大きな麺切包丁と、麺を押さえる板を両手に持ち、今度は、畳んだ生地を一定のリズムで切り始める。とん、とん、という音とともに、等間隔《とうかんかく》の線が生地に刻まれていく。よくもまあ、これほど正確に切れるものだ、と感心する。僕には無理だ。絶対に、太いところや細いところができてしまう。

端まで切り終えると、また十分に打ち粉をふって、サブローさんが生地を持ち上げた。切れた生地がばらけて、よく見るうどんの形になっているのが見えた。僕とみなみが、思わず、おお、と歓声を上げて、拍手《はくしゅ》をする。横で、一緒になって見物していた地元住民のおじいさんも、一緒になって拍手をしていた。

製麺室の板壁をぶち抜いて、外から見えるガラス張りにしましょう、と提案したのは僕だ。サブローさんの鮮やかな技を、往来の人に見てもらわない手はない。職人がちゃんと手作りしています、という証《あかし》にもなるし、パフォーマンスとしても見ごたえがある。はじめ、製麺室内の温度調整が大変になる、と渋《しぶ》っていたサブローさんだったが、A街区の店舗前には庇《ひさし》があって、直射日光は入ってこないから大丈夫、と説得した。たぶん、本音は、外から見られるのは恥ずかしい、というだけだったように思う。

さらに、店のオペレーションにも改良を加えた。従来は、うどんを注文した後、天ぷらやおにぎりをお客さんがセルフで取り、会計する方式だった。でも、この地域ではあまりなじみのない注文方法なので、特にお年寄りは困惑してしまう恐れがあった。そこで、注文はオーダー式に変更して、サーブも店側で行うことにした。その分、サブローさん、ふみさんの作業負担は増えるが、なんとか頑張ってもらわなければならない。お店の経営が軌道に乗ってお客さんが増えたら、従業員を雇《やと》い入れればいい。それもひとつ、地域との繋がりを作ることになる。

僕の背後では、長身のジョージさんがスマホを横に持って動画を撮影《さつえい》している。サブローさんの麵打ち動画は、稲荷町商店街の公式サイトに上げ、動画サイトでも公開する予定だ。

「ねえ、そろそろいいじゃろ？」

おなかすいた、と、みなみが騒ぎ出す。そうだね、と、動画撮影を切り上げて、お店の入口に回る。入口前には新たに作ったカフェのようなスタンド看板を出して、主要メニューの値段を明記した。かけうどん一杯二百五十円という価格は据《す》え置きだ。そして、でかでかと新メニューをイラスト付きで掲示することにした。写真ではなくイラストにしたのは、現物を見たときの驚きを大事にしたかったからだ。

『福田とうふ店』謹製・極厚油揚げ使用！
驚異の特大お揚げのきつねうどん「化《ば》け狐《ぎつね》」限定20食！

インパクトあるなあ、と、僕は思わず笑う。

福田会長のお店である『福田とうふ店』が店頭販売していた「きつね」という揚げたて油揚げは、かつては稲荷町商店街を代表する食べ歩きフードだった。二十年ほど前まで行われていた竹熊神社を会場とする夏の「狐祭り」では、揚げたての「きつね」に醬油とマヨネーズや七味唐辛子をつけて食べ歩きしながら、夜店や神社内の盆踊《ぼんおど》り会場に行くのが、この辺りの住民の定番だったそうだ。来街者数の低迷で「狐祭り」も開催《かいさい》されなくなり、

「きつね」の販売も終了してしまったそうだが、付近住民には、「きつね」の思い出を語る人も少なくない。

「うち、きつね食べるの、結構夢だったんよ」

「みなみくらいの年代の子でも、知ってる？」

「直接は知らんよ。食べたこともないし。でも、うちのパパママからよく聞いてる。初デートがここのお祭りで、二人ででかいきつねを食べながら歩いた、とか、いちゃいちゃしながら言ってくるんよ。いい年こいて、ごり恥ずい」

仲が良くていいじゃない、と笑う。

「きつね」は、ジョージさんくらいの年代の人だと、子供の頃に食べた、という思い出がある人が少なくない。僕は、かすかにお祭りの記憶はあるものの、「きつね」を食べたかまでは覚えていないのが残念だ。みなみより年齢が下の若者たちは、稲荷町商店街のお祭りも「きつね」のことも知らない世代だけれど、親から聞かされていることが結構あるらしい。ある意味、稲荷町商店街を代表する伝説的ヒット商品なのだ。

「きつね」は、とにかく大きくて分厚い、厚揚げかと見まごうばかりの巨大油揚げだ。僕が福田会長に頼んだのは、その「きつね」を、『参六伍』に卸してもらえないか、ということだった。地元の人たちにとって、讃岐うどんはまだ異質な存在だ。それを身近なものとして感じてもらうためには、地元の人たちの愛するグルメとコラボするのがよいのでは、と考えたのだ。

自分のお店の名物を他店に使わせることには抵抗感があるかと思ったが、話を持ち掛けると、福田会長はわりとすんなりOKを出してくれた。『参六伍』が稲荷町商店街振興会に加入していたことが理由の一つ。もう一つは、サブローさんやふみさんが早朝からまじめに準備しているのを、同じく朝が早い福田会長は、いつも見ていたからだそうだ。

『福田とうふ店』の名物「きつね」を柔らかく炊《た》き上げてトッピングした「化け狐」は、地元では話題になるだろう。その驚異的な大きさのお揚げがドカンと載った「化け狐」のヴィジュアルは、メディアへの訴求力もある。いずれは、稲荷町商店街を代表する名物メニューに育ってもらいたい。

「化け狐、三つ！」

コシのあるうどんは苦手、などと言っていたみなみが、真っ先に店に飛び込んでいく。つられて、サブローさんのうどん打ちを見ていたご老人も、吸い込まれるように店へと入っていった。ジョージさんも、その後に続こうとする。

「瀧山さん、行かないのですか？」

「あ、ちょっと。すぐ行くので、席取っておいてもらっていいですか」

「何か追加の注文は？」

「じゃあ、半熟卵天と、かしわおにぎりも」

胃が若いですね、と言いつつ、ジョージさんが店内に入っていく。、僕は踵《きびす》を返して、A街区中央の通りを横切り、反対側に走った。少し先にやや丸いシェイプの背中が見える。

「石垣さん！」

僕の声に、少し肩を震わせて、石垣さんが振り向いた。私服姿で、店にいたときとは雰囲気がずいぶん違う。

「君か」

「どうされたんですか、今日は」

「もろもろ、閉店の整理が終わったから。最後に、神社にお参りでもしていこうかと思ってね。あそこ、商売の神様なんだろ」

「そう、ですか」

「だからいわんこっちゃない、と言いに来たのか？」

「いえ、そんなことは決して。頂いたラーメン、ほんとにおいしかったので。どこかでまた、あのラーメンを食べたいです、とお伝えしようと」

そうか、と、石垣さんは少し声を詰まらせた。

「仮に、君にアドバイスを頼んでいたら、どうするつもりだった？」

「そうですね。やっぱり、立地を考えると単価が高かった、というのは否《いな》めないかなと。なので、原価をいかに下げるか、をまず考えたと思います」

「……あのラーメンは、正直、俺の中では完璧に近いものだった。完璧に作ったものに傷をつけるのは、たぶんできなかったさ」

「そうですね。ただ、僕の先輩に、日本全国の食に精通したフードライターがいまして、たぶん彼なら、今の食材に匹敵《ひってき》するクオリティで、かつ仕入れ単価が割安な食材を紹介してくれたんじゃないかな、と思うんです。食材のブランド力を借りなくても、石垣さんのラーメンなら味で勝負できますから、そういう方向でご相談していたかなと」

「そんな人がいるなら、紹介してもらえばよかったな」

「今からでもご紹介しますよ。名刺の連絡先に、いつでもご連絡ください」

石垣さんは少し表情を崩《くず》すと、いやいや、と、首を横に振った。

「だいぶ借金も抱えちゃったからな。それに、俺には商才がないんだ、ってこともわかった。有名なラーメン店の経営者たちと付き合いを持ってるうちに、俺も同等なんだ、なんて勘違いをしてしまったんだろうな。君にもいろいろ言ったけど、結局、俺は、中途半端なラーメンは出せない、マニアを納得させるものでなくちゃならない、常に満点を出さなきゃいけない、っていう、どうしようもないプライドにこだわってた。人に意見されるのも嫌だったな。俺が自分一人の力で行列店を作り上げて、それを、仲間内で誇りたかったのさ。商売のイロハも、そういうバイアスがかかっちゃった中で、無理矢理後づけして自分を納得させてた。まあ、やっぱり俺は、評論家どまりにしとけばよかったんだ」

「八十点でも、素晴らしいものはありますからね」

「八十点?」

「あ、こっちのことです。でも、間違いなく、『弓張月』のラーメンはハイレベルで、おいしかったです。もう少し立地や原価を工夫すれば、絶対に人気店になります」

「絶対に？」

「ええ。絶対」

石垣さんはようやくほのかに笑みを浮かべると、ありがとう、とでも言うように、ちょこん、と頭を下げた。

「あのお店は、続きそうなの？」

「ああ、『参六伍』さんですか」

「開店日はうちと三日くらいしか変わらなかったような」

「まだ繁盛《はんじょう》店とは言い難いですけど、なんとか、商店街に根を張ろうとしてますよ」

「根、か」

「雑草も、一本ぽつんと生えてるだけなら簡単に引っこ抜かれちゃいますけど、集まって根を絡ませるとそうそう抜けなくなりますからね」

ねえー、そろそろ出来上がるってよ！　と、『参六伍』の入口からみなみがでかい声を出す。僕は振り返って、すぐ行く、と手を振った。

「じゃあ、俺はこれで」

「はい。またおいしいラーメン、作ってください」

ふわりとした別れ。石垣さんとは、もう二度と会わないかもしれない。でも、ここで会ったという事実は、いつまでも残る。いつか、その種が再び芽を出して、不思議な縁を生み出さないとも限らない。そういう都合のいい偶然が年中起こるわけではないけれど、僕は、その可能性を信じていたいと思っている。

みなみの大声に引っ張られて、僕はまた『参六伍』に向かう。今頃、ふみさんが大きな釜から茹でたてのうどんを引き上げている頃だろう。うどん店の前で騒ぐ若い赤髪の女子がやたら目立ったのか、犬の散歩途中のおばあさんが、『参六伍』のスタンド看板に目を止めた。何度か看板とお店を交互に見ると、やがて愛犬を近くの電柱に繋ぎ止め、お店の中に入っていった。地元グルメとのコラボ作戦は、成功するかもしれない。そんな気配に、僕の胸は少し高鳴る。

就職難民ガール（2）

「え、嘘《うそ》、ほんとに？」

「え、嘘、ユッキーナは内定通知まだなの？」

この裏切り者、と、わたしは大学の友達である浅市《あさいち》まつりの華奢《きゃしゃ》な首を両手で摑《つか》み、軽く絞めながら前後に揺らす。

大学も四年生ともなると、授業も少ないし就活で忙しいしで、キャンパス内の学食で友達と会うのも久しぶりだ。つい数ヵ月前までは雑誌に特集されそうなモテ女子コーデ全開だったまつりも、就活が始まってからは随分《ずいぶん》スタイルを変えた。やや明るめだった髪は黒に戻して後ろ結びにし、メイクはナチュラルに抑え、ネイルチップを引っ剝《ぱ》がして、すっかり真面目《まじめ》な人かのような装《よそお》いだ。少し引いて見るとかなり清楚《せいそ》な美人に見えるのだけれど、中身の不真面目さとクセの強さは誰よりもわたしが一番よく知っている。

「何社からもらったの……？」

「五社」

「五社？　ちょ、すごくない？」

「まあね。なんか、一気に来ちゃって」

「もう決めるの？」

「当たり前。だらだら就活やってたら、夏遊べなくなるじゃん」

「ちなみに、内定はどこから？」

まつりが、内定通知が来たという企業の名前を挙げていく。うち四つはわたしも知っている会社で、さらにそのうち二つは大手のメーカーだ。おもわず、うぇい、と変な声が口から飛び出す。わたしはと言えば、六月現在、三十社エントリーして、書類選考突破が三社、内定はゼロだ。

「ほんとに？」

「なに、まつりが内定もらえるわけないとか思ってたわけ？」

「いや、もちろんそんなことないけどさ」

「まあ、ユッキーナは総合職でエントリーしてんでしょ？」

「うんそう」

「まつりは全部、大企業の一般職狙い。倍率は高いけどハードルは低い」

「そういうもの？」

「ネットで顔採用って噂《うわさ》あるとこ狙って受けたもん。そういうとこだと、結構まつりなんかウケがいいんだよね。そこそこかわいいし、そこそこおっぱいもあるし」

自分で言うことじゃないんだよそれ、と、やんわりまつりをたしなめながら、わたしは喉《のど》に引っかかったいがいが感に、ちょっとだけ、んー、となった。

「なんかでも、やじゃない？」

「なにが？」

「その、女はかわいけりゃいい、みたいなの」

「そう？　カワイイは正義って言うじゃん」

「なんというか、プライドがない感じがして」

「まつりがよければいいんじゃん？　別に」

「いいの？」

「全然いいよ。だって、二十八までには結婚する予定だから。そしたら、会社にいるのなんていいとこ五年くらいでしょ？　職場の空気なんて、正直どうだっていいじゃん」

「すんなり結婚相手が見つかるかわかんないでしょうに」

「だからね、大手で、女子社員を顔で選んでそうな会社が狙い目なんだって。男性社員の結婚相手を採用してんだもん。まつりはさ、社内で一番出世しそうな人を選んで、結婚退職すればオッケーってわけ」

もうここまで態度《たいど》が明確だとすがすがしいほどだけれども、まつりの考えは一貫して「働きたくない」だ。社会に出てあくせく働くよりは、家でダーリンを待ち、かわいくふるまってモチベーションを上げる方が自分には向いている、というのが、まつりの「自己分析《ぶんせき》」であるらしい。どうも、まつりのお母さんがそういうタイプで、昔からそう刷り込まれて育っていることも影響しているようだ。

「引っ込み思案の人見知りなのに？」

「だ、大丈夫。シミュレーションは常にしてる」

「あの、二次元男子との妄想話《もうそう》がシミュレーション？」

うっさいな、と、まつりが口を尖《とが》らせる。お母さんの価値観を骨の髄《ずい》まで刷り込まれているとはいえ、まつり自身の本質はそうではないんじゃないか、と思うし、わたしはなんだか心配だ。

「でさ、まつりは一番給料よさそうなとこにしようと思ってんだけど」

「まあ、そうなるよね」

「でも、そこの社員、面接のとき、マジ気持ち悪かったんだよね」

「どんな？」

「彼氏はいるの？　って聞いてきたり、スタイルいいね！　とか言いながら、胸の辺りガン見したり」

「うえ、完全にセクハラだよそれ。なんて答えたの？」

「そんなの、いちいち怒ってもしょうがないし、いませーん、とか、ありがとうございまーす、とか、笑顔で」

わたしは、さらに喉のいがいがいがいがいがしだして、また、うーん、と少し間を取らなければならなかった。

「大丈夫？　その会社」

「大手だし、給料もいいし、まあいいんじゃない？　バリキャリ女子には地獄だと思うけど、まつりは会社なんて単なる出会いの場だと思ってるしさ。向こうも、若くてかわいい女子社員がいれば男たちのモチベーションが上がる、とか思ってんでしょ。だったら、その、お互い――、なんだっけ。なんて言うんだっけ」

「ＷＩＮ・ＷＩＮ？」

そうそれ、と、まつりは能天気に笑った。わたしは、女性の権利がー、とか、男尊女卑《だんそんじょひ》がー、などと声高に糾弾《きゅうだん》するタイプではないけれど、面接の場にもかかわらず平気でセクハラ発言をする男性には憤《いきどお》りを覚えるし、そんな人がいる会社では働きたくないな、と思ってしまう。

「ちょっとさ、考えたほうがいいんじゃない？」

「へーきへーき。それよりさ、ユッキーナこそ、夏までに就活終わるん？」

「うっ」

「なんかさあ、やりたい仕事とかあるのはいいけど、こだわりすぎるとマジで行くとこなくなるよわ」

やりたい仕事。

わたしは、人と人とを繋ぐような仕事がしたい。それは、あの商店街を駆け回った日々の中から、わたしが拾い上げてきた大事なものである気がしている。今までは、一つ一つ企業を調べて、わたしのやりたいことと合致する業務があるところを吟味《ぎんみ》した上でエントリーシートを送ってきたのだけれど、それがことごとく空振りで、ぼちぼち「選んでる場合か?」という状況になってきている。人気の企業はどんどん募集が締め切られて行っているし、まつりの言うように、このままやりたい仕事にこだわっていると、あまり待遇《たいぐう》のよくない企業しか行き場がなくなってしまうかもしれない。

「わかってる、けどさ」

「どうせね、仕事なんて楽しいもんじゃないじゃん? 変にプライド持っちゃうと、絶対がっかりするだけだって。無理なくお金もらって、プライベート確保するのが一番」

「ドライが過ぎる」

「現実主義なの、まつりは」

白馬の王子様信仰《しんこう》を持ってるくせに、とは思いながらも、まつりの言うことにも一理ある、と思う。でも、なんだかそれは嫌なのだ。自分の中に「やりたいこと」という芽が出たのは、わたしの人生で初めてのことだった。その芽を枯《か》らしてまで、安易《あんい》に内定をもらいにいくのが正しいことなのか、わたしはここのところずっと迷っている。

「そんなに楽しかったん? 商店街の仕事」

「楽しかったって言うか、やりがいがあったかな。自分が人の役に立ってる、っていう実感があった」

「あーね。麻薬だよね、そういうの」

「麻薬て」

「そりゃさ、まつりだって誰かの役に立てたらうれしいだろうけど、そんなの実感できることなんて、たぶん社会ではそうそうないって。あとね、誰か誰かってばっかり言ってたら、自分が幸せになるのを忘れる。それって、マジ不幸だからね」

「そう、なのかな」

「でもさ、そんなにやりがいがあったんなら、行っちゃえばいいじゃん」

「稲荷町《いなりまち》商店街に？」

「なんだっけ、その一億円稼《かせ》ぐイケメン」

「クリス」

「クリスって人にさ、また働きたい、って言えばいいんだって」

「それは……、できないよ」

「なんでよ」

「もうたぶん、後任のアシスタントの人が決まってるだろうし、それに――」

今も鮮烈に残っている日々の記憶は、わたしの中でじくじくと熱を持っている。でもそれは、わたしがクリスの夢に乗っからせてもらっただけだ。わたしはまだなにもなしえていないし、わたしはわたしで、自分の道を選び、そして歩いていかないとだめなんだ。

じゃないと、クリスだって、きっと。

ザ・ウェイ・ウィー・ワー

「本当ですか？」

「ええ。クリスさんが一生懸命やってくださったので、オーナーもその熱意に負けた、と申しておりまして」

「いや、僕はそんな」

「ただ、こちらの事情で、出店時期は早くても年末になるんじゃないかと思います。それでも、よろしいでしょうか」

「ええ、もちろんです。お待ちしています」

1

稲荷町《いなりまち》商店街にとって、今年一番のビッグニュースになりそうな話がまとまって、僕は心の中で拳《こぶし》を握った。僕がお邪魔《じゃま》しているのは、東京の南青山《みなみあおやま》、オフィスビルの高層フロアにある「ハードボイルドエッグス・ジャパン」の事業所だ。外資系だけあって、オフィスもアーティスティックなデザインでおしゃれに造られている。僕がお話をしていた日本法人の営業戦略部のみなさんも、私服姿で実にファッショナブルだった。

ハードボイルドエッグス社の本社はオーストラリアにあって、現地では超人気カフェダイニング『CAFÉ ERA《カフェ エラ》』を展開している。オーストラリア以外にも国を跨《また》いで出店していて、シンガポールに一店舗、韓国のソウルに二店舗、そして、都内には代官山《だいかんやま》、恵比寿《えびす》、自由《じゆう》が丘《おか》にそれぞれ店舗があり、あとは今年新しく神戸《こうべ》に出店したところだ。看板《かんばん》メニューはSNS映《ば》え抜群《ばつぐん》、ふわっふわで、かつしっとりとした食感の「天使のパンケーキ」。お店には、〝世界で最も幸せな午後を過ごせる場所〟というキャッチコピーがついている。都内三店舗はいずれも行列の絶《た》えない超人気店で、メディアへの露出もかなり多いし、特に女性の認知度が高い。

昨年、アドバイザーに就任してすぐ、僕は『CAFÉ ERA』を稲荷町商店街に出店できないか、という話を持ちかけていた。なぜここを選んだのかと言うと、僕の古巣である「株式会社ピッサンリ」が、日本国内での店舗プロデュースを請け負《お》っていたからだ。東京で大人気のカフェが稲荷町に来る、となれば、あおば市では相当なニュースになる。成功すれば、稲荷町商店街の認知度を一気にアップさせられる可能性があるし、商店街に近隣地域の若者を呼び込むことができるはずだ。

ただ、もちろん、最初は検討すらしてもらえなかった。ダメ元ではあったのでそういうものか、とは思ったけれど、そこで諦《あきら》めていたら話にならない。僕は定期的に稲荷町商店街の状況についてレポートを送って、出店の検討をお願いし続けてきたのだった。

出店を検討するにあたって、まず難色を示されたのが、稲荷町商店街の交通の便の悪さだった。稲荷町商店街は、旧市電の停留所前というロケーションによって発展してきた経緯があったのだけれど、市電は約四十五年前に廃線。さらに、市町村合併《がっぺい》であおば市が誕生してからは、商店街近くにあった中央市場の移転や工業地帯の郊外への移動による人流減で公営バスも採算がとれなくなり、一番近いバス停に着くバスは一時間に一本になってしまった。最寄りの鉄道駅からは徒歩で三十分以上かかるので、あとはタクシーを使うしかない。それも、駅前の乗り場にタクシーが来るまで十五分ほど待つこともザラで、きわめて交通の便が悪いエリアになってしまっている。車を使ったとしても、稲荷町近辺は町が古くて、コインパーキングなどもあまりないのが現状だ。

そこで、僕は市の交通課を巻き込んで、市営バスの停留所を商店街近くに設置できないか、という相談をしていた。が、こちらはあえなく頓挫《とんざ》。商店街を経由することで、通勤通学に使っている市民から「駅と自宅間の所要時間が延びる」と苦情が来る、という理由で、担当課の人が及《およ》び腰《ごし》になってしまったからだ。

仕方ないので、僕は民間の「あおばバス」という事業者に掛け合って、バス停の誘致の話を進めてきた。一年に亘《わた》ってみっちりと話し合いを重ねた結果、収益のめどが立ったということで、先日ようやく、新バス停を経由する路線の運行開始時期が決まったところだ。バス停は、B街区南側のアーケード入口前という絶好の場所にできる予定だ。

また、不動産会社を通じて商店街近くの土地のオーナーとも交渉《こうしょう》していて、老朽《ろうきゅう》化している建物を取り壊し、コインパーキングにするプランを提案している。居住実績のない建物は、数年後までに固定資産税の軽減措置《そち》の対象外になることが市の方針として決まっている。とはいえ、すぐに建て替《か》えをしてテナントを入れることは難しいので、初期費用を抑えられるコインパーキング経営が有効なのだ。ある程度資金を貯めることができたら、新しい建物を建てて、家賃《やちん》収入を得る方向にもシフトしやすい。それを五月雨《さみだれ》式に繰り返していけば、来街者の駐車スペースを確保しつつ、商店街周辺エリアの新陳代謝も進めていける。現状、前向きに検討してくれている土地オーナーも何人かいる。

交通の便については改善の見通しがついてきたものの、ハードボイルドエッグス社としては、「先進性」「都会的」という『CAFÉ ERA』のブランドイメージに、日本の古い商店街はそぐわない、という懸念《けねん》を示していた。でも、その潮目《しおめ》が大きく変わったのが、今年に入ってすぐのことだ。本社のCEOが来日した際、日本の洋食、しかもなぜか「ハヤシライス」に大ハマリしたらしく、新業態としてニュースタイルの洋食店をチェーン展開する計画を立てたそうなのだ。

新業態の基本コンセプトは「ジャパニーズ・レトロモダン」で、稲荷町商店街は一躍《いちやく》出店候補地に名を連ねることができた。店舗は『CAFÉ ERA』より小規模になるが、新しい洋食メニューの他にも『CAFÉ ERA』の一部人気メニューを提供する予定ということで、訴求力は十分だ。諦めずに出店場所選定のための資料を出したり、振興会からのメッセージなどを伝えたりしていると、ついに出店を検討してくれるという話がきた。そこから話を詰めて、今日ようやく「出店に向けた準備に入る」という結論をもらったところだ。

営業戦略部のみなさんと握手《あくしゅ》を交わし、僕は、気持ち上を向きながらビルの外に出た。梅雨《つゆ》時のややどんよりとした空模様だけれど、それでもなんだかすがすがしい。稲荷町商店街に、未来が見えた気がする。背筋をぐっと伸ばしてから脱力すると、ビルの前を通る青山通りに見覚えのある派手《はで》な外車が停まっていることに気がついた。あれ？　と、目を向けると、左側の運転席の窓が開いて、よう、と手を挙《あ》げる人の姿が見えた。

「社長じゃないですか」

「どうだった、うまくいったか」

車に乗っていたのは、古巣・ピッサンリの片町大徳《かたまちだいとく》社長だった。来年還暦《かんれき》を迎えようという年齢だけれど、肌は真っ黒に日焼けしていて、無駄に歯が白い。スーツをいかにもという感じに着崩《きくず》していて、エネルギッシュな感じが全身から滲《にじ》み出ているような人だ。あおば市の出身ということもあって、稲荷町商店街の活性化事業については、僕が退社した後もいろいろ気にかけてくれている。

「その、出店の準備に入ってくださるそうです」

「そりゃよかった。じゃあ、祝いに飯でもおごってやる。乗れよ」

「いいんですか？」

「たまにはいいだろ？」

2

社長と一緒にオープンテラスのダイニングレストランに行くと、先に一人、待っている人がいた。友人の「アヤさん」こと藤崎文香《ふじさきあやか》だ。相変わらず、長身にパンツスーツというカッコイイ装《よそお》いで、男女問わず、周囲の視線を集めていた。少し遠くから僕と社長を見つけると、真顔のまま小さく手を振る。テーブルの上にはワイングラスがあって、もう空《から》になっている。

「あれ、アヤさん？」

「社長がお昼おごってくれるっていうからさ、来ちゃった」

アヤさんは今でこそフリーの建築デザイナーだが、元々は僕と同じく、ピッサンリの社員だった。出会いのきっかけは起業を目指す人を対象にしたオンラインサロンで、僕は高校生の頃から参加させてもらっていた。サロンの中ではアヤさんもかなり若い部類だったけれども、さらに若い僕が入ったので、興味を持ってくれたらしい。姉が弟を見るような感じだったのかもしれない。少しずつコミュニケーションを取り合うようになって、いつの間にか会って話すようにもなった。

母親が他界し、天涯《てんがい》孤独になってしまった僕が大学進学を諦めようかと思っていたとき、アヤさんは、当時自分が勤《つと》めていたピッサンリに就職するよう勧《すす》めてくれた。後から聞いた話だけれど、片町社長に話を通して、僕を学生社員として採用するように言ってくれたのもアヤさんだったようだ。

彼女は僕の恩人の一人であり、大事な友人の一人でもある。

「どう、いけたの？　あの話」

「新業態のお店の出店準備に入ってくれるみたいで。稲荷町商店街にとっては、ゲームチエンジャーになるかもしれない」

「ほんとに？」

「業態が違っても『CAFÉ ERA』のブランドはやっぱり強いし、宣伝《プロモーション》も積極的に打ってもらえると思う。あそこがお店を出すくらいならうちも、というところがきっと増える。空気をがらっと変えてくれるんじゃないかと思って」

「シャッター商店街、っていうイメージは払拭《ふっしょく》できるかもね」

「若い人が来てくれるようになれば、街が回り出すと思うんだ」

「そのまま、オシャレ商店街に変えていくつもりなの？」

「僕は、新旧混在してるのがいいと思ってて。現に、『稲荷町若梅《わかうめ》』みたいな既存店も好調だから。ただ、商店街としてのアイデンティティはあった方がいいと思うし、できるだけ飲食店を誘致して、おいしいものがいっぱいある商店街、っていうイメージがつくれたらいいんじゃないかなって」

稲荷町グルメロード計画ね、と、アヤさんがにやっと笑う。

「でも、ファサードは少し整えないといけないかもね。レトロならまだいいけど、寂《さび》れ感丸出しの建物とか、廃墟《はいきょ》かな？　みたいなとこ、かなり多かったもん」

「改修の資金を捻出《ねんしゅつ》できない店舗がほとんどだし、市もこれ以上お金出してくれそうにないし、すぐには難しいかもしれない」

「でも、いつかはきれいにしないと、他のお店の足を引っ張ることになる」

そうなんだけど、と、僕は苦笑する。いずれ、商店街全体のファサードと、老朽化《ろうきゅう》したアーケードの改修をしなければならない時期は来る。でも、それが僕の任期内に達成できるかはわからない。

「ま、とりあえずはお祝いだし、軽く飲む？」

まだ昼間だよ、と僕が軽く流すと、アヤさんは「ちっ、つまんねーやつ」と言うようにわざと眉間《みけん》にぎゅっとしわを寄せ、すぐにまた笑顔になった。

「ファサードも含めて、アヤさんにはまた手伝ってもらうかも」

「お仕事くれるならいつでも。たまに、みどりのとこにも顔出したいし」

みどり、というのは、あおば市に移住して稲荷町商店街に出店したイタリアンバル『トゥッティ・フラテッリ』のオーナーシェフである、赤城《あかぎ》みどりさんのことだ。アヤさんとは友人同士で、地方移住を考えているみどりさんをオンラインサロン経由で僕に紹介してくれたのもアヤさんだった。

「どうだ、先方さんに新店を出してもらったとして、勝算はあるのか」

ランチの注文を終えた片町社長が、僕に向き直って少し表情を硬くしながら話しかける。

僕も、ランチメニューで目についた品を注文したのだけれど、正直、いろいろ考えることが多くて、今は全然頭が食欲には向かなかった。

「今の状態だと、なかなかきつそうですね。以前に比べて少し人の数は増えてきてると思うんですけど、来街理由は個別のお店目的で、一部店舗がなんとか頑張ってるだけなんです。まだまだ商店街としては機能してないですし、もっとお店を増やさないと」

「ねえ、みどりんとこは大丈夫なの？」

友人のお店なので気になったのか、アヤさんも僕を覗《のぞ》き込むように見る。

「赤城さんのお店は近所の子連れ女性たちが常連としてついているんだけど、やっぱり商店街の近所だけだと若い世代の絶対数が少なくて、もう少し広いエリアからお客さんが来ないと厳しくなるかも、って」

「そっか。なんとかしてあげてくれる？」

そのつもり、と、アヤさんに返事をしたところで、急に電話がきた。画面を見ると、ジョージさんからだ。テラス席ではあるものの、声を潜《ひそ》めつつ通話を開始する。僕が事務所にいないときでも二人はうまくやってくれているようで、ジョージさんやみなみから緊急の連絡が来るようなことはめったにない。何かあったかな、と、少し緊張した。

「ねえ、誰から？」

「ちょっと、事務所から」

ほんの数十秒の短いやり取りの後、僕は席を立った。「すみません、いかなきゃ」と言うと、二人が困惑した表情で僕を見た。注文の品はまだ来ていなかったが、今さらキャンセルはできそうにない。作ってくれる方にも申し訳ない限りだけれど、二人に、食べてくださいい、とお願いするしかなかった。

「なんか、トラブル？」

「んー、そうみたい。よくわからないけど、ちょっとすぐ帰った方がいいかなって」

「大変」

「まあ、しょうがない」

すみません、ランチは後日改めて、と、片町社長に頭を下げる。

「無理すんなよ。なんかあったら、連絡してこい」

「ありがとうございます。大丈夫です。なんとかしますよ」

手に負《お》えなくなったらその時はぜひ、と言いつつ、僕はテラス席からそのまま外に飛び出して、駅に向かった。夕方までには事務所に帰れるか、スマホで最短経路を確認する。思いのほか動揺していてなかなか思い通りにアプリが起動できず、少し苛立《いらだ》った。心が逸《はや》る。そして、嫌な予感がする。

3

――お前が、アドバイザーとかいう若造か！

若い、ということを理由に、年配の人から侮《あなど》られることは過去にも何度かあったけれど、面と向かって「若造」という単語を聞いたのは初めてのことだった。あ、ほんとにそういう言葉を使う人がいるんだ、という驚きが勝《まさ》って、怒鳴《どな》られても冷静になれたのは不幸中の幸いだったかもしれない。

夕方、もう人の姿のない事務所内で声を張り上げているのは、やや小柄《こがら》な老年の男性だ。年齢は、おそらく七十代半《なか》ばくらいだろうか。背はみなみより少し高いくらいで、平均的な身長の僕でも、相対すると見下ろすような感じになる。手足も細く、かなり痩《や》せ型だ。けれど、妙《みょう》な迫力がある。

男性は細身のレザージャケットに黒のダメージデニムとブーツという出で立ちで、指にはごついシルバーの指輪をいくつもつけている。ほぼ銀に近い白髪《はくはつ》は頭の上でかっちりと固められた、いわゆるリーゼントスタイルで、細めで吊《つ》り上がったキャッツアイ型のサングラスも相まって、見た目の印象は強烈だ。

「はい。商店街のアドバイザーをやらせていただいています、瀧山《たきやま》クリスと申します」

「やらせていただいてます、じゃあねえんよ、このトンチキ」

「と、トンチキ」

「なんで、よそもんが勝手にきて、商店街をめちゃくちゃにしてやがんだ！」

「その、あおば市と契約させていただいておりまして、商店街活性化事業の一つとして、僕が――」

んなこたぁ聞いてねえんだよオタンコナス！　と、また事務所内に怒号が響く。

老人は、昼間に来たときもこの調子だったらしい。ジョージさんが、僕が東京から戻ってくる時間を伝えてなんとかお引き取り願ったものの、その時間通りに事務所へ再びやってきて、のっけから出力全開で怒鳴り散らしている。小柄な体に似合わず、ガラス窓が振動でびりびりいい出すのではないかと思うほどの声の大きさだ。

「だいたい、なんだこのヘンチクな建物は！　ここは呉服屋だったじゃろうがよ！」

「ええ、その、跡地《あとち》をお借りして、商店街のみなさんのコミュニティスペースに――」

「変な横文字を使うんじゃあねえ！　ロックンローラーでもねえくせに！」

「ろ、ロックん……」

「ただでさえハートのねえやつの言葉なんて響いて来ねえのに、横文字なんか使ったら余計わけわかんねえじゃろうが。もっと真っすぐ来いよ！　おい！」

「すみません」

「だいたいな、お前の仕事はなんだ、商店街を盛り上げようってんじゃろ？　じゃあ、なんでこんな意味不明なもん建てる必要があんだ。駅前にでも行って、客を引っ張ってくるのが先じゃろうが！」

飲食店のコンサルティングをするときには、クレーマー対応について話をすることもあるが、自分自身に矛先《ほこさき》が向けられる経験はあまりない。相手をなだめながら、何に対して怒っているのかを見定め、寄り添いながらできることを提案する。原則を思い出しながら対応しようとするのだが、なかなか理想通りにはいかない。

「もちろん、お客さんを呼び込んでいかないと、と思ってます。ただ、商店街のお店も随《ずい》分《ぶん》閉まっていて、昔のような地元の人同士の繋がりが切れてしまってると思うんです。なので、こういった集会場所を作って、もう一度繋がりを取り戻せれば、もっと商店街としての力を発揮できると思いまして」

「繋がりが切れてる？ よそもんが偉そうに。ここの何を知ってやがる！ 繋がりなんかな、切れちゃあいねえよ。俺のマブダチだってまだそこいらじゅういっぱいいるんだ」

マブダチ、と、僕はまた迫力に押されてオウム返しをしてしまう。

「いいか、逆だ。ここにあった繋がりをズタズタにしてやがんのは、お前だ、お前！」

「僕が、ですか」

「お前がいじくりやがったとこを見てみろ！ どこの馬の骨ともわからねえ中国人が店を出して、食えたもんじゃねえほど辛いもんを名物だなんて言ってやがる。若梅んとこのせがれは菓子がちょっと売れたからって調子に乗りやがって、他の店から顰蹙《ひんしゅく》を買ってる。江戸前寿司《すし》屋に鮭《さけ》なんか握らせるなんておれには考えられねえこった。挙句《あげく》は、イタリアだかなんだかの料理屋だ。あんなもん、年寄り連中が食うか？ ここいらになんか、ジジイババアしかいねえってのに」

批判の内容はともかく、商店街については異様に詳しいな、と、僕は少し驚く。

「みなさん、お客さんに来てもらおうと頑張った結果で」

老人はサングラスを外すと、思ったよりもつぶらな目で僕をにらみつけた。にらみ返すわけにもいかないけれど、目をそらしてはいけない気がする。じっと見ると、怒りや憤《いきどお》りといった感情の奥に、ほんの少し、違う感情が揺らいでいるように見えた。

「お前がやろうとしてることはの、商店街の活性化なんかじゃあねえ。横取りなんよ。おれたちが何十年もかけて積み上げてきたもんを全部ぶっ壊して、老人は出て行けって言ってるようなもんだ。愛がねえ。お前のやってることは、ロックじゃねえんよ。ロックってのは愛なんよ」

「そんなことは……」

「振興会だの豆腐屋のおやじがなんて言ってるか知らねえが、おれは認めねえぞ。ここはおれたちの商店街じゃからの。おれの目が黒いうちは、若造、お前の好き勝手になんかさせねえからな！」

覚えとけ、ロックンロール！　と言いながら、老人は背中を向け、肩をいからせ、足を振り上げるような独特の歩き方で事務所を出ていった。後に残された僕は、呆然《ぼうぜん》と、「なんだったんですかね」とつぶやくことしかできなかった。ジョージさんもまた、「さあ」と答えるだけだった。

4

カウンターの方から、ふわりとコーヒーの香りが漂《ただよ》ってくる。その香りがするのは一瞬の出来事で、やがてその香りは魔法のように消える。でも、どこかに散ってしまったわけじゃない。琥珀《こはく》色の液体とともに、すべてカップの中に注ぎ込まれているはずだ。

僕の事務所の隣の隣、アーケード街に面した建物の二階にある喫茶店《きっさてん》『カルペ・ディエム』は、何十年も前から時間が止まったままなのではないかと思うほど、外とは異質な空気に包まれている。椅子《いす》もテーブルも、照明や壁も、遠い過去から時間を越えてやってきたような佇《たたず》まいで、その頃を知らない僕でさえ懐《なつ》かしさを覚えるくらいだ。稲荷町商店街にやってきてすぐの頃から通っているお店で、僕のお気に入りの居場所でもある。考えることが増えたり、行き詰まったりしたときは、いつもここにくる。

お店の売りは、マスターの常盤《ときわ》さんがお客さんのイメージに合わせ、その場で豆をブレンドしてドリップするブレンドコーヒー。豆の組み合わせによって値段が変わるので、価格は「時価」と表示されている。僕はいつものようにブレンドを頼み、商店街が見下ろせる窓際の席に座った。もう外は暗くなっていて、頼りない灯《あか》りが、誰もいない路地を照らしている。閉店間際の店内、少し離れたボックス席には、おそらく八十歳は過ぎているであろう老夫婦が、仲良く向かい合わせになってコーヒーを飲んでいた。もしかしたら、何十年も同じようなひとときを繰り返し過ごしているのかもしれない。そんなことを思わせる。

「気にする必要はないかと」

「ああ、うん。僕は大丈夫です」

向かい側に座ったジョージさんが、僕を気遣《きづか》ったのか声をかけてくれる。大丈夫、と答えたのは、半分本当で、半分は嘘《うそ》だ。ロックなご老人に怒鳴りつけられたこと自体は、それほどショッキングなことではなかった。でも、その言葉は僕のお腹の奥の方にひっかかっていて、ちくちくと棘《とげ》を立てている。

「でも、あのおじいさんの言ってることは、わからないでもないんですよね」

「と言うと」

「商店街を活性化する、って話を聞くと、住民の人たちは、昔の商店街の賑《にぎ》わいが戻ってくるんじゃないか、って期待をしちゃうんですよ」

一年、アドバイザーをやりながら商店街の人たちとコミュニケーションをとってきた中で実感したことだけれど、商店街の一部の人、特に年配の人は、「昔の商店街を取り戻したい」という思いが強くあるように感じる。肉屋に八百屋《やおや》、魚屋なんかの威勢のいい呼び込みの声が響くかつての稲荷町商店街は、日用品から洋服、贈答品から電化製品まで、端から端まで歩けば大概のものが揃《そろ》ったそうだ。常連客と店主の人間味に溢《あふ》れた付き合いや、通りを駆け回る子供たち。そういう、「一番よかった頃の姿」に戻れるのではないか、と期待する人は少なくないな、と感じる。

僕自身、そんな商店街の姿も一度見てみたいとは思う。でも、それは限りなく不可能に近いことだ。古き良き時代は過ぎ去って、どうあがいても時間を巻き戻すことはできない。商店街が過去に取り残されている間に、周囲の時間はどんどん未来へと進んでいる。郊外型の大規模商業施設が買い物の場として主流になったのもつかの間、今はネット通販にその役割が移っていこうとしている。商店街に生鮮品を売る店が復活しても、多くの人はスーパーに行くだろう。呉服屋がそのまま残っていたとしても、日常的に着物を着る人はもうほとんどいない。駄菓子屋《だがし》があっても、子供の数が少なくて成り立たない。そういったものは、もう庶民の生活の場にあっても機能しないのだ。

商店街の活性化とは、新陳代謝《しんちんたいしゃ》のサイクルを復活させることだと僕は思っている。店主が高齢になってお店が閉まったとしても、そこにすぐ新しいテナントが入る。時代のニーズに合わせて入るお店もしだいに変化して、商店街に集まってくる人たちも世代交代していく。そういう、時代に寄り添った変化を止めてしまったことが、商店街が衰退《すいたい》した一番の原因ではないかと思うのだ。

商店街の新陳代謝を促《うなが》して、変化のサイクルを持続させる。でも、それは言葉で言うほど簡単なことではない。さっきの老人のように、変化を望まない人は一定数いる。彼らにとっては、記憶の中の商店街こそが自分にとっての商店街であって、時代に沿《そ》って新しいものに切り替わり、雰囲気《ふんいき》や風景の変わった街は、もはや別の場所なのだ。

僕は、あの老人から、商店街を取り上げようとしているんだろうか。

商店街を立て直すには、もはや近隣住民の日常生活の一部のままではいられない。かつての住民は高齢化して購買力が下がり、その子供世代は大都市圏に移住する人が多く、若い世代の人口減少は著《いちじる》しい。コンビニやスーパーが競合して、小規模店舗は品揃えでも価格でも勝ち目がない。となれば、商店街で提供される商品やサービスに付加価値をつけて、来街者をより広範囲から集めてこなければならない。そのために、僕が最初の一年間を費《つい》やして固めてきたのが、アクセスの改善だった。そして、僕が培《つちか》ってきた飲食店コンサルティングの経験を最大限活かせるように、「グルメ」という付加価値をつけて、商店街全体をテーマパーク化しようと考えて――。

「おまたせしました」

心に直接響いてくるようなバリトンボイスとともに、今日もかっちりと蝶《ちょう》ネクタイとベストで決めたマスターが、コーヒーを持ってやってきた。テーブルに置かれた僕のブレンドとジョージさんのブレンドは、カップの形状もコーヒーの色味も違う。飲んだ本人にしかわからない、マスターからのメッセージだ。今日の僕に、マスターはどんな言葉をくれたのだろう。

「あの老人が何者か、調べてみては」

マスターが砂糖とミルクを取りに戻る間に、ジョージさんがぼそりと口を開いた。

「調べる？」

「妨害《ぼうがい》など受けてはよくないので」

「それ、あんまり考えたくないですけど、あり得ないわけじゃないですよね」

「ええ。業務に差し障《さわ》りが」

「不思議なのは、僕が来てから一年以上経《た》ってるのに、なんで今頃なんだろう、ってことなんですよね。商店街の常連さんぽかったのに」

「確かに」

僕とジョージさんがあでもないこうでもないと例の老人について話していると、砂糖とミルクを持ってマスターが戻ってきた。僕はブラック派だけれど、ジョージさんはしっかり甘くするのが好きらしい。その辺《あた》りの好みも、マスターの頭には入っているだろう。

「マスターはご存じないですか？　ロックな格好《かっこう》をした小柄なご老人」

「うちの店にいらっしゃったことはないですね」

「噂《うわさ》とか聞いたことは？　たぶん、商店街の常連さんじゃないかと思うんですけど」

「商店街の事情を聞くなら、うちよりずっといい場所がありますよ」

「いい場所？」

「虎町《とらまち》です」

虎町か、と、僕は窓の向こうに目をやった。

虎町とは、南北に向かうアーケード街と、東西に延びる竹熊《たけくま》神社の参道を二辺とする横丁街で、住所で言えば、稲荷町四丁目一帯と、稲荷町五丁目の一部くらいの範囲を指す通称だ。いわゆる「夜の街」で、昔、近くに市場や工業団地があった頃は、女性が接客する店が軒《のき》を連《つら》ね、労働者たちのたまり場として栄えた場所だった。「虎町」の名の由来《ゆらい》は、酔っぱらいを意味する「大トラ」からきているようで、最盛期は、きっと酔っぱらいたちが多数闊歩《かっぽ》するような繁華街《はんかがい》だったのだろう。でも、市場や工場の移転を契機にお客さんを失い、商店街と同じくかなりさびれてしまっている。今はもう全盛期の面影《おもかげ》は残っておらず、虎町のメインストリートである「千鳥《ちどり》横丁」に、ちらほらと店が残っているだけだ。

「虎町……、ですか」

「夜の街のコミュニティは濃いですから、どこかで繋がると思いますが」

「マスターも行くんですか？　虎町に」

「いえ、今はもう。若かった時分は、顔を出すこともありましたけれどね」

「へえ、マスターが？」

「若かりし頃の話です」

　若かりし頃の話とはいえ、白髪をかちっと固め、物腰もダンディなマスターの姿からは、虎町で酔っ払っている姿は想像がつかなかった。今から四十年以上も前、虎町も、商店街も、どんな人たちが集まって、どんな光景が広がっていたのだろう。僕には知る由《よし》もない。

「行ってみますかねえ、虎町」

　カップをかき混ぜるジョージさんに何気なく声をかけると、ジョージさんはスプーンを持つ手を止め、相変わらずの真顔のまま、僕をじっと見つめた。

「私もですか」

「んー、できたら。ちょっと一人だと行きにくくて」

「できれば、遠慮《えんりょ》したいですね」

「え、そうですか」

「口下手《くちべた》なので、苦手で」

そうですよね、と、僕は思わず苦笑いをした。地方の、地元の人しかまずいかない古い飲み屋街というのは、僕たち世代の人間にとってはなかなかにハードルが高い。独《ひと》りで行くかあ、とため息を漏《も》らしつつ、もう一度窓の外に目を向ける。少し離れたところに、千鳥横丁の入口があるのだ。

ようやくコーヒーカップを持ち上げて、口元に寄せる。深煎《ふかい》りした香りと、やや強い苦み。しっかりしなさいというマスターからの叱咤《しった》激励《げきれい》かな、と、僕はまた苦笑いをする。

5

「そりゃ、ロックおじさんだな」

「ロックおじさん？」

僕の横に並んで歩いていた安部《あべ》川久《かわひさし》さんが「そう」とうなずく。ヒサシさんは、稲荷町商店街の老舗《しにせ》和菓子店『稲荷町若梅』の社長さんで、稲荷町商店街では珍《めずら》しく、まだ三十代と若い経営者だ。もちろん、先代の奥様でヒサシさんのお母様である女将《おかみ》の千歳《ちとせ》さんが店を取り仕切っているのだけれど、ヒサシさんも経営者としての手腕を発揮しつつある。

昨年、僕は前任アシスタントの幸菜《ゆきな》と一緒に、ヒサシさんが主導する商品開発のお手伝いをさせてもらった。結果、生まれた錦玉羹《きんぎょくかん》『極光《きょっこう》』が異例の大ヒット商品となり、最近はヒサシさんも随分忙しそうだ。

ヒサシさんは生まれてからずっとこの商店街で育ってきているので、もしかしたらあの老人のことも知っているのではないか、と考えて聞いてみたところ、案《あん》の定《じょう》、「ああ、あのおっちゃんね」という言葉が返ってきた。

「昔から、この辺をよくふらついてる人でさ。子供が、ロックンロール！　って言うと、アメだのチョコだのくれるんだ。俺も、ガキの頃にもらったことがあるよ。今はじいさんだろうけど、子供たちはみんなロックおじさんて呼んでたな」

「近くに住んでる方なんでしょうか」

「いや、わっかんねえな。どこの誰かまでは知らなかった。最近見なくなってたから、どっかに引っ越したか、死んだかしたんじゃねえか、って思ってたんだけどな」

「昔から、ああいう格好で？」

「そうそう。革ジャンと、ばっちりリーゼントで。ポケットに手つっこんでオラオラ歩くから、うちの母親なんて毛嫌いしててさ。下品だ、って」

ああ、あの女将さんなら、と、僕は長身でびしっと背筋の通った和装の女将さんの姿を思い出す。

「そのロックおじさんが、なんかしたのか？」

「それが、先日、事務所に怒鳴りこんでこられて、かなりお叱《しか》りを受けまして」

「そりゃ災難だったな。なんだって？」

「僕のやり方が気に食わない、みたいなことを」

「ああ、まあ気にすんなよ。そういうやつもいるだろうよ」

「ヒサシさんは菓子が売れて調子に乗ってるから、顰蹙を買ってる、ともおっしゃってましたけども」

調子に乗ってるんですか？　と、僕が意地悪く聞くと、ヒサシさんが「冗談《じょうだん》じゃねえ」とむくれた。

「毎日忙しくて、調子に乗ってる暇《ひま》なんかねえよ。今日も朝から商談商談でさ」

「いいことですね、忙しいのは」

「まあな。暇を持て余すよりはいいけど、息抜く暇がないんだよ。だから、クリスが珍しく酒をおごってくれる、なんて言うから、今日は楽しみでさ。商店街についての話し合いってことにして、早めに上がってきたよ」

「楽しみにしてもらえてたなら嬉しいですね」

「もちろんあれだろ？　男二人で普通に飲みに行くわけじゃねえよな？」

「と、言いますと？」

「おいなんだよ。わかるだろ。やっぱこう、きれいなお姉さん方がいるとこでさあ」

「どこか、いいお店、ご存じですか」

「あおば駅まで出れば、駅裏に結構あるんだよ。ここからタクシーで三十分くらいかな」

「へえ、そうなんですね。さすが詳しい」

「さすがって程でもねえよ。でも、意外だな。クリスもそういうとこ行くんだな」

「普段は行かないんですけどね」

「そりゃそうだろうよ。贅沢《ぜいたく》なんだよ。周《まわ》りにかわいい子いっぱいいるのに。幸菜ちゃんはいい子だったし、デザイナーのお姉さんなんかモデル級だし。新しく事務所に来た子も、ちょっとヤンキー気味でクセ強めだけど、カワイイじゃん」

「彼女たちはビジネス上のパートナーですからね」

ったく、変な意地張るなよ、などと言いつつ、ヒサシさんはアーケード街の出口に向かっていこうとする。僕は後ろからヒサシさんのシャツの端っこを掴んで引き留める。

「おい、なんだよ」

「今日の行き先は、こっちなんですよ」

「こっちって、そこ、千鳥横丁じゃねえか」

「そうです。向こうに『追憶《ついおく》』っていう名前のスナックがあるらしくて」

ヒサシさんがさっと顔色を変え、「おまっ」「ばかばか、バカ野郎」と激しく動揺しだす。

「虎町はダメだって、クリスお前」

「でも、例のロックおじさんについて知ってそうな方がいるって聞いたんですよ」

「おいなんだよ、気分転換に飲みに行くんじゃないのかよ」

「そんな話しましたっけ」

「あのな、昔はどうだったか知らねえけど、今の虎町ってのはあれだぞ、魔境なんだぞ」

「昭和から続いてる生きた化石みたいな店しかないんだからな？　客なんかこの辺に住んでるジジイしかいないんだ。飲み屋じゃなくて介護施設みてえなとこばっかなんだって」

「魔境」

「いや、その話、他でも聞いたんですよね」

僕は、古くからこの辺りを知っている店主さんたちに「ロックおじさん」について聞き込みをしてみたのだけれど、生憎《あいにく》、素性《すじょう》や連絡先まで知っている人はいなかった。でも、あのロックおじさんを昔から見かける店がある、という有力な情報を手に入れることはできた。そのお店が、虎町にある『追憶』という店名の古いスナックだ。ただし、僕のような若者が行く店じゃないぞ、という警告も受けた。

「ちょっと一人で行くのが心細くて。ヒサシさんなら慣れてるんじゃないかと」

「俺を道連れにすんなよ、勘弁してくれよ」

「そこをなんとか」

「なんでだよ。ロックおじさんなんかどうだっていいだろ？」

「それが、そうもいかないんですよ。わりと、商店街の未来を左右するくらいの話です」

「商店街の未来？　なに言ってんだ？」

事務所にロックおじさんがきた数日後、僕のところにはかなりまずい連絡が来ていた。

連絡してきたのは、ハードボイルドエッグス・ジャパンの営業戦略部の担当さんだ。

『CAFÉ ERA』新業態の洋食店を出店する予定でいた建物の使用に、待ったがかかったというのだ。

慌てて物件を扱う不動産屋さんに話を聞きに行ったのだけれど、どうも要領を得ない。ようやく聞き出した断片的な話を整理すると、当初は貸し出しに乗り気だった物件オーナーさんが急に渋《しぶ》り出し、結局は貸さない、と言い出してしまったらしい。不動産屋さんも、安定的な家賃収入が見込める話を蹴る理由がわからないと首を捻《ひね》っていて、オーナーさんを説得しているところだそうだ。

その、物件オーナーさんが急に態度を変えた日というのが、どうやら、あのロックおじさんが事務所に来た日の翌日だったらしいのだ。どういう繋がりがあるかはわからないけれど、タイミング的に、ロックおじさんがこの話に関係している可能性は高いのではないか、と僕は思った。時間をかけて選定してきた物件が使えなくなってしまうと、すぐ次の物件を探そう、とはなかなかならない。ここまでせっかく積み上げてきた話が白紙に返ってしまうことだけは、なんとしても避けたかった。

僕は、ロックおじさんの素性を突き止めて、事業についての僕の考え方を理解してもらわなければならなくなった。そのためには、ロックおじさんが通っているであろう、スナック『追憶』に行って、話を聞かなければならないのだ。

「んなこと言ったってさあー」

僕の話を聞いて、ヒサシさんが「あー」とも「だー」ともつかない呻《うめ》き声をあげ、やがてがっくりと肩を落とし、わかったよもう、と、ため息をついた。

「行きゃいいんだろ。ウチは貸しがあるから断れねえからな。そう思って俺に声かけたんだろ？　ひでえやつだな」

「すみません、ありがとうございます」

「でも、覚えとけよ。今日のことはマジで一生恨《うら》むからな、クリス」

いろんな人に恨みを買う大変な仕事だなあ、と、僕はそっとため息をつく。

6

スナック『追憶』の早矢香《さやか》ママが僕の席に着いたのは、入店から一時間ほど経った頃だった。カウンターで飲んでいたお客さん二人を外に送り出すと、お待たせ、とばかり、テーブルを挟んだ向かい側のスツールに腰を掛けた。僕の横についていたキャストのお姉さま方が、やっとママ来た、と、きゃあきゃあ言いながら手を叩く。ヒサシさんは、最初こそやけになって呷《あお》るようにお酒を飲んでいたけれど、「イケメン」などとおだてられ、下にも置かない歓待《かんたい》を受けているうちにだんだん楽しくなってきたようで、ステージに立って熱唱中だ。僕が見る限りでは、ずいぶんエンジョイしている。これなら恨まれずに済むだろう。

紫色に光る看板が目印のスナック『追憶』は、アーケードのある商店街B街区から「千鳥横丁」に入って少し歩いたところにあった。かなり年季の入った建物の一階にあって、入口には小窓もなく、扉が固く閉ざされていて、中がどういうお店なのかは窺《うかが》い知ることができないようになっている。それがまた、入店のハードルを上げている。

ヒサシさんと顔を見合わせ、意を決してドアを開ける。中は思ったよりも広々とした空間だ。部屋の奥にはカウンターがあって、手前には低いテーブルと簡単な椅子を並べただけのボックス席がいくつか。カウンター横には小さなステージがあって、マイクスタンドが立っている。カラオケ用だろう。

店内に入ると、居合わせた人たちの視線が一斉に僕たちに集まった。ボックス席には、かなり年配の男性客が何組か。それぞれのテーブルに、またかなり年配の女性キャストがついて接客をしている。僕が、「初めてなんですけど、大丈夫ですか？」と聞いた瞬間、キャストの女性たちがお客さんそっちのけで全員集まってきて、あっという間に僕とヒサシさんを取り囲み、まるで引きずり込むように入口から店内に招き入れてくれた。どうやら、二十代、三十代の人間が店を訪れることなどないらしく、「若い！」「若い男がきた！」などという声が飛び交《か》い、店がひっくり返るような大騒ぎになってしまった。

スナック、と一口に言っても、いろいろな業態のお店があるようだ。本来は「スナックバー」という名称で、「ママ」と呼ばれる女性店主がカウンターでお酒や軽食を提供するお店、というのが一応の定義だそうだ。でも、その線引きはあいまいで、『追憶』は女性キャストが席について接客をするタイプのお店だった。

入店してすぐ、キャストのみなさんに囲まれた僕とヒサシさんは、もみくちゃにされながら席に案内され、席に着くなりがんがんお酒を勧められた。用意されているのは焼酎《しょうちゅう》やウイスキーのハウスボトルで、一時間二千円で飲み放題というリーズナブルな価格設定だ。少し高めの価格帯のお酒はボトルキープができるようで、名札付きのお酒の瓶《びん》がカウンター内側の棚《たな》に所狭しと並んでいた。手作り感のあるメニュー表には簡単なフードメニューもラインナップされているのだけれど、わざわざ注文しなくても、ママの気まぐれで小鉢やらつまみやらがテーブルにやってきた。煮物とか、お漬物《つけもの》とか、いずれも素朴《そぼく》な料理ばかりで、なんだかほっとする味だった。

キャストの女性はママの他に五名いて、驚いたのはその年齢層だった。七十代のママを筆頭に、キャストも七十代が一人、六十代が三人。「一番のピチピチ」と紹介されたキャストは、五十代半《なか》ばとのことだった。僕からすると年齢はかなり上だけれど、みなさんバイタリティに溢《あふ》れていて圧倒される。

ヒサシさんが「介護施設」と表現したのは、暴言のようで、あながち間違いではないのかもしれない。近隣に住む高齢者にとっては、『追憶』のように安くお酒が飲めて、家庭料理が食べられて、なおかつ人と交流できるような場所が貴重な居場所になっているのだろう。お客さんの中には、軽度ながら本当に要介護の老人もいるそうで、そのせいか、よく見ると店内には段差や狭い通路はなく、不完全ではあるものの、バリアフリーに配慮《はいりょ》した造りになっている。商店街が衰退して飲食店も姿を消す中、年金生活であまりお金は使えない、年老《としお》いてあまり遠くに行けない、という老人たちの受け皿になっているのだ。

「で、聞きたいことってなんなの？　僕ちゃん」

　早矢香ママは、氷を入れたビールという独特な飲み物を飲みながら、僕に目を向けた。背は小さくてかなり細身の体型だが、存在感がはっきりした人だ。ベリーショートの髪に、大きなイヤリング。メイクは、暗い店内でもしっかり主張するほど濃いめ。あまり浮わついた感じはなくて、どこかアンニュイな雰囲気もある。長年の接客によるものか、声はかなりハスキーだ。

「ここのお客さんで、ロックっぽい格好をした年配の男性がいらっしゃらないでしょうか。革のジャケットに、髪型もリーゼントで」

　僕がそう言うと、明らかに早矢香ママの表情が強張《こわば》った。隣のキャストの女性が、何か言いたげにママと僕と、交互に視線を向ける。

「その人が、何か？」

「僕は今、稲荷町商店街活性化のためのアドバイザーをやらせていただいてるんですが」

「ああ、あなたが例の〝一億円の男〟なの？　若いとは聞いてたけど」

「あ、ご存じでしたか」

「当たり前よ。みんな知ってる」

　周囲が「一億円」という単語にざわつく。「ねえ、おばちゃんと結婚しない？」「あなた、おばちゃんどころかババアじゃないの」などと、やや自虐《じぎゃく》的なキャスト同士のやり取りが繰り広げられるのを、笑顔でやり過ごす。

「先日、その方が事務所にいらっしゃって、僕のやり方に異論がある、とお叱りを頂いたんです。その直後に、誘致したお店が出店を予定していた物件の使用にストップがかかってしまいまして」

僕が、『追憶』に入店するに至るまでの経緯を説明すると、早矢香ママはため息をつき、少し肩を落とした。ロックおじさんのことを知っているのは間違いなさそうだが、何か事情がありそうにも見える。

「それ、順《じゅん》ちゃんだわね」

早矢香ママの言う「順ちゃん」こそが、例のロックおじさんのことであるらしい。本名は意外にも内田《うちだ》順一《じゅんいち》さんという日本人らしいお名前で、『追憶』の「元・常連」だそうだ。

「元？」

「ここ数年、来てなかったから。その前はね、よく来てくれて。週に一、二回とか」

「どこで何をされてる方なんでしょうか」

「この辺だと、昔から名物おじさん、みたいな扱いだったけど、ああ見えてね、あの人、自分の会社も持ってるし、投資家でもあるのよ。順ちゃんのお祖父《じい》さんは元町長で、お父さんも代議士。元々資産家の一家でね。順ちゃんはまあ、昔から放蕩《ほうとう》息子って言われてたけど、損得抜きでお金使う人だから、いろいろ世話になってる人も多いのよね」

「虎町界隈《かいわい》にもよくいらっしゃるんですか」

「そうね。ここから家が近いのよ。この辺りが賑わっていた頃は、毎日のように来てたわね。で、気に入った子なんかがいると、お金を都合してくれたりしてね。それで店をやり出した子も結構いたわね」

「もしかして、ここも——」

「ここは、私が貯めたお金で始めたんだけど。でも、お客さんとしてはだいぶお金使ってもらったわね。毎回ね、いいお酒を入れていくのよ。自分は一滴も飲めないくせに。あんな見た目で下戸《げこ》。笑っちゃうでしょ」

意外ではあります、と、僕は早矢香ママに笑顔を返した。少し遠い目をした早矢香ママは、ごめんね、と言いながら、タバコを咥《くわ》えて火を点《つ》ける。

「ということは、不動産オーナーの方にも、なにか貸しがあって？」

「わからないけど、そうかもしれないね。でも、お金を盾《たて》にして、無理矢理言うことを聞かせてるわけじゃないと思うわよ。そういうの嫌う人だから」

僕に向かって、愛がねえ！　と怒鳴るロックおじさんの姿がよみがえる。早矢香ママの話からぼんやりと浮かんできた背景は、こんな感じだろうか。不動産オーナーは、過去、ロックおじさんに助けられたか、借りがあった。ロックおじさんは、僕が商店街を老人たちから奪おうとしている、と力説して、建物を貸すなと忠告する。その言葉を受けてオーナーは翻意《ほんい》し、賃貸《ちんたい》契約の白紙撤回を不動産会社に申し入れた。僕の想像通りなら、やっぱりロックおじさんを説得しなければならないということだ。

「最近は、ここにも、商店街近辺にも来てはいらっしゃらなかったんですよね？」

「少なくとも、ウチには来てないわね。もうずいぶん顔も見てないし」

「何か、理由をご存じだったりは？」

早矢香ママは少し考えるようなしぐさを見せたが、やがて首を横に振った。

「そうですか。その、もし可能でしたら、内田さんがここにやってきたら、僕に知らせてもらえないでしょうか」

「そういうの、困るのよ、その――」

「トラブルにはならないように配慮します」

無理を言っているとは承知だけれど、僕も引くわけにはいかなかった。

「どうして？」

「どうして、と言いますと」

「なんで、ここの商店街なんかのために仕事してるのかしら。若い人にはあんまり縁がないと思うんだけど」

ああ、と、僕は一つ息をつく。

「僕が物心つくかつかないかくらいの頃ですけど、母と二人でこの辺りに住んでまして」

「え、そうなの？」

「母はフィリピン人で、虎町のお店で働いてたんです」

あら、と、早矢香ママが、「一番ピチピチ」と言われていたキャストさんを呼ぶ。入店してから、うっすら「もしかしたら」と思っていたけれど、どうやら彼女もフィリピン人で、一時期、虎町界隈に乱立していたフィリピンパブで働いていたそうだ。母が働いていたお店の店名までは僕も思い出せず、一緒のお店で働いていたかまではわからなかったけれど、もしかしたらどこかで出会っていたかもしれないという事実だけでも、少しうれしくなった。

「じゃあ、お母さんのゆかりの地だから？」

「そうですね。稲荷町商店街や、虎町のみなさんがとても親切にしてくださったみたいで、よくいいところだったって話をしていましたので。その恩返しができたら、というか。商店街が賑わいを取り戻して、商店街をずっと残していけたら、と思ってます」

「それだけ？」

「はい」

「それだけで、こんな田舎町《いなかまち》に働きに来たの？」

「そう、ですね。はい」

早矢香ママは、「若いっていいわね」と笑ったけれど、その言葉の意味が、僕にはいまひとつよくわからなかった。

「わかった。じゃあ、順ちゃんが来たら、連絡するわ」

「ありがとうございます」

僕が携帯《けいたい》の番号が入った名刺を早矢香ママに差し出すと、あら、若いのに社長なの？　と、横から覗いたキャストの方が声を上げた。名刺には、『株式会社スリーハピネス代表』という僕の肩書が入っている。そこからまた、「ねえ、おばちゃんと――」「あんたババアじゃない」という例の掛け合いがはじまり、思わず笑ってしまった。少しだけ固く冷え込んでいた場の空気をあっという間に和《なご》ませる力はすごいな、と思った。

「なんか、腹減ったな」

一曲歌い上げて、上機嫌《じょうきげん》になったヒサシさんが席に戻ってくるなり、メニューを広げる。ただ、居酒屋やレストランとは違ってフードメニューはさして多くないし、食事メニューというべきものもあまりなさそうだった。

「ねえ、僕ちゃんたち。よかったら、うちの名物食べていかない？」

「名物？」

「そう。特製ハヤシライス」

ハヤシライス？　と、僕は思わず前のめりになる。『CAFE ERA』のCEOをひきつけたというハヤシライスだが、正直、僕はあまり食べた経験がない。あまり「定番」とはいいにくい料理がこういった場所で出てくるのは、少し意外だ。実際、メニューにも「ハヤシライス」は載《の》っていない。聞くと、どうも常連さん向けの裏メニューだそうで、裏メニューがお店の名物というのも、なかなかすごい話だ。それで違和感がないほど、新規客が少なく、常連だけで経営が成り立っているということだろう。

「ハヤシライスが名物なんですか?」

「そうよ。昔っからね」

もしかしたら、何かの参考になるかもしれない。僕は、ヒサシさんの了解を取ることなく、じゃあそれを二つ、と注文した。

7

僕が『追憶』に行った、という話をすると、角打《かくう》ち『花《はな》むら』でめいめい立ち飲みをしていた常連のみなさんが、どうだった、とばかり、わっと僕の周りに集まってきた。『花むら』は、商店街に面した『花邑《はなむら》酒店』の裏手にある昔の酒蔵の一角を改装して作られた角打ちスペースで、表のお店で購入したお酒を持ってきてその場で飲むことができる。地元の人たちの中に溶《と》け込むべく、僕がアドバイザーに就任する少し前から足しげく通っている場所だ。蔵の二階部分は吹き抜けになっているので、開放感があっていい。土がむき出しの床にお酒のケースと木の板で作られた簡易テーブルが並んでいて、基本はそこで立ち飲みをするスタイルだ。お店の花邑大七《だいしち》さん・美寿々《みすず》さんご夫妻は僕の活動を応援してくださっていて、常連さんたちとも顔なじみになってきつつある。

僕の前のテーブルには、集まってきた常連さんが持ち寄った瓶ビールがずらりと並んだ。コップや栓抜きは貸し出しで、お客さんが各自で栓を抜き、各自でビールをコップに注ぐ。

何気なくやっているようだけれど、お店の人がこの瓶の栓を抜くことは、法律上できないことになっている。「角打ち」の営業は、酒類販売をする「小売業者」が販売したお酒をその場で飲むスペースを提供しているだけ、というロジックだからだ。

栓を抜いたビールを販売すると、それは「小売り」ではなくなって、「飲食物の提供」という扱いになるので、「飲食店」として届け出なければならなくなる。ただし、酒税法上、酒類販売免許を持った人は、原則として飲食店の営業はできないことになっている。飲食店という業態は利益の多くを酒類やドリンク類から上げているので、酒屋さんが小売価格で酒類を提供する居酒屋をやってしまうと、他の飲食業者は価格競争で勝ち目がないからだ。「飲食店」として営業するなら、食品衛生管理者を従事させて、許可証をお店に掲示しなければならないけれど、『花むら』では、この許可証が取れないので、提供するおつまみはすべて市販の缶詰や珍味をそのまま販売することしかできない。あくまでもここは飲食店ではなく、『花邑酒店』という酒屋さんの一角、ということだ。逆に、居酒屋さんなどでは「小売り」ができないので、瓶ビールや缶ジュースを提供するときは、必ず開栓するか、グラスに注ぐかしなければならない。

さらに面倒なことに、お店の人が瓶ビールの栓を抜いてお客さんのコップに注ぐ、という行為も、例えば、女性キャストが横について、いわゆる「お酌《しゃく》」という形になると、飲食物の提供ではなく「接待《せったい》」という扱いになって、風適法の定めるところによる「風俗営業」というカテゴリになる。その場合は、営業許可の取り方も変わってくるし、お店を出せるエリアも変わる。『追憶』のように、女性がお客さんの横につくようなお店はこれにあたる。稲荷町商店街のような古い商店街だと、この辺りが結構曖昧《あいまい》なお店が少なからずあるので、僕も少し気をつけながら既存のお店を見るようにしている。

「よう、どうだった」

角打ちスペースの端っこで、お酒のケースに座ってちびちびとお酒を飲んでいた大七さんが、おぼつかない足取りで僕の近くまでやってきた。大七さんはまだ五十代だが、先代のお父さんが『追憶』の常連で、早矢香ママのこともよく知っていたそうだ。

「面白かったですよ。みなさん陽気で」

「もう、ばあさんしかおらんじゃろ?」

「ベテランの方が多いですけれど、みなさん僕よりお元気で」

この辺のジジイババアは元気なんよ、と、大七さんがお客さんを見回しながら言うと、お客さんたちが口々にそうだそうだと言いながら大笑いする。今日もまた、見事なほど高齢者しかお客さんがいないが、みなさんお元気そうだ。

「でも、死んだうちの親父がよく、あそこのママは東洋一の美人だ、って言ってたもんでな。あんまり言うもんだから、おふくろが怒って家を出ていったこともあるくらいでの」

「それはお父さんが悪いですよね」

「でも、それだけ評判だったらしいんよ。なあ、知っとるじゃろ?」

大七さんが声をかけると、常連さんの中でもかなり年配の森嶋《もりしま》さんが、前歯のない口を開いて笑いながら、「ありゃあいい女じゃったの」などと昔話を始めた。早矢香ママは若い頃、稲荷町にあった中央市場の場内にあった定食屋さんで働いていたそうだ。その頃から美人と評判で、市場で働いている男性のあこがれの的《まと》であったらしい。その後、二十歳を過ぎた頃から虎町近辺でホステスとして働くようになり、三十歳頃に『追憶』をオープンさせた。ホステス時代もかなり売れっ子だったようだが、美人ママの店として、『追憶』もかなり繁盛《はんじょう》していたそうだ。

「あすこはな、〆《しめ》に食うハヤシライスがうまいんよ」

「あ、それ、僕もいただきました」

「うまかったじゃろ？　ありゃ絶品での。当時は、ママに会いに行く男も多かったけど、あのハヤシライスが食いたくて行くやつもおったなあ」

　早矢香ママ特製というハヤシライスは、シンプルながら味わい深い感じがした。具は、玉ねぎと牛肉の薄切りだけという潔《いさぎよ》さ。コクのあるドミグラスソースの甘みの奥にさわやかな酸味があって、お酒を飲んだ後でもさらりと食べられる。よく比較されるカレーライスとは違って、スパイスの鮮烈な香りや辛味の刺激はないけれど、ふくよかなおいしさの記憶が舌にじわっと残るイメージだった。

　ハヤシライスは、これまであまり食べたことがなかった。好みに合わないわけではないけれど、「食べたいもの」の第一選択に上がってくることが少なくて、何度も遭遇《そうぐう》しながら横を素通りしてきたような気がする。でも、歴史自体はカレーライスとそう変わりがなくて、明治の頃にはすでに日本で食べられていたという記録が残っているそうだ。そのせいか、馴染《なじ》みはないのに、食べると懐かしさを感じる。

カレーライスと比べてこれほど存在感が薄いのは、おそらく、具や味付け、調理法が決まっていてカスタマイズ性に乏《とぼ》しいこと、ハヤシライスのソースとうどんやそばのような他の料理との親和性が低かったことで、家庭料理として定着しなかったことが原因としてあるんじゃないかと思う。そして、カツを載せたりチーズや卵を載せたり、というトッピングがあまりできず、ドミグラスソースを作るのにも相当な手間がかかるので、商売として利益を出しにくいメニューでもある。出せるお店が限られてくるのだ。でも、これだけ分が悪いながらも、百年以上メニューの片隅《かたすみ》に存在し続けている料理は、あまりないのではないかと思う。根強いファンがいて、確実な需要《じゅよう》がそこにある。目立たないけれど、愛する人がいる。まるで、『追憶』という場所のように。

「そうですね、おいしかったです」

「久しぶりに食いに行ってみるかの」

前歯のない口をにっと開いて笑う常連さんを見ながら、僕は胸にちくりと痛みを感じた。ハヤシライスは、おいしかった。それはそうなのだが、僕は一つ、正直な自分の気持ちを隠していた。

評判になるほどおいしいか、と言われたら、どうだろう。

おいしい、という表現にも、幅《はば》がある。『追憶』のハヤシライスを食べておいしいな、と感じたことは事実なのだけれど、それと、「料理としてのクオリティが高いか」というのはまた別の話だ。『CAFÉ ERA』CEOがハヤシライスに感銘《かんめい》を受けたという話があったけれど、ハードボイルドエッグス社ならばきっと、驚きの発想でアレンジを加え、次世代の人たちにもリーチする斬新な絶品ハヤシライスを作り上げるのではないかと思う。でも、『追憶』のハヤシライスは、そういったものとは違った。素朴で、飾《かざ》り気のない、想像を裏切らない味。虎町と、『追憶』と、かつての賑わいと。この地で四十年余りの月日を共有してきた人たちの間でだけ、特別なものとしてとらえられる味なのだ。

「でなあ、誰がママと結婚するか、賭《か》けになってなあ」

一瞬、違うところへ行こうとしていた意識を、元の会話に引き戻す。森嶋さんを中心に、同年代の男性客があれやこれやと早矢香ママの話をしていた。

「結婚してらっしゃるんですか、早矢香ママは」

「してた、って言うのが正しいんじゃろうの」

「ああ、じゃあ、ご結婚されてから、離婚を」

「そう。あのスナックのバーテンと結婚したときは、みんながっくりきての」

「バーテン？」

「昔はな、あそこはママと男のバーテンの二人でやってたんよ」

「へえ、そうだったんですか」

「まあ、前からデキてるっちゅう噂もあったんじゃけどな。実際、人のもんになると寂しいもんじゃわ」

「でも、離婚されてるんですよね？」

「そうじゃな。たぶん、結婚して五年くらいだったんじゃないかの。元旦那の方は、今は喫茶店やってるわ、商店街で」

それって、と、僕は珍しく驚いて声が出そうになった。

「『カルペ・ディエム』の、マスター？」

「そうそう。元は別の人がやっとった喫茶店を、あのマスターが継いだんじゃわ」

そうか、と、僕は壁の向こう、『カルペ・ディエム』の方向に目をやった。マスターにロックおじさんのことを尋ねたとき、おそらくマスターは誰のことを言っているのかすぐにわかったのだろう。虎町に行け、と言っておけば、遅かれ早かれ、『追憶』に行きつくだろうと思っていたのかもしれない。

――夜の街のコミュニティは濃いですから。

そうだったのか、と、商店街という地域で結びついている人と人との繋がりの濃密さに驚いていると、突然、持っていたスマホが振動を始めた。手に持ってみると、通話が来ている。表示名は、『追憶』だ。

8

怒号。胸に、どん、という衝撃を受けて、僕はバランスを崩した。足がもつれて、体勢を保っていられなくなり、ついには尻《しり》もちをつく。僕の手が引っ掛かった円柱形のスツールが転がり、倒れはしなかったものの、テーブルが不機嫌そうな音を立てた。大人になってからはこんなに見事に転倒したことがなくて、久しぶりの感覚に慌てたせいか、うまく体を起こせないでいる。

「ダメよ！　順ちゃん！」

早矢香ママの、切り裂《さ》くような声。僕を見下ろして、今にも拳を振り下ろさんばかりだったロックおじさんこと内田さんが、動きをぴたりと止めた。代わりに、両手で僕の胸ぐらを摑んで引っ張り起こし、そのまま『追憶』店内端の壁まで押し込まれた。小柄な老人のどこにこんな力が、というほどの圧倒的な力で、僕はされるがまま壁に背中を押しつけられ、そのまま身動きが取れなくなった。襟元《えりもと》をぐいぐいと絞り上げられていて、思うように声が出せない。

「その、落ち着いて、話を――」

「お前のせいだ。全部、お前のせいだからな！」

角打ち『花むら』にいた僕にきた電話は、「順ちゃんがいるから」という早矢香ママからの連絡だった。早矢香ママは小声で、日付が変わった零《れい》時半くらいに来てほしい、と言った。『追憶』のような風俗営業店は、午前零時から午前六時までは法律で営業ができないことになっている。つまり、閉店後に来てほしい、という意味だ。急いで支度《したく》をして、僕が『追憶』の前に着いたのは、指定された午前零時半ちょうどだった。表の看板はすでに消灯していて、開いている店がなくなった街もひっそりと静まりかえっていた。

内側の見えないドアを開けると、お客さんもキャストの女性の姿もないがらんとした空間がそこにあった。カウンター席のところだけ照明がついていて、ロックおじさんらしき背中と、カウンターの向こうの早矢香ママを照らしていた。僕は静かに近づき、ロックおじさんに話を聞いてもらおうと声をかけたのだけれど、その瞬間、ロックおじさんは激昂し、大声でわめきながら僕の胸を両手で突き飛ばした。そして、今の状況に至っている。

「ねえ、順ちゃん、もうやめて！」

「いいか、お前のせいでな、この店は消えてなくなるんよ。お前が余計なことをしなかったら、こんなことにはならんかった！」

「ぼ、僕が」

「いいか、おれはもう、老い先も短い。もうあと何年かで、外を出歩くこともできなくなるじゃろうさ。そうなりゃな、この街がどうなろうが、どうだっていい。おれの知らねえところで、どうとでもしてくれりゃあいいんよ。でもな、おれはまだ生きて、歩いてんだ。

目の前で、おれの生きてきた街がしらねえ街に作り替えられていく。全部塗《ぬ》り替えられちまう。そんなの我慢できるか？　見て見ぬ振りができんのか？」

「僕は――」

「なんでだ？　なんでお前はここに来た！　ほっておいてくれたらよかったじゃろ？　おれたちが死んで、みんないなくなってから好き勝手やりゃよかったじゃろうが！　なんで今なんよ！　いつもこうじゃ。工場がなくなったときも、市場がなくなったときも、市電がなくなったときも、いつもな、おカミってのはそこに住んでる人間のことなんか見もしねえんよ。どいつもこいつも、勝手なことしやがって！」

店内に響くロックおじさんの声は、まるで反体制ロックのような、不条理に対する怒りに満ちていた。でも、その裏にはきっと、人や、街に対する深い愛がある。おじさんの言う「ロック」とは、きっとそういうものなのだろう。

「ここはな、お前らのオモチャじゃねえんだ！」

ロックおじさんが拳を握り、僕の喉の辺りを押さえながら弓を引くように体をねじる。次の瞬間に飛んでくるであろう拳の衝撃に備えようと、僕は肩に力を入れて目を閉じた。

9

「ごめんね」

「いえ、そんな」

ロックおじさんが出て行った後の『追憶』は、音のない世界だった。僕は、ロックおじさんが座っていたカウンター席の隣の席に座り、ほのかな照明の下でぼんやりとしている。ロックおじさんは結局、拳を振るうことはなく、「勝手にしやがれ、ロックンロール！」という言葉を残し、店を出て行った。僕の隣の席には、まだ氷が残っているグラスと、見覚えのある丸皿が置かれている。先日、ヒサシさんとここへ来たときに、あのハヤシライスが盛り付けられていた皿だ。僕がやってくる前、ロックおじさんはここで静かにハヤシライスを食べていたのだろう。

「ここが消えてなくなる、って、お店を閉めるってことでしょうか」

「うん、そうよ。今日で終わりなの」

僕の前に水割りを置きながら、早矢香ママはあっけらかんとそう言った。

「今日、ですか？　どうして」

「ここ、建物が取り壊されることになっちゃったのよ。もう古いからね。正面はまあきれいにしてるけど、裏なんかボロボロ。大きい地震来たら耐えられないかも、って前から言われてたからね。だから、立ち退《の》かないといけないのよ」

「どこかに移転はしないんですか」

「もうね、この辺は新しいお店を出せないの。近くに住宅地とかあるでしょ？　虎町界隈の建物はもうみんな古いし、あおば駅の方に行ったら今のお客さんたちは来られないし、移る先なんてないのよ」

風俗営業をするためには届出が必要だが、お店の移転時は現店舗で取得した営業許可を取り直さなければならない。許可をもらうためには、施設・設備が条件をクリアする必要があるし、出店エリアも限られる。近隣に学校や病院、児童福祉施設といった「保全対象施設」がある場合は、風俗営業を行う店は出店ができないのだ。あおば市の場合、「保全対象施設」に特別養護老人ホームなども含まれている。地域住民の高齢化とともに虎町近辺にも診療所《しんりょうじょ》や老人ホームが増えてきていて、風俗営業が許可されるエリアは、旧虎町界隈でもほんの一部という程度に縮小されているようだ。

「新しく、建て直しはしないんでしょうか」

「ここ？　それは無理よ。ウチ一店舗しか入ってないし、ウチが払ってる家賃なんかじゃ、何年経っても工事費を回収できやしないもの。いったん全部更地《さらち》にして、ウチの裏手の空き地と合わせて駐車場にするみたいよ。大家さんも、不動産屋からそう勧められたって言ってたわね」

あ、と、思わず僕は声を上げてしまった。老朽化した建物を取り壊して、いったんコインパーキングにし、稲荷町商店街へのアクセスを改善する――。

「それじゃ、僕の、せいで」

ロックおじさんが僕に対して怒っていた理由が、ようやくわかった気がする。

稲荷町商店街の活性化という大目標を達成するために、僕は最善の方法を取ってきたつちゃうから、その店の客は生粋の住人ではない。この街は、来街者を増やし、空き店舗の新陳代謝を促進して。でも、その陰《かげ》では、これまでの日常の風景を奪われて、生まれ変わる商店街から排除されてしまう人も出てくる。できる限り、今あるものは活《い》かしたい。僕がいくらそう思っても、すべての人の利益を優先させることは、不可能だ。そのことを知らなかったわけじゃない。でも、結果的に、僕は見て見ぬふりをしてしまっていた。

「いいのよ、そんなの。別に誰のせいでもないいんだから。強《し》いて言うなら、時代のせい。ウチの店も、あたしも、いつの間にか歳取ったのねえ、やーね、ってことよ」

「でも、内田さんは」

「あの人だって、本当はわかってるのよ。どうしようもないことだって。でも、人が好きで、この街が好きな人だから、なかなか整理できないんだと思うわね」

「数年お店に来ていなかった、とおっしゃってましたが」

ああ、それ、と、早矢香ママは複雑な表情を浮かべた。前に来たときは、知らない、と言うような素振りだったが、やはり理由があったのだ。

「何年か前にね、順ちゃん、あたしに、結婚しよう、って言ってきたのよ」

「け、結婚？」

「そう。びっくりしちゃうでしょ。今さら結婚なんて。もう、老い先なんてそう長いことない老人同士で」

「申し出を、受け……、なかった、んですよね」

「そうね。断ったわよ。もう、今さら結婚なんていいわ、って」

「それじゃあ、そのショックで、この街に来なくなった、っていう」

「そうじゃないわ。順ちゃんね、ガンなんですって。でも、治療はしない、って決めたみたいで。だから、ここ数年はやり残したことをやって回ってたみたいなのよ。遠くに住んでる友達に会うとか、行ったことのない温泉地に行くとか。で、ウチが閉店するって話を聞きつけて、久しぶりに稲荷町にやってきたって」

えっ、と、僕の口から声が漏れた。確かに、やや細身だとは思っていたが、まさかそんな重い病気を患《わずら》っているとは想像もつかなかった。僕を押さえつけた体の力は生命力に満ちていたし、僕をにらみつける目にも、炎が宿っているように見えたのに。

「ガンだなんて、そんな風にはとても」

「やせ我慢の達人みたいな人だから。でも、自分が長くないんだ、ってなったときに、あたしに、妻として最期《さいご》を看取《みと》ってほしい、って言うの。あと少し全力で生きて、前のめりに死んでやるから、見ててくれ、ロックンロール、って」

「ロックンロール、ですか」

そうですね、と、僕はうなずいた。

「実はね、若い頃、あたしは順ちゃんと付き合ってたのよ。まだ、お店出す前。虎町でホステスやってたときにね。だから、自分の最期を見せられるのは、あたしだけ、って思ったのかもね」

「どうして、内田さんとは結婚せずに、『カルペ・ディエム』のマスターと？」

「やだ、そんなことまで知ってたの？」

「その、商店街の方々から、話は聞いていました」

「ここにいると、一から十までみんな知ってるのよね。やんなっちゃうわね」

早矢香ママは苦笑いをすると、氷を残して空になった僕のグラスに、ウイスキーを注いだ。琥珀色の液体が氷を揺らすと、からん、という乾いた音がした。

「兼《けん》ちゃんは——、あの人、兼成《かねなり》、って名前でね。兼業《けんぎょう》の兼、て字を書くから、あたしは兼ちゃん、て呼んでたんだけど。ウチの店を始めたとき、バーテンとして雇《やと》った人でね」

「その話は、少し聞いてます」

「ある日ね、あたしを喫茶店に呼び出して、結婚してください、なんて言うのよ。そのときは、順ちゃんとの結婚の話も出てたんだけど。でも、順ちゃんのご両親が大反対だった。ホステスなんていかがわしい商売の女と結婚なんかさせない、って」

「いかがわしい、は、言い過ぎだと思いますけど」

「まあ、そういう時代だったのよ。当時はね」

「それで、マスターを選んだんですか」

「あたしね、結構へそ曲がりなのよ。順ちゃんはね、なんでも持ってたから。お金も家も、会社も。人としては魅力《みりょく》があったけど。なんかね、結婚したらあたしの人生は全部順ちゃんに塗りつぶされてしまうんじゃないか、なんて思っちゃって。若かったからね。それで、順ちゃんと別れて、兼ちゃんと結婚することにした」

「聞いていいかわからないですけど、マスターとはなんで別れてしまったんですか？」

「あたしが雇い主で、兼ちゃんが従業員だったでしょう。兼ちゃんは、それが引け目だったみたい。たぶんだけれど、順ちゃんに負けたくない、って思っちゃったんじゃないかなって思うのよ。あたしはそんなのどうでもよかったんだけど」

「気持ちはわかります」

「成功してからまた戻ってくるって、離婚して東京に行ったけど、結局ダメだったみたい。で、稲荷町に帰ってきて、喫茶店を継いだの。でも、それ以来会ってないわね。こんなに近くにいるのに」

「もしかして、『カルペ・ディエム』は」

「そ。兼ちゃんがあたしにプロポーズした喫茶店」

そうか、と、僕は『カルペ・ディエム』の店内を思い出した。まるで、昭和の時代のまま時が止まってしまったかのような店内。周囲の時間から隔絶《かくぜつ》されたような『カルペ・ディエム』は、稲荷町に残された、最後の「あの頃の光景」なのだろう。マスターは、その場所を残し続けようとして、店を継いだのではないだろうか。自分が一番幸せだった頃の光景を、残しておきたかったのではないだろうか。

「なんてね。おばあちゃんが何言ってんの、って思うでしょ？　ごめんね」

「いえ、そんなことは」

「でも、あたしたちにもね、この街で、愛だ恋だ、惚《ほ》れた腫《は》れた、なんて言ってた時代があったのよ。遠い昔だけれどね」

早矢香ママの今の姿からは、正直、若い頃の雰囲気はなかなか想像ができない。『カルペ・ディエム』のマスターやロックおじさんたちの「若かりし頃」があったという事実を、僕は実感することができない。でも、稲荷町の何気ない風景に、僕たち若い世代の人間が「まるで廃墟のよう」と感じてしまう建物にさえ、誰かの思いや思い出が詰まっているんだろう。いずれ、そういったものは変わっていってしまう運命なのはしかたないことだ。でも、だからこそ、古くからこの街を知る人々は、変わらないでそこに存在していることに価値を見出しているのかもしれない。『カルペ・ディエム』の内装だったり、『追憶』のハヤシライスだったり。

「すみません、ハヤシライスを、作っていただくことはできないでしょうか」

「え？　ハヤシライス？」

「もし可能ならですが、レシピを教えてもらいたいんです」

「まあ、もう作ることもないだろうからいいけど、どうして？」

「街のみなさんが愛したメニューですし、何かの形で残していけないかな、と思って」

「そんなの、いいのよ。あなたが気にしなくても」

「ええ、でも、もしできることなら、そうしたいって思ったので」

早矢香ママは、じっと考えるように僕を見てから、いいわよ、とうなずいた。

10

「いい、まず、牛肉ね。これはね、ちょっといいやつじゃないとダメなのよ。昔からのお客さんで、肉屋さんがいてね。うちは、かなり安く卸《おろ》してもらえてる。安い輸入ものにしちゃうと、おいしくない。肉だけは、ちょっと贅沢しないと」

そう言いながら早矢香ママが取り出したのは、和牛の薄切り肉だ。冷凍ではなく、生の肉。それを塩コショウしてフライパンで炒《いた》め、いったん別皿に移して余分な脂《あぶら》を切る。もったいないようにも思えるけれど、これをしておかないとあとで脂が浮いてきて、味がぼやけてしまうそうだ。次に、肉の脂を切った後のフライパンにバターを溶かし、スライスした玉ねぎを炒める。でも、さっと炒める程度だ。火が少し通ったところで牛肉を戻し、赤ワインを適量注ぐ。

「ワインの銘柄は決めてるんですか?」

「そんなの、なんだっていいのよ」

「え、そういうものですか」

「お客さんがグラスワインなんて飲むと、余っちゃうでしょ。だから、それを使うだけ。微妙な味の違いなんて、酔っぱらいなんかにはわからないから」

目分量で赤ワインを注いだ後、早矢香ママは市販のトマトケチャップも目分量で入れた。

昔はトマト缶を使っていたそうだが、面倒くさくなってずいぶん前にやめたそうだ。

「どうして、ハヤシライスにしたんですか？」

「どうして？」

「他にもたくさんメニューがある中で、どうしてハヤシライスを？」

「そうね。〆に何か食べたい、っていうお客さんのリクエストがあったから、ごはんものを用意しようと思ったのよ。最初はカレーがいいんじゃないかって思ったけど、あたし面倒くさがりだから、手間かかる料理とか苦手なのよね。パッと作れる方がいい」

「それで、選んだのがハヤシライスですか」

「そう。ジャガイモとか人参とか、皮剝《む》いたり芽を取ったり面倒じゃない。ハヤシライスなら、玉ねぎを切るだけでいいでしょ。長々煮込む必要もないし。それに、さっきも言ったけど、あたしはへそ曲がりなのよね。カレーとかラーメンとかお茶漬けみたいな、ありきたりのものじゃつまんないな、って思ったのよ」

赤ワインのアルコールが飛んだら、水を加えてひと煮立ちさせる。「これが味の決め手」と言いながら早矢香ママが取り出したのが、銀色の袋だ。「即席」という字と、「業務用」という字が見える。袋の中身は、粉末タイプのハヤシライスソースのようで、フライパンにぱらぱらと振り入れると、すぐに香りととろみが加わった。つまり、稲荷町の大人たちが愛してやまなかった『追憶』の「特製ハヤシライス」は、なんのことはない、どこでも作れる市販品の組み合わせで、何か特別な工夫《くふう》や技術が使われたものなんかではなかったのだ。僕が、評判になるほどの味だろうか、という感想を持ったのも、あながち間違いではなかった。

「これで、ちょっと味が足《た》らない、って思ったら、気分でウスターソース足すのよ。正直ね、レシピなんてたいそうなものじゃないの。同じ業務用のフレークさえ使えば、誰が作ったって、同じような味になると思うわよ」

何も特別なタネがなかったことに、僕は少し動揺していた。僕の顔を覗き込むようにして、早矢香ママが、「がっかりした？」と笑う。がっかりした、と言えば、そうなのかもしれない。まさか、このキッチンでドミグラスソースを手作りできるわけがない、と思っていたから、業務用のフレークを使っていたところまでは想定内だったけれど、分量のバランスを整えたレシピがあったり、特別な隠し味なんかがあるのではないか、と考えていたのだ。たくさんの人を引きつける、「理由」があるのだろうと。

「はい、お待たせ。特製ハヤシライス」

ご飯はもう残っていなかったので、パックご飯をレンジで温めたものが皿に盛りつけられた。そこに、できたての特製ハヤシライスソースがかかる。早矢香ママは、「特製」というところにアクセントをつけて、悪戯《いたずら》っぽく笑った。七十歳を過ぎた早矢香ママが、その一瞬だけ、若かりし頃に戻ったかのように見えた。この笑顔で、虎町に来る男性を虜《とりこ》にしていたのかもしれない。

「いただきます」

スプーンを滑《すべ》らせて一口分を掬《すく》い取り、口に運ぶ。尖りのない、優しい甘みと酸味。驚いたことに、以前食べたときよりも、その一口がずっと鮮烈で、おいしい、と感じた。目の前で作っているところを見て、特別なものなど何もないとわかっているはずなのに。牛肉のしっかりした味と、シャキシャキとした触感の残る玉ねぎ。必要以上にうるさい味はなくて、必要な味はすべてそろっている。

「おいしいです」

「あらそう？　嬉しいわ」

「なんだか、ほっとしますね」

早矢香ママはカウンターに肘《ひじ》をつきながらタバコの煙をくゆらせると、少し遠い目で虚空を見た。

「兼ちゃんもね、そう言ってくれたのよ」

「マスターが？」

「ハヤシライスを出したらどうか、って、兼ちゃんの思いつきでね。試作品を作ったときに、ほっとする味でいいね、って言ったの、今でも覚えてる」

「そうだったんですか」

「何年か前、順ちゃんに結婚を申し込まれたときにね、あたし、気がついちゃったのよ」

「気が？」

「ずっとハヤシライス出してきたのってね、その兼ちゃんの一言が嬉しかったからなのかもな、ってね。ハヤシライスを作ってるとき、どこかで兼ちゃんと繋がってるような気がしてた。思い出してたの、あの頃を」

「あの頃、ですか」

「たぶんね、あたし、兼ちゃんのことがずっと好きだったのよ。別れてからも、老人になってからも、今も。だから、順ちゃんの気持ちにはこたえられなくてね」

また一口、ハヤシライスを口に運ぶ。その一口が、お腹ではなくて、胸の奥に入り込んでいくような感じがして、僕は思わず手を止めた。口に残る余韻《よいん》は、明らかにおいしさを増している。気のせいかと思って、もう一口食べてみる。僕が知るはずもない、郷愁《きょうしゅう》。ノスタルジー。なぜか、味の奥からそんな感情が溢れてきて、僕の胸を突く。

そっか、そういうことなのか。

僕が一口食べるごとに、ハヤシライスが旨味《うまみ》を増しているなんてことはあり得ない。でも、明確においしく感じたのは、きっと、『追憶』というこの場所で食べているからだ。虎町が栄《さか》えていた頃の昔話を聞いて、そして、早矢香ママの話を聞いて。一皿に込められた歴史と想《おも》いを聞いたことで、僕はこのハヤシライスの本当のおいしさの一端を理解した。

同時に、僕のしたことが取り返しのつかないことなのだ、と思い知らされた。

同じレシピ、同じ材料でハヤシライスを作ったとしても、同じ味にはなりえない。特製ハヤシライスに溶け込んでいた真の「味の決め手」は、『追憶』というお店の終焉《しゅうえん》とともに、永遠に失われてしまう。一度失われてしまえば、レシピがあったところで、その味は二度と取り戻せない。ロックおじさんから恋の残り香を奪い、早矢香ママとマスターの心の繋がりを断ち切ってしまったのは、他の誰でもない、僕だ。

ハヤシライスの素朴な味を噛みしめるうちに、胸の奥から熱が突き上がってきて、僕の両目から溢れ出していた。無数の傷が入ったカウンターに、僕の涙が、一粒、二粒、とこぼれ落ちた。僕は、この街に恩返しがしたかったはずなのに。

「ごめんね、タバコの煙、そっち行っちゃった？」

「いえ」

早矢香ママは、ほんのり笑みを浮かべながら、僕の様子を見ていた。突然涙を流し出した僕を見ても、驚いた様子はなかった。僕の心はすべてお見通しなのか、それとも、カウンター席で急に泣き出す客を、これまでに何度も見守ってきたからか。詮索《せんさく》することもなく、突き放すこともしない。それはとてもやさしくて、厳しかった。

「いいのよ、気にしなくて。時間は止まらないんだし」

あなたたちは、前に進めばいいんだから。

ね、僕ちゃん。

11

「そうですか。いえ、こちらこそ。僕の力不足で、申し訳ありませんでした」

電話を切ると、体がどすんと重くなった。椅子の背もたれに体を預けて事務所の天井を見上げていると、みなみが上から僕の顔を覗き込んできた。思いのほか顔が近くて、びっくりする。

「なんかあったん？」

「ああ、うん。大丈夫。なんでもないよ」

「なんでもないのに口開けて天井見てたら、ただのやばいやつじゃろ」

「口、開いてたかな」

「開いとったよ。ぱかーんて」

そうか、と、僕は慌てて口を閉じる。

「紅茶、お淹れしましょうか」

みなみと入れ替わりで、今度はジョージさんが近くにやってきた。ああ、そんなにいろいろ顔に出てるかな、と苦笑して、僕は何度か自分の頬を揉《も》んだ。

「ありがとう。後で、で大丈夫。でも、ちょっとだけ、散歩してきてもいいですかね」

「ええ。どうぞ」

「誰か来たら、連絡もらえれば」

「わかってます」

みんな優しいな、と思いながら、僕は事務所の外に出た。外は雨。上を見上げると、アーケードの天井を雨粒が打つ音が降ってくる。濡れることはないけれど、梅雨《つゆ》時の陰鬱《いんうつ》な雨は心を曇《くも》らせる。ゾンビロードは閑散《かんさん》としていて、不機嫌な雨音だけが響いていた。

先ほどの電話の相手は、「ハードボイルドエッグス・ジャパン」営業戦略部の課長さんだ。『CAFÉ ERA』新業態店の稲荷町商店街への出店が白紙になった、という連絡だった。結局、新しいお店が入る予定だった建物のオーナーさんは、不動産会社の説得にも首を縦に振らなかったようだ。あれから、ロックおじさんと話すきっかけもなく、状況を打開する術《すべ》が僕にはなかった。早矢香ママは何度か連絡を取ってくれたようだけれど、ロックおじさんを翻意させることはできなかった。出店計画は「いったん白紙に」という話だったけれど、おそらく、もう出店候補地に挙がることはないだろう。

静かなアーケードを歩いて、お店ができるはずだった物件の前に行く。元はカバン屋さんだったそうで、今も面影《おもかげ》を残すレトロで上品な店構えは、きれいに改修すればとてもいい雰囲気になっただろう。開店の日、華やかな花輪に囲まれて、今までに見たことがないほど多くの人が大行列を作っている姿が目に浮かんだ。テレビや雑誌の取材が来て、斬新な発想で再解釈された洋食メニューを、驚きを持って伝えてくれただろうか。古き良き、でも新しいハヤシライスもあったかもしれない。どんな味だったんだろうな、ここで食べてみたかったな、と思ってしまう。

君だったら、どうしてた？

幸菜がいてくれたら、状況は変わっていたかもしれない。僕のような理屈先行型の人間と違って、彼女は、特段意識することなく、それでもいとも簡単にするりと人の懐に入っていくことができる人だ。幸菜が事務所にいたら、あのロックおじさんとどう対峙《たいじ》していただろう。腰は引けていただろうけど、それでも、何か心に響く、〝ロックな〟一言を投げかけてくれたかもしれない。ああ見えて、彼女も結構ロックな性格だ。運命なんていう都合のいい偶然にも臆《おく》することなく身を任せてしまうし、不条理が嫌いで、愛があった。

まあ、仕方ない、と、ため息を一つついて、僕はその場を後にした。お店を誘致して、軌道に乗せて、を繰り返していけば、いずれ短期間は商店街に賑わいを取り戻せるかもしれない。でも、そのために、何十年もの時間をかけて出来上がったこの土地の人々の繋がりを断ち切ってしまったら、その先に続いていかなくなる。地域の繋がりをもう一度取り戻そうと作った『Ina-Link』も、訪れる人は少ない。

『追憶』は、早矢香ママの言葉通り、あの夜、ひっそりと営業を終えた。店の前、固く閉ざされた扉に変わった様子はないけれど、紫色の看板に明かりが灯《とも》ることはもうない。そう遠くないうちに、建物は解体され、そこに小さなスナックがあって、そこに集《つど》う人がいたことも、小さな恋の物語があったことも、ほっとするハヤシライスも、すべて跡形もなく消えてしまうだろう。『追憶』を拠《よ》り所にしていた人たちもどこかに散ってしまって、商店街には戻ってこないかもしれない。

あー、だめだな、と、僕は自分のこめかみを手で軽く叩く。思考がネガティブになると、いい発想も出てこなくなるし、前に進めなくなる。こういうときは、無性にマスターのコーヒーが飲みたくなる。きっとまた、無言のメッセージを一杯のカップに込めて、僕の背中を押してくれるんじゃないか。そんな淡い期待を胸に、少し離れた『カルペ・ディエム』に向かった。

「あれ？」

建物の二階にある『カルペ・ディエム』へと続く狭い階段がある入口の前に、人影が見える。地味な服装の、小柄なおばあさん。そっと佇《たたず》んだまま、店に入っていこうとはしない。時折、一歩下がって二階を見上げる。僕は、少し手前で足を止めた。

早矢香ママ。

『追憶』で見たときと雰囲気がまるで違うので気づくのに時間がかかったが、立っていたのは早矢香ママだった。もうスナックのママではなくなったから、「常盤早矢香さん」と呼ぶべきだろうか。『カルペ・ディエム』のマスターと離婚したのは、もう三十年も前のことだそうだが、離婚後も苗字は旧姓に戻さなかったそうだ。面倒だから、と言っていたけれど、ハヤシライスと同じで、マスターとの繋がりを断ち切ることができなかったからじゃないか、と思う。

『カルペ・ディエム』と、『追憶』の間は、徒歩で数分の距離だ。それだけ近くにいるにもかかわらず、二人とも、これまで三十年以上会うことがなかった。スナックを閉店し、経営者から一人の高齢者となった早矢香ママは、ようやく一個の人間としてマスターに会いにいける、と思ったのかもしれない。

少しの間、店に入るか入るまいか逡巡《しゅんじゅん》している様子だったが、早矢香ママは踵《きびす》を返し、店から離れようとした。けれど、すぐに足を止めた。正面にいる、僕に気づいたようだった。僕も早矢香ママも、無言でお互いをじっと見ていた。化粧《けしょう》の薄い顔は、早矢香ママの年齢をより際立たせているようにも見える。小さくて弱々しい、迷いを抱えた老人が、そこにいた。

――大丈夫。

僕なんかが、何か言葉をかけられるわけじゃない。でも、このまま帰らないでほしい、とも思った。僕の考えていることが通じたのかどうかはわからない。でも、早矢香ママはすとんと肩を落とすと、ほんの少しだけ、口元を緩ませた。そして、バリアフリーなんていう考えがなかった時代に造られた、狭くて急な階段へと向かっていく。

――あなたたちは、前に進んでいけばいいんだから。

――あたしみたいにね。

そんな声が聞こえてきたような気がして、僕はぎゅっと拳を握った。街を新しくして前に進めていくためには、過去から自由にしなければならない。その過程で、途切れてしまう人同士の繋がりもあるだろう。でも、この街に人がいる限り、新しい繋がりも日々生まれる。三十年ぶりの再会が、新しい縁を生むといいな、と思うばかりだ。

憂鬱《ゆううつ》な雨は、一日止みそうにない。今日は、マスターのコーヒーもお預けだ。でも、僕の心にはわずかな晴れ間が見えている。もうすぐ、梅雨も明けるだろう。夏はすぐそこまで来ている。

昼飯、食うか？

そう言って、お父さんがキッチンに向かう。平日のお昼どき、わたしは大学の授業もなく、就活がらみの予定もなく、家でぼんやりと過ごしていた。個人タクシーのドライバーをしているお父さんは、深夜の仕事を終えて家に帰ってきていた。昼食を取って、少し自由時間を過ごした後に就寝して、また夜遅い時間に家を出る。それがお父さんの一日だ。日中活動して夜に寝る生活のわたしと生活が交《まじ》わるのは、朝からお昼までの数時間しかない。

台所から、かんかん、という金属音が聞こえて、時折、じゅっ、という音が聞こえる。お父さんはわたしが生まれた頃、稲荷町《いなりまち》商店街で、おじいちゃんといっしょに中華料理店を営《いとな》んでいた。昔から、お父さんの作る料理は妙においしい、と思っていたけれど、元プロだった、という事実を知ったのは最近のことだ。

中学、高校と年齢を重《かさ》ねるにつれて、家族で過ごす時間は減ってくる。家族よりも友達と過ごす時間が増えたし、わたしが学校に通うようになってからはお母さんも働きに出たから、夕食はずっと、いわゆる「個食」だった。わたしが学校から帰ってくる時間、お父さんはもう夜の仕事に向けて部屋で寝ていることが多い。お母さんは帰りが少し遅いので、あらかじめ、キッチンの鍋や冷蔵庫に夕食をストックしておいてくれていた。それを温めなおして、一人で食べるのがいつもの私の夕食。

わたしが小さい頃は、お休みの日に家族三人でお昼を食べることもあった。そういうときは、たまにお父さんがキッチンに立つ。元・中華料理店の料理人だったお父さんのご飯は、シンプルな中華料理が多い。餃子《ぎょうざ》とか、麻婆豆腐《マーボーどうふ》とか、チャーハンとか。「中華料理」は、中国の料理を日本人向けにアレンジした料理だということも、最近知った。キッチンから聞こえてくる音からすると、今日はきっとチャーハンだろう。そんなことを考えていると、お父さんがこんもりとチャーハンを盛った大きめのお皿をダイニングテーブルに置いた。

たまごと、ねぎと、叉焼《チャーシュー》がわりのハムを使った、素朴《そぼく》なチャーハン。

世の中の人々には、「家庭の味」という、記憶《きおく》に刻《きざ》み込まれた思い出の家庭料理があるけれど、わたしの場合はこれだ。お父さんのチャーハン。大皿で出てきて、家族三人、レンゲで小皿に移しながら一緒に食べる。見た目のシンプルさと裏腹に、お米一粒一粒がパラパラで、かつ、しっとり、ふわっとした触感。おかずがなくてもお腹いっぱいまで飽きずに食べられる。家族三人で過ごしたその時間の幸福感が、わたしの中にずっとある。

「味、濃くないか」

「うん。いつも通り、おいしいよ」

「もうすぐ、夏休みだろ？」

「そうだよ」

ダイニングテーブルをはさんで、お父さんと二人で、チャーハンを食べる。白いレンゲと、小さな取り皿。淡い色をしたスープもついてきた。リビングダイニングは、テレビもついていないし、無音だ。七月に入ってもまだ明けない梅雨《つゆ》の雨音だけが、窓の外からBGMのように聞こえていた。

「内定、来たんだってな」

「ああうん、一件だけ」

「どんなとこだ」

「電子部品メーカーの、営業事務のお仕事」

「決めたのか」

「実は、その、まだ迷ってる」

「何か気になるところでも？」

夏休みを目前にして、わたしにようやく初めての内定をくれたのは、知名度こそいまいちながら安定して成長を続けている企業で、大企業とは言わないまでも、そこそこ規模の大きい会社だった。面接を受けた感じも嫌な印象はなくて、都内のオフィスもきれいでいい。お給料はそこまでいいわけではないけれど、福利厚生や休日は充実していて、残業もそれほど多くないそうだ。出世するとか、高給取りになるとか、そういう見込みはあまりないかもしれないけれど、きっと、無理せずのんびりとお仕事をするにはいい職場だと思う。

　でも、なんでだろう。

「自分でも、わからなくなっちゃって」

「わからない？」

「わたし、このまま人生を決めちゃっていいのかな」

　内定をもらってほっとした反面、わたしはずっと、これでいいんだろうか、と考え続けている。内定をくれた会社に勤《つと》めることになると、わたしの毎日は、パソコンに向かって表計算ソフトとにらめっこをしたり、こつこつファイリングをしたりすることが主になる。仕事そのものに抵抗はないけれど、それはやっぱり、わたしがやりたいと思っていた「人と人とを繋ぐ仕事」とは違った。

　まつりが言うように、自分のやりたいことにこだわりすぎるのはよくないのかもしれないと思って、わたしは梅雨入りくらいから就職先の間口を広げた。これまでES《エントリーシート》を何十社にも送ってきたのに、面接にこぎつけたのは数社しかなかったからだ。「やりたいこと」にはとりあえず目をつぶって、条件的によさそうなところへ手あたり次第《しだい》応募すると、ようやく一社引っかかって、内定までもらうことができた。

いつ果《は》てることも知れない就職活動に、わたしは疲れ切っていた。夏を過ぎれば、求人数もどんどん減って、条件のいい就職先もなくなっていってしまうかもしれない。自分だけが社会に取り残されていくようで怖いし、わたしには、大丈夫、なんて楽観的に考えられるような自信もメンタルもなかった。

「条件が悪いわけじゃないいんだろ？」

「うん」

「悪くなさそうなら、就職してみればいいじゃないか。三年働いてみて、だめだったら転職すればいいんだ」

「転職、かあ」

「別に、就職したからって、それで全部人生が決まるわけじゃないからな」

「そうだよね」

でも、就職して毎日忙しく仕事する生活を続けていたら、きっとわたしは目の前の日常に慣れきって、あの商店街での日々を忘れていくだろう。おそらくだけれど、三年もそんな生活を続けたら、よほどのことがなければ転職なんて考えもしなくなる。そのまま、なんとなく仕事を続けて、なんとなく生きていくのが、わたしだ。

いつしか、商店街の人たちも、クリスも、過去にちょっとだけ関わりのあった人、みたいな存在になって、わたしの頭の片隅《かたすみ》へと追いやられていく。せっかく稲荷町商店街から拾ってきたわたしにとっての光は、どんどん輝きを失って、やがては消えてしまう。

　それでいいのかな、と、思うのだけれど、答えは見つからない。

「先方には、いつまでに返事をするんだ」

「夏休み前までに」

「そうか。もうあまり時間がないんだな」

「まあでも、うん、決めるよ、そこに」

「いいのか」

「だって、夏以降じゃもっと厳しくなるだろうし、仕方ない」

「そうか」

　しばらく、無言の時間が過ぎた。陶器のレンゲとお皿がこすれ合う、かちゃん、という音だけが、空間に取り残されている。

「ねえ、お父さん」

「なんだ？」

「このチャーハン、わたしでも作れるかな」

「なんでだ」

「そのうち、家を出るかもしれないでしょ。結婚するかもしれないし」

　お父さんが何か言う前に、現時点で彼氏はいない、と先回りして言っておく。

「簡単に作れるさ」

「あんな鉄の重い鍋、わたしには振れないと思うけど」

「中華鍋じゃなくても、やりようがある」

「そっか。じゃあ、今度、作り方を教えてほしいな」

「もちろんだ」

わたしは、このまま就職を決めて、それなりに安定して生活できる仕事を続け、いつか誰かと結婚して、普通の家庭を作るだろう。子供を産んで、母親になるかもしれない。その時に、自分の家族にもわたしの思い出の味を伝えられたらいいのかな、と、そんなことを考えていると、チャーハンを食べる手が止まった。


本当に、それでいいのかな、わたし。


「なあ、幸菜《ゆきな》」

「え、な、なに？」

「社会人になったら、自分の足で歩いていかなきゃいけない。俺もお母さんも、今までみたいに、一緒に歩いてはやれなくなる」

「うん、それはわかってるつもり」

「でもな、もし、幸菜が転んだ時には、駆け寄っていって引っ張り起こしてやることはできるんだ。だから、怖がらずに真っすぐ歩いたらいいんだ。自分の思う通りに」

やめてよ、と言いながら、わたしはレンゲを置いた。そんなことを言われたら泣きたくなって、ご飯なんか喉《のど》を通らなくなる。お父さんはにこりともせず、片づけは頼むな、とわたしの肩に手を置き、そのままリビングを出ていった。

取り残されたわたしは、震えそうになる唇《くちびる》に力を込めて、なんとか泣くのは堪《こら》えた。泣いてしまうと、なんだか負けた気がするからだ。

怖がらずに、真っすぐ。

そうできたらいいのだけれど、わたしにはまだ、その真っすぐ、をどこに向けたらいいのかがわからなかった。

マンマ・ミーア！

1

「じゃあ、最後に店先で一枚、クリスくんの写真撮らせてもらってもいいですかね」

「あ、はい。わかりました」

僕は今日、地元紙「あおばタイムス」の取材を受けている。場所は、昨年、稲荷町《いなりまち》商店街にオープンしたイタリアンバル『トゥッティ・フラテッリ』の店内を貸していただいた。取材内容は、『トゥッティ』オーナーの赤城《あかぎ》みどりさんのインタビューも交《まじ》えつつ、僕に商店街の未来像について質問する、というものだった。

取材を申し込んでくれたのは、「あおばタイムス」の日比野《ひびの》記者。経済面の担当だそうだ。思ったよりもベテランの記者さんで、タウン誌の取材の時のようにPR半分で受け答えできる感じではなく、商店街、ひいては地元経済の発展についてどう思うか、というところまでしっかり切り込まれた感じがする。そのせいか、取材が終わるとどっと疲れた。うまく受け答えできただろうか。疲れはしたものの、とても新鮮な時間だった。

取材後、お店の入口あたりに立って写真を撮ってもらうことになった。日比野記者と一緒についてきた若い女性カメラマンが僕の写真を何枚も撮るのだけれど、あまり人のいない〝ゾンビロード〟とはいえ、少ないながらも人だかりができていて、「少しきりっとした感じで!」などと指示されたとおりにポーズを取るのが照れ臭い。目の前には、よく知る商店街の面々や、僕の映像を撮っているジョージさんの姿が見える。そして、事務所の留守番《るすばん》をお願いしたはずなのに、なぜか見に来ているみなみ。なんとなく通りかかっただけ、という感じの年配の方が何人か。『トゥッティ・フラテッリ』の常連さんも、子連れで見に来ていた。また、一人、スーツ姿の外国人男性がスマホを片手に写真を撮っていた。観光客の方だろうか。

「今日は、どうもありがとう」

「いえ、こちらこそ」

写真撮影が終わって、記者の日比野さんが僕に話しかけてきた。ぱっと見は無骨《ぶこつ》な印象を受ける日比野さんだが、実際に話してみるとそんなことはなく、案外気さくな人だ、と思った。白髪《しらが》まじりの髪の毛はややラフな印象で、銀縁《ぎんぶち》のメガネがいかにも記者、という感じだ。もうずいぶん暑くなってきたからか、薄いジャケットは羽織《はお》っているものの、ノータイで胸元のボタンを少し開けている。

「記事については、後ほどメールで原稿《げんこう》を送るから、何かあったらコメントをもらえれば」

「はい、わかりました」

「僕も長いこと新聞記者をやってるけど、最近はあんまりいい話題もなくてね。クリスくんみたいな若い人がこうして頑張ってくれているっていうのは、久々明るい記事になるよ」

「そうなるといいんですが」

「今後も、折々で取材をさせてもらえないかな。密着、とまではいかないにしても。実は、仕事柄《しごとがら》、商工会議所の原会頭《はら》とは昔から付き合いがあってね。クリスくんを追っかけた方がいい、と強く勧《すす》められたもので」

「原会頭が。それはもう、ぜひ」

「可能だったら、まずはクリスくんの生《お》い立ちや経歴をまとめさせてほしいんだが、質問票なんかを送らせてもらっても構わないかな？」

「ええ、いつでも」

「よろしく頼むよ。協力できることがあったら、なんでも言ってもらって構わないから」

差し出された手を握ると、力強い握手になった。協力できることがあれば、なんでも。日比野記者の言葉に、勇気をもらえる。

やっぱり、僕一人の力だけでは、シャッター商店街と化した街を立て直すことは難しいと、この一年で痛感させられた。取材してもらって、協力してくれる人たちを集めて大きな流れを作ることが大事なんだろう。取材してもらって、記事になって、一人でも多くの人に僕の活動が認知されれば、協力を申し出てくれる人もいるかもしれない。それなら、何を聞かれようと、断る理由はない。喜んで広告塔にでもなる。

「はい、ありがとうございます」

「じゃあ、また連絡するから」

カメラマンの撤収《てっしゅう》作業が終わって、日比野さんが『トゥッティ・フラテッリ』を後にする。店前のギャラリーももう解散していて、僕のスマホには、ジョージさんから「事務所に戻ります」というシンプルなメッセージが入っていた。僕も戻って残っている仕事を片づけなければならないし、みどりさんに一言挨拶《あいさつ》をしようと振り返ると、店内に入っていく外国人男性の後ろ《うし》姿が見えた。先ほどギャラリーの中にいた人なのだが、あれ？　と胸がざわつく。『トゥッティ・フラテッリ』は今日、定休日で営業していないのだ。

案《あん》の定《じょう》、と言おうか、みどりさんの鋭い声が店内から聞こえてきた。何事かと入口から飛び込むと、男性とみどりさんがカウンター越しになにやら激しく口論をしている。それはわかるのだけれど、飛び交《か》っている言葉が、どうやら日本語ではないようだ。英語とも違う。何を言い合っているのかがわからない。

二人の口げんかに圧倒されていたけれど、だんだん激しくなるやり取りの中で、僕はひとつだけ、男性の口から吐き出された言葉を聞き取ることができた。

mamma mia《マンマ・ミーア》!

2

休業日でお客さんのいない『トゥッティ・フラテッリ』店内に、アルコールが入って上機嫌《じょうきげん》になったアヤさんの笑い声が響く。カウンターの向こうで立ちながらワインを飲んでいるみどりさんが口をとがらせ、アヤ、笑いすぎだから、と苦言を呈《てい》する。

先ほどの外国人男性の件は、五分ほど言い合いが続いたところにアヤさんがやってきて仲裁に入り、なんとかその場を収めてくれた。なんでも、アヤさんは今日、取材後にみどりさんと個人的に飲む約束をしていたそうで、実にナイスなタイミングでの登場となった。男性が店を出て行ったのを見て、僕はやれやれとばかり事務所に戻ろうとしたのだが、アヤさんに引き留められる形で一緒に飲むことになってしまった。ジョージさんとみなみには、戻れなくなった、申し訳ない、とメッセージを送っておいた。

「ねー、アヤ、こっちは笑いごとじゃないんだってばー」

「ごめん、だってさ」

「クリスくんにも迷惑かけちゃったし」

「いや、僕は全然、迷惑だなんて」

昼間、取材後の店内に入ってきた謎の外国人男性は、「マリオ」という名前のイタリア人で、なんとみどりさんの元夫だった。アヤさんも面識があったようだ。みどりさんはシングルマザーで子供が一人いる、というところまでは僕も聞いていたのだけれど、元夫がイタリア人、というのは初耳だった。イタリア語で交わされる二人の会話の内容はまるでわからなかったけれど、事前の連絡もなく急に現れたマリオさんにみどりさんが文句を言い、マリオさんが言い返し、という展開であったらしい。

「驚いたでしょ、クリス」

「まあ、その、お二人ともすごい剣幕で」

「みどりは普段おとなしいのに、マリオがいると感情的になるんだよね。なんで？」

「なんでって、やめてよそういうこと聞くのー。なんか、あの人のペースに飲み込まれちゃって、気がつくとああなるんだもん」

みどりさんがため息をつきながら、アヤさんと僕の前にお皿を出す。イタリアンでは定番の、「ブルスケッタ」。バゲットなどのパンを薄く切ってトーストし、ニンニクペーストやオリーブオイルを塗り、細かくしたチーズ、トマト、ハーブといった、いろいろな具材を載《の》せただけのシンプルな料理だ。具材はいろいろアレンジが可能で、お皿の上のブルスケッタも、定番のものとは少し違う。

一つつまみ上げて口に運ぶと、思わず「おいしい」という声が漏《も》れた。真っ白なチーズと混ざっている緑色のハーブは、どうやら大葉だ。細かく刻《きざ》んで載せられていた赤い野菜は、京都のしば漬け。和風の味を、香りのいいオリーブオイルがまとめてきっちりイタリアンにしていて、その上でちゃんと赤・白・緑の三色旗《トリコローレ》を作っている。バゲットとしば漬けの異なる食感が嚙《か》むごとに面白くて、鼻を駆け上がってくる赤青それぞれのシソの香りが鮮烈だ。チーズの下にあるソースも、たまらなくおいしい。なんだこれ、と、思わず笑ってしまう。

「あ、これ、おいし」

「そう？」

「ワインがすすむくん」

「そんだけ飲んで、よくそのスタイルをキープしてるよね」

起業家系のオンラインサロンでアヤさんとみどりさんが知り合ったのは、もう十年以上前になるそうだ。みどりさんが独立してお店を出店すると、アヤさんは足しげく通うようになり、いつのまにかプライベートでも友人になっていた。アヤさんはみどりさんの作る味に心底惚《ほ》れ込んでいるみたいで、忙しい時間の合間を縫《ぬ》ってあおば市まで愛車を走らせてやってくる。

みどりさんが経営していた都内のお店は、カテゴリで言うと高級店で、手の込んだコース料理を中心に出していた。でも、稲荷町のお店は、気軽な値段でパスタやピザといったわかりやすい料理とワインを楽しめるようなバルスタイルだ。とはいえ、そこはさすが人気店のオーナーシェフをやっていた人のお店で、オーソドックスな料理にも何かひと手間が必ず加えられていて、え、このおいしいのなに？　とびっくりする。

「マリオさんは、なんの用で来られたんですか？」

「あー、その、ね。明日、息子と面会する日で」

「そっか、離婚したとはいえ、お父さんですもんね」

「でも、約束は明日だったのに、早くこっちに着いたから来た、なんて言うから。もう夫婦ではないんだから、そういうとこはきっちりしてほしいんだけどー、って言ったんだけど、日本人は固すぎる、とか言い返してきて」

「なるほど、それで口論に」

みどりさんが料理の修業のためにイタリアに住んでいた頃、お店で使う食材の買い出しに行った先で、たまたま居合わせたマリオさんに声をかけられたのが出会いのきっかけだそうだ。マリオさんはもともと大の日本フリークで、大学でも日本の大衆文化について研究し、日本語もある程度話せるくらいの人だった。みどりさんが日本人である、というのも興味を持ったきっかけだったのだろうが、挨拶を交わした瞬間にひとめ惚れをしたらしい。そこからはもう、イタリア人男性らしく、猛烈にみどりさんを口説《くど》いた。イタリア人の「猛烈に」がどれくらいのレベルなのかは、推《お》して知るべし、だ。

みどりさんは、いずれ帰国する、という前提を伝えた上で交際をスタートさせ、帰国のときには交際を終えることにしたのだけれど、みどりさんの帰国から数年後、なんとマリオさんはみどりさんを追って来日。日本の雑貨や伝統工芸品をイタリアに輸出するビジネスを立ち上げ、軌道に乗せてからまた復縁を申し込んだ。そこまでされるとさすがに断ることもできなくなって、みどりさんはマリオさんと再び交際し、その後結婚。結婚翌年には長男のルカくんを授かったけれども、その頃から意見の対立が深刻になってしまい、離婚したのは二年前のことだ。

離婚後、みどりさんは子育ての時間を確保するために都内のお店を畳《たた》んで地方移住することを考えていた。そこに、オンラインサロンを通して、アヤさんから僕を紹介されたというわけだ。

「そういや、プライベートのことだからずっとスルーしてきたんだけど、そもそもどうしてマリオと別れちゃったわけ？」

「価値観の相違」

「そりゃそうなんだろうけどさ」

「だってさ、料理人を辞めて家で料理を作ってほしい、って言うんだよ。子供は母親がそばにいる方がいいし、母親の料理を食べるのが幸せだ、自分のマンマもそうしてたから、って」

「なにそれ。意外と頭古いんだ、マリオ」

「同棲《どうせい》してるときは、普通に彼も作ってたし、そこそこ料理上手だったのに」

「子供ができたから？」

「人に預けるのは、子供がかわいそうだからって」

「でも、共働きなんだからしょうがないじゃんね」

「事業は成功しているし、自分の収入だけでも問題なく生活できるから、って言うんだけど。そりゃね、マリオの方が稼《かせ》ぎはよかったけど、私だって仕事したいし、っていう」

「あーね。そういう変なマッチョイズム、私も嫌い」

「料理にも結構うるさくて。これはマンマのレシピの方がいい！　とか。本人は、アドバイスのつもりだったんだろうけど」

「最悪！　プロに対するリスペクトがない。別れてよかったじゃん」

そこからしばらく、女性二人によるマリオさんへの怨嗟《えんさ》の声があがり、男性である僕は肩身の狭い状態のまましばし過ごすしかなかった。ワインをちびちび飲みながら、嵐が過ぎ去るのをじっと待つのだが、次第《しだい》に、マリオさんに向けた不満が、男性に向けた不満に広がっていって、なおのこと肩身が狭い。

「だいたいね、女は家庭に入れとか、おふくろの味が至高、とか言いだす男が気に食わないんだ、私は」

すでにワインボトルを一本を空《あ》けて、若干《じゃっかん》顔が赤くなってきているアヤさんが、ここぞとばかりに社会への不満を吐露《とろ》する。

「そうね。女は家庭で料理を作るのが正しい、みたいな風潮《ふうちょう》、どうかと思うよねー」

「私もそうだけど、みどりもやっぱり男社会の中で生きてきたんだと思うし、いろいろ苦労もあったわけでしょ？」

「まあ、うん。恥ずかしいけど、泣かされたことも結構あった」

飲食業界が男性社会なのは、料理人という仕事がとにかく体力勝負だからだろう。

僕が見てきた飲食店も、アルバイトで回しているような資本系のお店以外は、厨房《ちゅうぼう》にいるのは男性のみというところも多かった。料理人は、大量の食材の運搬《うんぱん》をしたり、重量のある調理器具を使ったりしなければならず、単純に腕力がいる。その上、毎日立ちっぱなしの長時間労働を強《し》いられるのだ。朝から仕込みを始め、営業時間は夜まで。その後は清《せい》掃《そう》や翌日の準備で、家に帰るのは深夜になる。男性にとっても過酷《かこく》な職場で、体力面で不利な女性にはなおさら過酷だし、料理人として働きながら家事育児をすべてこなすのは、ほぼ不可能に近い。

　近年、ようやく飲食業界で働く女性の労働環境を整えようという動きが出てきて、業界内で活躍《かつやく》する女性が増えてきてはいるものの、まだまだ数は多くはない。みどりさんも、お母さんが一緒にあおば市まで引っ越してきて育児に協力してくれているおかげでお店ができているけれど、家族の協力がなかったら、一人で子育てをしながらお店に立つことはできなかっただろう。日中から夜まで子供を預かってくれる保育園は都内にも地方にもほとんどなく、料理人のように、労働時間の長い職業に就《つ》く女性をサポートする体制が整っているとは言い難《がた》い。もっと社会全体でサポートできれば、女性の商店主も増えて、商店街にもいい風が吹き込んでくると思うのだけれど。

「なんか、そういう話聞いちゃうと、私、ますます結婚とかしたくなくなる」

「アヤはモテそうなのにねー」

「まあ、モテるけどね。無駄に」

また空《から》になったアヤさんのグラスにワインを注ぎながら、「自分で言うんだ、それ」と、みどりさんが笑う。

「でもね、子供はいいよ。大変だけど、楽しい。育っていくのを見るのも幸せ」

「私、母親になれる気がしない」

「私も、産むまではそうだった」

「そういえば、今日、息子くんは？」

「今日も、家で母が見てくれてるよ。でも、まかせっきりも申し訳ないから、最近はたまに、うちのおチビをここにも連れてきてるんだ。子連れの常連さんが多いから、二階で一緒に遊んでくれたりするんだよね。お客さんにもすごく助けられてるなー、って思うよ。ありがたいよね。都内じゃ考えられなかった」

数は少ないが、稲荷町近辺にも子育て中の家庭はある。これまでは、商店街にも近隣《きんりん》にも、子供を連れていけるような飲食店はなかなかなかったようで、みどりさんのお店がそういった需要の受け皿になっている。でも、みどりさん自身も、料理人としてだけではなく、子を持つ母親としても地域と共存しているのは、僕にとって新鮮な驚きだった。

「ねえ、ところでクリスはどうなの？」

「どう？」

アヤさんが半身になって、僕に塩漬けオリーブの刺さったフォークを向ける。

「結婚とかしたいと思う？」

「今は考えてないけど、いずれはできるといいなとは思うよ」

「そんなこと言ってさ、彼女はできた？」

「いや、それどころじゃなくて」

「作ればいいのに。恋せよ二十代」

いつものことだが、酔ったアヤさんが僕に絡《から》みだす。はいはい、と聞き流すと拗《す》ねるので、軽く受け答えしなければならない。

「ねえ、クリスくんは、前のアシスタントの子とはどうだったの？」

みどりさんが、今度は僕のグラスにワインを注ぎつつ、アヤさんに加勢する。

「幸菜《ゆきな》ですか？」

「ずっと一緒にいたじゃない。いい感じになったりしなかった？」

「そういう間柄《あいだがら》じゃないんですよ」

「手を繋いだりとか」

「ないです」

「えー、そういうもの？」

そういうものです、と、僕は笑って流した。傍《はた》から見たら、何かあるように見えていたのだろうか。

「クリスはさ、そういうとこ隠すから感じ悪い」

「感じ悪い、かな」

「感じ悪いよ。彼女ができたら、ちゃんと報告してよね」

何かあったら報告します、とそのまま素直《すなお》に答えると、アヤさんは、よしよしいい子だ、とでも言うように、僕の頭を雑に撫《な》でまわした。髪の毛がばさばさにされていくけれど、されるがままにならざるをえない。

「ねえ、今、あの子、何してんのかな」

「幸菜なら、就職活動中だよ、たぶん」

「もう決まったの？」

「どうだろう」

「連絡してないの？」

してない、と言うと、お姉さま二人が、一斉に、えー、と声を上げた。

「ねえ、住所どこなの？　遊びに行こうよ、今度」

「住所は知ってるけど、さすがに押しかけるのは」

「SNSとかやってないの？」

「やってるみたいだけど、フォローはしてない」

「なんでよ。冷たーい」

「邪魔しないように、と思って。早めに内定をもらったら、卒業までまた手伝いに来てくれるって言ってたんだけど、連絡が来ないところを見ると、苦戦してるのかもしれない」

「決まったけど、もうこっちまで来る気がなくなった、とかかもよ？」

「まあ、その可能性もあるかな」

「そもそも、手伝ってもらうことあるの？　新しい人も来たみたいだし」

「もちろん。最近は、彼女がいてくれたらよかったのに、と思うことが何度も」

脳裏《のうり》に浮かんだのは、『弓張月《ゆみはりづき》』の石垣《いしがき》さんや、ロックおじさんこと、内田《うちだ》さんの顔だ。

過ぎ去ったことに対して、もし、を考えるのはナンセンスなことだと思うけれど、もし、幸菜がアシスタントとして間に入っていてくれたら違う展開もあっただろうな、と思う。

開店したばかりの新店が撤退《てったい》することも、有名店の誘致《ゆうち》失敗も、商店街にとっては大きな損失となってしまった。それが避けられていたら、と思うと悔《く》やみきれない。

知らず知らず自分の世界に入ってしまっていたのか、アヤさんに「眉間《みけん》にしわ寄せすぎ」と言われて我に返る。ごめん、と謝りながら、ごまかすようにグラスのワインを口に含んだ。

「そんなに優秀だったんだ、あの子」

「何を持って優秀と言うのか、って話になるけど、でも、彼女がいなくなってみると、貢《こう》献《けん》してくれてたんだなって思い知らされた。僕がなかなか突破できない人の心の壁を、幸菜は躊躇《ちゅうちょ》せずよじ登っていくから。そして、向こう側に回って扉の鍵《かぎ》を開けてくれる」

「幸菜ちゃん、近年稀《まれ》に見る、ってくらい素直な子だったよねー。うちの開店の手伝いも一生懸命《けんめい》やってくれて、ありがたかったよ」

みどりさんが少し遠い目をしながら、一年前の『トゥッティ・フラテッリ』開店の頃の話をする。幸菜と二人、手作りのビラを持って近隣を駆け回ったのもいい思い出だ。

「そっか。いまどき、ああいう良くも悪くも真っすぐな子ってなかなかいないし、クリスみたいに全部わかったような顔してる男よりは、地域のご老人たちに刺さったのかもね」

「そんな顔をしてるつもりはないんだけど」

「してるよ。してるしてる。クリスは大笑いもしないし、泣きもしない」

そんなことは、と、言おうとして、そうかもな、と思い直す。いつからか、自分の感情を前面に押し出すことはしなくなった。最近、涙を流したのは、『追憶《ついおく》』の一件があったときだけで、それも、知っているのは僕自身と、早矢香《さやか》ママだけだ。

「僕も、感情がないわけじゃないんだけど」

「わかってるよ、そんなことは。でも、それがクリスなんだからしょうがないよ。いろいろ苦労をしてきて、いろいろ見てきてる。大人にならざるを得なかった。その気持ちはわかる」

アヤさんはそう言いながらまたワインを飲み干《ほ》し、「次、赤！」と、棚《たな》のワインを指さした。ちらりと横を向いてみたけれど、視線は交《まじ》わらなかった。

「あの子は、私たちみたいにスレた大人にならないといいね」

ようやく、アヤさんの目が僕を捉《とら》える。

「そうだね」

3

これはクリスを許した、と、みなみが事務所できゃいきゃいと飛び跳《は》ねる。

午後のひと時、僕が事務所内のカフェスペースのカウンターに並べたのは、食べきりサイズのドルチェだ。最近日本でも認知されてきたマリトッツォと、鮮《あざ》やかな果実のソースがかかったカップのパンナコッタ。そして、「イタリアから来たスイーツ」と言えばこれ、という、王道のティラミス。ティラミスはエッジの効《き》いた四角い透明《とうめい》な容器に入れられていて、まるで粉雪のようにココアパウダーが振りかけられている。

昨日、アヤさんが『トゥッティ・フラテッリ』を訪れていたのは、みどりさんのドルチェの試食のためだったようだ。本題に入る前にあんなに酔って大丈夫なのだろうか、とも思ったのだけれど、どうやら、泥酔《でいすい》して使い物にならなくなったときの保険として僕を呼び止めたらしい。僕は取材後は事務所に戻る予定だったのに飲んだくれることになってしまい、事務所に残ってくれていたみなみとジョージさんにせめてもの罪滅《つみほろ》ぼしをするべく、みどりさんから試作品のドルチェをわけてもらってきた。今日は朝からみなみにちくちくと嫌味《いやみ》を言われていたのだけれど、ようやく許してもらえたようだ。

「二人の感想も聞きたいから、そのつもりで食べてほしいんだけど」

聞いているのかいないのか、みなみがさっそくクリームぎっしりのマリトッツォにかぶりつき、「ごりウマ」と雑な感想を言う。

「もう少し、具体的な感想をもらえる？」

「甘くてウマい」

参考にならないよ、と、笑いながら、僕もティラミスを手に取る。

個包装されているこれらのドルチェは、テイクアウト用だ。レジ付近に冷蔵ケースを入れて、そこで販売する予定でいる。なぜ、みどりさんが今になってテイクアウトメニューを開発したのかと言うと、その責任の一端《いったん》は僕にあった。

『トゥッティ・フラテッリ』がテナントとして入っている建物は、かつては駄菓子《だがし》屋さんだった。A街区、竹熊《たけくま》神社へ向かう参道と小路とが交わる角にあって、敷地と建物が四角ではなく、五角形になっているところをみどりさんが気に入って出店場所に決めた。道路に面したところは壁が抜いてあるので、天気のいい日などは開放できるようにガラス戸をはめ込んである。軒下《のきした》にはテーブル席を数席用意していて、この一角だけ、昭和感満載の商店街ではなく、南イタリアの素朴《そぼく》な街角のような雰囲気《ふんいき》を醸《かも》し出している。

建物の一階部分の半分と二階部分は、駄菓子屋時代、店主一家の居住スペースになっていたが、今はすべて店舗《てんぽ》スペースに改装されている。一階は料理を作りながら接客をすることもできるオープンキッチンで、カウンター席とテーブル席がいくつか。二階は全席、イタリアンのお店には珍《めずら》しい座敷席になっていて、なおかつ子供が遊べる簡易《かんい》プレイスペースが設けられている。小さな子供を連れていけるお店はこの辺りでは希少ということもあって、近隣に住む子育て中の母親たちの間で話題になり、頻繁《ひんぱん》にママ会をするような常連さんもついた。

『トゥッティ・フラテッリ』の誘致にあたって、僕は国勢調査のデータを参照するなどして、稲荷町商店街の商圏分析《しょうけんぶんせき》を行った。高齢者世帯が目立つ地域ではあるけれど、一定数存在する子育て家庭の潜在ニーズを取り込む「ニッチ戦略」が当たった格好だ。リーズナブルな価格のランチと子供を連れて来店しやすい店づくりを行うことで、発信力が高く、コミュニティ内の情報交換が盛《さか》んな子育て世代の女性を取り込む。ランチに来てもらえれば、やがて、客単価の高いディナータイムに来てくれる人も増えてくる。利益は、ワインなどの酒類で出し、その分、食材の原価率を少し上げて、味にシビアな女性への訴求力を高めた。移転前とは違って完全予約制のお店ではないし、しばらくは安定的な来客数増も期待できない中では、ディナー用に仕入れた食材のロスを極力減らすことが重要で、ランチはそのための手段でもある。前日のディナータイムで余った食材を、極力廃棄《はいき》することなくランチで有効活用し、コストカットをするのだ。食材を最大限利用できるように、ハジメ先輩にも加わってもらって、みどりさんとメニュー構成を何度もブラッシュアップした。

　そうやってひとつひとつ戦略を立てていなければ、シャッター商店街で一年近くも生き残ることはできなかったかもしれない。ここまではある程度成功したと言えるのだけれど、ただ、ひとつだけ、当初想定からの計算違いが生まれてしまった。それが、『CAFE《カフェ》 ERA《エラ》』の誘致失敗だ。

　実は、『トゥッテイ・フラテッリ』は、現状、利益はまだまだわずかしか出ていない。僕とみどりさんは将来的な来街者数の増加を見込んで、四年で経営を軌道に乗せる計画を立てていた。でも、『CAFE ERA』の誘致による集客効果込みで想定していた来街者数の増加率は、下方修正しなければならなくなった。きちんと利益が出せるようになるまでに時間がかかるのであれば、今から売り上げを増やさなければならない。そこで、少しでも足《た》しになるようにと、みどりさんはドルチェのテイクアウト販売を始めることにしたようだ。アヤさんに味を確かめてもらってから僕に相談するつもりだったそうだが、みどりさんを稲荷町商店街に招いた立場としては、なんとかしなくては、と、責任を感じてしまう。

「これは、どれもおいしいです。特に、私はティラミスが気に入りました。マスカルポーネとクリームの濃厚な甘さと、エスプレッソのほろ苦さのバランスが非常にいいです。バナナが入ってるのもいいですね。アクセントのキャラメルナッツも、食感が面白くていいと思います。進化系ティラミスという感じで、ゴージャスですし、オリジナリティを感じます」

普段は寡黙《かもく》なジョージさんがすごい勢いでしゃべり出したので、僕とみなみは思わず顔を見合わせた。いつの間にやら、ジョージさんは三種類のスイーツを完食していた。話を聞くと、実は無類のスイーツ好きだそうで、甘いものには一家言《いっかげん》あるとのことだ。

ジョージさんの言う通り、僕も三種類の中ではティラミスが一番好きだ、と思った。ベーシックなティラミスとは一線を画す仕上がりで、クリームの層の中ほどに、焼いたバナナが入っているのがびっくりするほどおいしい。クリームもバナナも濃厚だけれど、そこまで甘すぎず、スポンジケーキに染み込んだエスプレッソの苦みと、ほんのりと香るラム酒が全体的に大人っぽくまとめ上げている。アクセントはほんの少しだけ加えられた、細かく砕《くだ》いたキャラメルナッツで、カリカリとした食感と香ばしさが全体的にもったりとしたティラミスに変化をつけている。

「これをテイクアウトできるのなら、私は毎日買いに行きます」

「甘いものガチ勢すぎるじゃろ」

ジョージさんの熱量に若干引き気味のみなみが、パンナコッタに手を伸ばした時だった。

事務所の入口が開いて、誰かが入ってくる。こんにちは、と挨拶をしようと顔を向けた瞬間、僕と、入ってきた人が同時に「あ」と声を漏らした。

「あ」

「あ」

事務所に入ってきたのは、昨日みどりさんと大ゲンカしていたマリオさんだ。マリオさんは急にテンションを上げて、チャオ！　と挨拶をしながら、僕に近寄り、ハグをする。ジョージさんにも同じようにハグをし、みなみにはほっぺたを近づけてキスをした。その勢いに呑まれて、僕たちは直立したまま固まる。

「あなたは、昨日、ミドリの店にいた、ええと――」

「クリスです」

「クリスさん！　昨日は大変ご迷惑をおかけしました。ワタシ、マリオといいます」

マリオさんが日本語を話せるということは聞いていたが、思った以上に流暢《りゅうちょう》で驚く。昨日のみどりさんとのやり取りとは打って変わって、陽気でフレンドリーな、いかにもイタリア人、という雰囲気だ。

「今日は、どうされたんですか？」

「ああ、とても素敵な建物があったので、入ってしまいました。ここはいったい、どういう建物ですか？」

僕は、商店街のコミュニティスペースとして作った『Ina-Link』について簡単に説明する。ついでに、アヤさんのデザインであることを告《つ》げると、マリオさんは感心したように何度もうなずいていた。

「とても、モダンで美しい建物です。和の空気と木の温《ぬく》もりが近代的なデザインにうまく融合していて、素晴らしい」

「マリオさんは、今日はなぜ商店街に？」

「ワタシは午前中に子供と会ってきました。離婚しているので、久しぶりに会いました」

「みどりさんに、その辺のお話は少し伺《うかが》っています」

「ああ、そうだったんですね。面会は三時間と決められていますので、今しがた、ミドリのお母さんに、息子をお願いしてきたところです。本当は、ミドリのお店に寄っていきたかったのですが、ワタシが行くと、ケンカになるから」

マリオさんが肩をすくめて自虐《じぎゃく》気味に失笑する。昨日、あれだけ言い合いをした後にもう一度お店に行こうというのだから、何かみどりさんと話したいことがあるのかもしれない。思ったことをそのまま聞いてみると、マリオさんが、今度はがっくりと肩を落とした。

「ワタシは、チェックしたいのです」

「ティラミスを、チェックする必要があります」

「チェック？」

「そうです。ミドリのお店の、ティラミスが変です。ミド
リのお店のWEBページを見ました。でも、出されているティラミスがずっと作っていたのは、ワタシのマンマのティラミスだったのに」

しゃべりながら、自然と僕の目が、すぐ後ろのカフェカウンターの上に向く。つられて、ジョージさんとみなみの目も同じ動きをしただろう。カウンターの上には、ポツンとまだ一つ、『トゥッティ・フラテッリ』からもらってきたティラミスが残っている。

「それは、もしかして、ミドリのお店のティラミスですか？」

僕たちの視線を辿《たど》って、マリオさんが目ざとくティラミスを見つける。

「ワタシに、それを譲《ゆず》ってもらえないですか。ワタシは、それを食べる必要があります」

「いや、でも、これはまだ非売品で……」

「なにとぞ、お願いします。ミドリはワタシが店に行くのを許してくれないので、ワタシは彼女のティラミスを食べることができなかったのです」

「いやでも、なんでそこまで」

おねがいします、と、深々頭を下げたマリオさんに押されて、僕はちらりとみなみを見る。残っているティラミスは、みなみの分だ。これまでに、みなみとは何度もランチに行っているのでわかってきたのだけれど、おそらく、みなみは好きなものを最後に取ってお

く性格だ。僕の視線の意味に気づいて、だめ、と言うように、ふるふると小刻《こきざ》みに首を横に振る。せっかく昨日のことを許してくれたみなみに再度恨まれたくはないし、おいしいスイーツを食べさせてあげたいのは山々なのだけれど、マリオさんの様子からして、断っても食い下がってきて埒《らち》があかなそうだ。僕がみなみに、ここは堪えてほしい、という想いを込めた視線を送ると、みなみは、やってられないとばかり舌打ちをして、事務所の奥に引っ込んでしまった。果たして、もう一個もらってこられるだろうかと、僕は深いため息をつく。

「どうぞ」

みどりさんのティラミスを受け取ったマリオさんは、すぐに食べるのかと思えば、眉間にしわを寄せ、横から下からティラミスを眺《なが》め出した。そして、うー、とか、あー、と声を出しながら、何度も首を捻《ひね》ったり傾げたりする。たっぷり時間をかけてからようやくプラスチックスプーンでひとすくいして、層になったティラミスを口に含んだ。

「オウ、マンマ・ミーア！　どうして！」

一口食べるなり、マリオさんはティラミスをカウンターに戻すと、両手を天に向かって広げ、例の「マンマ・ミーア」を繰り返した。昨日、スマホで調べてみたところによると、「マンマ・ミーア」は、イタリア語で「私のお母さん」を意味するらしい。ただ、自分の母親のことを指しているわけではない。ここで言う「お母さん」とは、カトリックで信仰《しんこう》の対象とされる聖母マリアのことだ。つまり、英語圏で言う「OH, my god!」と同じようなニュアンスで、日本語に訳すと「なんてことだ！」といった感じになるようだ。

「ま、マリオさん？」

「これはいけない。クリスさん、このティラミスはダメです。こんなものは許されない」

「いやでも、おいしいティラミスだと思いますけど」

「違う。これは違います。ワタシは、ミドリに違うと言わなければなりません！」

ただならぬ表情で、マリオさんが事務所を飛び出していく。これは何かひと悶着《もんちゃく》起きるだろうという予感に頭を抱えつつ、僕はジョージさんにみなみのフォローを頼み、マリオさんを追って外に飛び出す。

4

「これは美しい風景です。日本は、普通の街中にこんなに美しい建物がある。驚きです」

そう言いながら、マリオさんがスマホで撮影しているのは、竹熊神社の拝殿だ。竹熊神社は、農業と商業の神様であるお稲荷さんを祀《まつ》る小さな稲荷神社で、稲荷町商店街も、この竹熊神社の参道に市《いち》ができたのが起源だ。昔は、この辺りの商店主から信仰を集めていたようだけれど、商店街の衰退《すいたい》とともに訪れる人も減り、今はもう神主も常駐していない。普段は訪れる人もなく静かで、ほとんど何もない広場のような境内《けいだい》の端っこに置かれた石のベンチも、座る人はほとんど見かけない。

マリオさんだけはテンションが上がった様子で、スマホであちこち写真を撮って回っている。元々、日本の文化に魅了《みりよう》されて来日までしてしまった人のようなので、日本人が見慣れている小さな神社でも、マリオさんにはエキゾチックな建築物に見えているのかもしれない。

先刻、『トゥッティ・フラテッリ』のティラミスを一口食べるなり、なぜか憤慨《ふんがい》して事務所を飛び出していったマリオさんは、みどりさんのお店に駆け込むと、イタリア語で何かをまくしたてながらみどりさんに食ってかかった。みどりさんも応戦し、再び口論が始まる。ランチとディナーの間の時間帯で、お店にお客さんがいなかったことが唯一《ゆいいつ》の救いだが、二人の間に入ってマリオさんを連れ出すのにだいぶ骨が折れた。まるで跳ね馬のごとく制御不能になっているマリオさんを抱えるようにしてなんとか店外に引っ張り出し、そのまま神社まで連れてきて落ち着かせ、ようやく今に至る。

マリオさんもまた、興奮している自分を落ち着かせようとして、わざと境内をくるくる歩き回っているのかもしれない。どこか、心ここにあらずな感じや、いらだっている感じが背中越しに見て取れる。

「マリオさん」

「はい、クリスさん、なんでしょう！」

「あのティラミスは、何がだめだったんですか」

僕が単刀直入に聞くと、マリオさんは口をぱくぱくと動かしながら、顔を真っ赤にして何か説明しようとしたが、咄嗟《とっさ》に日本語が出てこなかったのか、あー、と言葉にならない声を出すばかりだった。そのうち、「座りましょう」と、吐き出すようにこぼし、誰もいない境内端の石のベンチに腰を掛けた。僕もあとをついていって、隣に座る。

「あのティラミスは、ミドリが作るべきティラミスではありません」

「作るべき、とは？」

「ミドリと結婚したときに、ミドリはワタシのマンマから、ティラミスのレシピを教わったのです。さっきのものは、ワタシのマンマのレシピとはまるで違う」

「でも、みどりさんも料理人ですし、自分のレシピで作ろうとするのは仕方ないのでは」

ノ！　と、マリオさんは首を何度も横に振り、違う、という意志を伝えようとする。

「ミドリも、ワタシのマンマのティラミスが世界一おいしいと認めていたはずです」

「世界一？」

「そう。世界一。マンマのティラミスは、絶対に世界一だから」

それは多分に主観が影響しているのではないかと思うのだが、そう指摘したところで話が進まなそうなので、あえて聞き流すことにした。

「そんなにおいしいんですか」

「例えば、日本のジンジャの建物は、デザインとして完璧。シンプルですけど、自然と調和していて、とても素晴らしい。それと同じように、ワタシのマンマのティラミスのバランスは完璧なのです。その完璧なバランスをミドリは知っているのに、わざわざ崩してしまうなんてありえない。日本人だって、何百年も前に建てられたジンジャに、あとからぎらぎらした装飾《そうしょく》をしたりしないでしょう？　なぜなら、そんなことをしなくてもすでに完璧だからです。それと同じ」

「じゃあ、みどりさんに、マリオさんのお母さんのレシピでティラミスを作ってほしい、ということなんですかね」

「そうです。ミドリはそうしなければなりません」

なるほど、と、僕はため息をつく。みどりさんが、「料理にうるさい」と言っていた意味がわかった気がする。マリオさんが言っていることが本当だとして、お母さんのレシピが完璧であったとしても、どういうティラミスを店に出すか、選択《せんたく》する権利があるのはみどりさんなのだが。

「でも、失礼ですけど、もう離婚されているわけですし、みどりさんがマリオさんのお母さんのティラミスをお店で出す出さないは、マリオさんに関係のないことではないですか？」

「それが、そうではないのです」

「そうではない？」

「先月、ワタシのマンマは亡くなりました。突然です」

マリオさんの目が見る間に涙で潤《うる》む。

「それは……、お気の毒ですが」

「マンマは、ワタシにもワタシの兄弟にもティラミスのレシピを教えてくれなかったのです。たった一人、そのレシピを知っているのがミドリです。もし、ミドリがマンマのティラミスを作らなくなったら、世界一のティラミスが、この世界から消えてしまいます。それは許されない」

「なら、みどりさんに、レシピを教わってはいかがですか？」

マリオさんは、ため息をつきながら首を横に振り、それはできません、と答えた。

「会えばケンカになってしまうので、教えて、なんて頼めない」

「とはいえ――」

「クリスさん、お願いです」

「え？」

「ワタシのマンマのティラミスを作るように、ミドリを説得してもらえませんか」

「いや、それは難しいんじゃないかなと」

「クリスさんの仕事は、商店街をニギヤカにすることでしょう？　マンマのティラミスを出せば、ミドリの店にたくさん、お客さん来ます。クリスさんにもいいことです」

「んー、そうなったらいいんですけど」

「どうか、この通り」

マリオさんは急に土の上に両手両膝をつくと、何を思ったか、おでこを擦《す》りつけんばかりの土下座《どげざ》をした。連日の雨で、土はところどころぬかるんでいる。高価そうなスーツが、泥《どろ》だらけだ。いったいどこで土下座なんて覚えてきたのか、と衝撃を受けて、僕は一瞬、その場で固まってしまった。

「いや、ちょっと、マリオさん、やめましょうこんなこと」

「お願いです、ワタシは諦《あきら》めるわけにはいきません」

もう、困ったな、と、天を仰《あお》ぐ。もうじき夏が来る。雲の陰《かげ》に隠れながらも、夏の猛威の片鱗《へんりん》を見せつつある太陽がにやにやと僕を見下ろしていた。

5

そんなのさあ、と、アヤさんがため息をつく。

稲荷町商店街から少し離れた、あおば市中心街にある高級ホテルの一室。僕はアヤさんの部屋に押しかけて、ああでもないこうでもない、と堂々巡りする議論をし続けている。

もちろん、議題はマリオさんのことだ。

「みどりがマリオに付き合う義理はもうないわけじゃない？」

「それはそうだよ、もちろん」

「だったら、ほっとくしかないじゃない」

「僕も、首を突っ込まない方がいいとは思ってるんだけど」

アヤさんはコーヒーを飲みながら、はあ、とため息をついた。昨日みどりさんのところでとんでもない量のワインを飲んだせいで、今日は朝から二日酔いになり、滞在を一日延ばしてホテルで寝ていたらしい。さしものアヤさんも、今日はアルコール抜きだ。

マリオさんの件については、二人を知るアヤさんの見解を聞いてみることにした。返ってきたのは案の定、そんなの気にする必要はない、という答えだ。まあ、そうだよね、と、僕も同じ考えだから納得はできる。

でも、目の前で土下座までされた手前、完全に無視を決め込むのも心苦しいし、これがトラブルの種にでもなってしまったら、『トゥッティ・フラテッリ』の営業にも影響しかねない。ただでさえ、売り上げの見通しが厳しくなっている中、これ以上マイナス要因は増やしたくなかった。『トゥッティ・フラテッリ』までもが撤退してしまえば、稲荷町商店街には致命的なダメージになってしまう。

「だいたいさあ、いい歳した大人が、マンマ、じゃないんだって。亡くなったのは気の毒だけど、みどりはマリオの母親じゃないんだし」

「まあね」

「なんかさ、みどりなんて、一番、女っていうことで泣かされてきたわけでしょ。女はプロの料理人になれない、とか、女は家庭で料理するもの、みたいなことを言われて。マリオの母親はさ、たぶん料理がうまかったんだと思うし、マリオはそれに感謝してるんでしょうよ。でも、家庭料理とかおふくろの味、みたいなものがあまりにも美化された結果、働く女が苦しんでるわけじゃない。そういう偏見《へんけん》と闘って今のポジションまで来たみどりに、家で料理を作れ、自分の母の味を守れ、なんて言う方がどうかしてるよ」

そうだよね、と、僕はアヤさんの言葉にうなずく。

母の味、おふくろの味、という言葉は、生きていれば自然と耳に入ってくる言葉だ。幼《おさな》い頃に食べた愛情いっぱいのお母さんの料理が、生涯《しょうがい》忘れえぬ味として体に刻み込まれている人も少なくないだろう。ただ、「母の家庭料理」が美徳とされてしまえば、それが呪《のろ》いになってしまう人もいる。すべての女性が、夫や子を持ったり、家庭で料理を作ったりすることができるわけではないからだ。

「どうして、マリオさんのお母さんは、みどりさんにレシピを伝えたんだろう。自分の息子じゃなくて」

「あんまり深い意味はないんじゃない？　その人もきっと、自分のお母さんか、夫の母親から何かを伝えられてきたんだと思う。女から女へ。だから、引き継《つ》いできたバトンを、次の相手に渡しただけ。でも、みどりはそのバトンを持って、同じ道を走ることはできなかったんだよ。家で料理を作って夫の帰りを待つ妻じゃなかったから」

「マリオさんにも、それをわかってもらわないといけない、ってことかな」

「マリオだけじゃないけどね」

「僕もか」

「男全員」

「まあ、そうだよね」

「でも、男だけじゃなくて、女もなんだけどさ。例えば、専業で主婦やってきた人が、一生懸命料理を作って、夫や子供に食べさせてきたことに誇りを持つのは文句ない。でも、それができない女を見下したり、子供がかわいそうだ、なんて言ったりするのはおかしいじゃない。余計なお世話だっつーの」

アヤさんがヒートアップしそうになるので、まあまあ、と少し間を取る。

「マリオの話も、いいんだよ？　母親が料理を作る家だってあっていいんだし、それを食べて育った人が母の味を愛するところまでは。そこは否定する気ない。でも、男が妻に対して、母と同じ料理を作れって強要するのは違う。ましてや、離婚した相手でしょ」

「そうだね」

「どっちがおいしいとかじゃなくて、みどりにはみどりのティラミスがある。マリオが、自分の母親のティラミスが世界一、と感じるように、みどりの息子くんは、みどりのティラミスが一番好き、って言うかもしれない。大人なんだから、それくらいの道理はわきまえろ、って説得するしかないよ」

僕は大きく息を吸って、ゆっくりと吐く。どれだけ意見のやり取りをしても、結論はそこにしか行かない。でも、なんだろう。その答えがどうしても喉の奥に突っかかって、お腹の奥に落ちていかないのだ。

「なんか、みどりさんのことっていう以上に、アヤさんの思いも感じるけど」

「そりゃそうだよ。私なんか、今までに何度言われたかわからないくらい言われてきたもん。結婚はしないのか、とか、料理くらいできるのか、とか。料理人の世界も男社会だろうけど、私の業界もそうだから」

「ちなみに、アヤさんは料理とかする？」

一瞬、時間が止まったような静けさが部屋を包む。アヤさんがじっとりと僕を見て、やがて片眉を吊り上げながら「するわけないでしょ」と言った。

「悪いけど、できないんじゃないから。やりゃできるけど、やらないだけだから」

「わかってる」

「毎日忙しいんだってば」

「わかってるよ」

「なによ、悪い？」

「違うんだ。アヤさんには、思い出の母の味……、父の味でもいいんだけど、家庭の味みたいなものある？　今もたまに食べたくなるもの、とか」

「ないこともないかな。うちは食事は主に母が作ってて、別に料理上手ってわけでもなかったけど、お味噌汁《みそしる》はやっぱり母が作ったやつが一番好き」

「味噌汁か」

「うまいまずいじゃないんだよね、ああいうのは。慣れの問題」

「それ、自分で作ろう、みたいなことを考える？」

「別に、そこまでしないかな」

「料理はしない主義だから？」

「味噌汁くらい作れるから、私だって」

「じゃあ、どうして？」

「私が作っても、同じ味にならないからね。同じ味噌使ってるはずなんだけどな」

そうだよなあ、と、僕はお腹に落ちていかない引っかかりの正体をなんとか突き止めようと、想像を膨《ふく》らませる。緻密《ちみつ》な組み立てでレシピ通り厳密に作るレストランの料理と違って、家庭料理というのは幾分アバウトなものだろう。作り手側にもその時々によって味のブレがでるだろうし、使う調理器具や手に入る調味料、調理工程のタイミングの差によっても味は変わる。なんなら、盛りつけるお皿の違いですら印象を変えてしまうだろう。

教わった側の解釈も加わるし、人の手を経《へ》ていけば、形は変わっていくものだ。

結局のところ、母の味というのは「お母さんが作ってくれる」というのが最大の価値であって、実際に、母から娘、義母から嫁《よめ》、と完全な味の継承が行われることは少ない。たいていの場合、夫が妻に求める「母の味」というのは、忠実な味の再現ではなくて、自分の食習慣の受容なんだろう。

「でも、いろいろ言ってきたけどさ、一つ気になることがあるんだよ」

「気になる？」

「この間の、テイクアウトのティラミス、どうだった？」

「もちろん、おいしかった」

「今、お店で出してるティラミスも、あれに近いんだけどさ。でも、東京にいた頃はもっと違う味のティラミスを出してたんだよね」

「じゃあ、やっぱりそれがマリオさんのお母さんの？」

「わからないけど、だとしたらさ――」


――それはもう、ほんとに絶品だったんだよ。

6

「ええ？　あの人、ここで土下座したの｜？」

早朝、鳥のさえずりの聞こえる竹熊神社の境内で、僕はみどりさんと会っていた。朝の境内にももちろん人の姿はないが、鳥居のすぐ前に店を構える『福田とうふ店』の大豆《だいず》の香りがかすかに漂ってくる気がする。

みどりさんは毎朝、息子のルカくんを連れて商店街近辺を散歩するのが日課だそうだ。料理人の朝は早く、みどりさんのお店は仕込みが朝八時から。お店の閉店時間は二十一時で、どれだけ早く帰っても、子供はもう寝ている。完全な休日は週に一日で、その日を取材や商談にあてなければいけないこともある。朝のこの時間は、親子にとって貴重なコミュニケーションの時間なんだろう。

申し訳なくはあるけれど、その貴重な時間に偶然を装《よそお》って割り込み、僕はみどりさんと少し話をすることにした。ルカくんは、一人でとことこ拝殿の方に行ってハトを追いかけまわして遊んでいる。稲荷町商店街に移ってきた頃はまだ「赤ちゃん」という感じだったのに、子供の成長は早い。ルカくんは黒髪で瞳も黒いが、顔立ちはやや彫《ほ》りの深い感じが見て取れて、マリオさんの血も感じる。僕と同じくハーフだからか、少し親近感もあった。

「ごめんね、変なことに巻き込んで」

「いや、まあ、それはいいんですけど、いつもあんな調子ですか、マリオさんは」

「ほんとは、わりとまじめで堅実《けんじつ》な性格なんだけど、日本人の持ってるイタリア人のステレオタイプにむりやり合わせせようとしちゃうんだよねー」

「え、あれ、無理してるんですか」

そういえば、昨日事務所に来たときは、急に「イタリア人」のスイッチを入れたようにも見えた。僕もハーフだから、小さい頃からステレオタイプを前提に話をされることがよくあった。何度も同じ会話を繰り返すうちに慣れてしまって、反論するより聞き流すことが多くなる。もしかしたら、マリオさんもそうかもしれない。「自分は、明るく陽気で女性をナンパするようなイタリア人ではないのです」とわかってもらうまで説明するよりも、相手の求めるイタリア人としてふるまう方が楽だ、と思ってしまったのだろう。

「その反動が来るのか、家に帰ってくると頑固《がんこ》でさー。自分の思い通りに行かないと、すぐ頭に血が上っちゃうし、大変だったんだよ」

「みどりさんに仕事をやめてほしい、とかいう話も」

「そうだねー。結構しつこくて。それまでは流してあげられてたけど、妊娠《にんしん》中とか育児中はやっぱり余裕がなくなっちゃうし。このままだと精神的にまいっちゃうと思って、彼から離れることにしたんだけど」

そうですか、と、僕は土下座をするマリオさんの姿を思い出した。直情的と言うか、感情が昂《たかぶ》ると行動や言動が極端になってしまうタイプの人なんだろう。たぶん、いい方向に行けばそれが情熱としてプラスに働くのだろうけど、時に、その極端さが人の負担になってしまうこともあるのかもしれない。

「そのマリオさんが土下座までするティラミスというのは、やっぱり特別なんですか？」

「特別な、と言えば、特別かな」

「マリオさんは、世界一おいしい、って。それはみどりさんもそう認めているはずだ、っておっしゃってましたけど」

みどりさんは、ふっ、と笑うと、少し時間を取ってから、何度か頭を縦に振ってうなずいた。

「そうね。世界一かはわからないけど、少なくとも、私が食べてきた中では一番おいしいティラミスだと思う」

「マリオさんの言ってたことは、ある程度本当なんですね」

「最初に食べさせてもらったのは、結婚した後、マリオの実家に挨拶に行ったときだったんだけど。お母さんのティラミスがあまりにもおいしくて衝撃《しょうげき》で。マリオと一緒にイタリアを一周しようっていうハネムーンの予定を変更して、一週間、彼の実家にこもってみっちり作り方を教えてもらったくらい」

　みどりさんの話によると、ティラミスは日本の味噌汁やカレーのように、作る人、家庭によってレシピがさまざまあるようなデザートなのだそうだ。でも、別にイタリアの伝統菓子というわけではなく、考案されたのは比較的近代になってからであるらしい。それでも、今や家庭で作られるお菓子の定番となったのは、なんといってもそのシンプルさゆえだろう。火やオーブンを使うことなく、家庭で手に入りやすい材料だけで作ることができて、なおかつおいしい。材料や調理工程がシンプルな分、作り手のアレンジが入る余地も大きい。それが、いろいろなレシピを生み出すことになった。

　日本では、一九八〇年代後半のイタリア料理の流行、いわゆる「イタ飯ブーム」に乗って普及し、社会現象にもなった、という話は僕も聞いたことがある。一時、流行は下火になったものの、ブームから三十年以上経過した現代でも、消えることなくしっかりと定着した。フルーツが入ったもの、エスプレッソではなく抹茶《まっちゃ》を使ったものなど、日本国内でもいろいろアレンジされながら生き残っている。みどりさんがお店で出しているものも、ジョージさんが「進化系」と表現したように、独自のアレンジが加えられたものだ。

「そこまでして教えてもらったのに、どうしてお店では出さないんですか？　東京のお店では出してたんですよね？」

「まあ、いろいろ理由はあるんだけど、今の環境だと出しにくいんだよ」

みどりさんのティラミスは、濃厚なクリームと、エスプレッソを染み込ませたスポンジケーキを層にして作る。けれど、マリオさんのお母さんのティラミスは、生クリームを使わない、きわめて軽いムースに近いもので、かつ、スポンジケーキではなく「サボイアルディ」と呼ばれる長細い形状のビスケットを使うそうだ。どちらもおいしいのだけれど、お店で出すなら、クリームが濃厚な方が皿にサーブしたときに角が立ってきれいに見える。柔らかいティラミスは、自重で形状が崩れてしまうのだ。それに、サボイアルディを使うより、スポンジケーキのほうが、切り分けたときに層がきれいに見える。SNS映えを考えると、素朴で家庭的なティラミスより、見栄《みば》えがする方がよい、というのがみどりさんの判断の一つだ。

もう一つの理由は、仕込みにかけられる時間だ。東京でお店を出していたときは人を雇《やと》っていたので、営業当日の朝にティラミスを仕込むタイミングがあった。でも、今はすべてみどりさんが一人でやっているので、仕込みの時間は限られる。今、出している濃厚クリームのティラミスは冷蔵で二日程度もつのに対し、マリオさんのお母さんのティラミスは、食べるタイミングがシビアだ。ムース状のクリームから水分が染み出し、程よくビスケットに染み込んだタイミングが食べ頃で、時間が経《た》ってしまうと水が出過ぎてべちゃっとしてしまう。テイクアウトには使えないし、前日のディナータイムに作ったものを、翌日のランチタイムに出すのも難しい。

「出せるなら出したい、っていうことなんでしょうか」

「うーん、どうだろうね。どっちにしろ出さないかもしれない。あれはマリオのお母さんが、息子の妻である私、に教えてくれたレシピだから」

「みどりさんだけが教わった、と聞きました」

「そう。このティラミスが作れたら、マリオは私からきっと離れないから、って。でも、私が離れちゃったからね。離婚した以上、あのレシピでお金を取る資格はないから」

「でも、マリオさん自身は、そのレシピで作ったティラミスをお店で出してほしい、って言ってるんですけどね」

「どういうつもりだろうねー。わたしが出そうが出すまいが、マリオには関係ないと思うんだけど」

「お母さんが亡くなられたから、だそうですよ」

「えっ？」

「みどりさんしかレシピを知らないので、みどりさんが作らないと、その味が永遠に失われてしまう、ってことを嘆《なげ》いているみたいで」

「そう、なのかー」

みどりさんは噛みしめるようにそう言うと、深いため息をついた。

「ご存じなかったですか」

「まあほら、私たち、会うとああなっちゃうから。知らなかった」

遠くで、ルカくんが派手《はで》に転び、ぴやあ、と大声で泣きだす。みどりさんは、慌てる様子もなく、「自分で立ちなー」と、声をかけた。「ママ！」と言いながら、泥だらけになったルカくんがみどりさんに駆け寄ってくる。服についた土を払ってみどりさんが抱き上げると、ルカくんは泣きながらみどりさんの胸元に顔をうずめた。みどりさんは、「そっか、亡くなっちゃったのか」と、独《ひと》り言《ごと》のようにつぶやいた。

「違うなー。違う」

「違う？」

「今まで、話したこと、ちょっと違ってた」

みどりさんはルカくんの背中をさすってあやしながら、また深いため息をつく。ほんのわずか、目が潤んだようにも見えた。

「どういうことですか」

「私、悔しかったのかもしれない」

「悔しかった？」

「彼のお母さんは、料理人でもなんでもなかったからね。家庭に入った専業主婦。なのに、料理人の私よりおいしいティラミスを作るんだもん」

「食べる人によって、感じ方も変わると思うんですけどね」

「これがね、間違いなくおいしいんだ。どう考えても負けてた」

「やっぱり、その国の文化の中で育ってきた人の作る味って、違うんですかね」

どうかなあ、と、みどりさんが少し遠い目をする。その先にあるのは、遥《はる》か海を越えた先にある、イタリアだろうか。

「私ね、料理で彼を屈服《くっぷく》させたかったのかも」

「あんまり穏やかな表現じゃないですね」

「彼のお母さんからはいろいろレシピを教わったし、それはとても楽しかったんだけど、日本ではその通りには作らなかったんだ。唯一、ティラミスだけは自分の店で出した。言い訳のように」

「それだけ、ティラミスがおいしかったってことですか」

「そうね。自分でもいろいろレシピを考えてみたけれど、ティラミスだけはどうやっても超えられなかったなー。彼に、母親のレシピのほうがいい、って言われても、言い返せないんだ。それがまた嫌で。お店でだけ出すことにしたのは、彼が頻繁《ひんぱん》に食べに来ることはできないだろうと思って。なんかもう、意地だよね、そうなると」

みどりさんの話が少しずつ広がっていくと、違った景色が見え始めた。初めは、マリオさんがお母さんという存在や料理の味にこだわりすぎて、みどりさんにも「自分の母」を自分勝手に押しつけただけのように見えていたのだけれど、実際にマリオさんの目を見て話をして、僕の中に引っかかっていた違和感はこれだったのか、と思う。

「よくないよね」

「みどりさんだけがよくないわけじゃないですよ。マリオさんも配慮《はいりょ》が足《た》りなかったところはあると思いますし。でも、お互いが意地を張り合ってしまったのは残念ですね」

「私きっと、彼に、みどりの料理が世界一おいしいよ、って言ってほしかった。でも、彼の中では、いつまでもナンバーワンはマンマの料理で、それが変わらなかったのよね。それで、プライドがズタズタになってたところにさ、子供のために仕事辞めろ、なんて言われたから。それで、一緒にいるのが辛くなって、逃げたんだ」

「そう、ですか」

「でもさ、結局、味の良し悪しじゃなかったのかな。仮に、彼のマンマの料理がさしておいしくなくても、彼にとってはそれが世界一だったのかもしれない。私は、彼が食べて育ってきた味と、私の中にある味と、それぞれ二人で出し合って、自分たちの新しい家庭の味を作ればよかったんじゃないかって。なのに、私の味で彼の味覚を支配しようとした。だから、彼も反発して、自分の母の味にこだわったのかもしれないね」

新しい家庭の味、か、と、僕はそっと、その言葉を反芻《はんすう》する。

「まあ、何を言っても、今更《いまさら》だけど」

「後悔《こうかい》してるんですか？」

「後悔がないわけじゃないかな。この子から父親を奪ってしまったのは、私のせいでもあるから」

「そんな風に考えない方がいいですよ」

「どうなのかなー。でも、ありがとう」

「今の話を、マリオさんにもしてみたらどうですか。もしかしたらまた――」

「ううん、それはもう無理」

――È inutile piangere sul latte versato.

みどりさんが、すらすらとイタリア語で何か話した。当然、僕には聞き取れない。スマホで綴《つづ》りは見せてもらったけれど、意味はさっぱりだった。

「イタリアのことわざみたいなものだよ」

「ことわざ、ですか」

「直訳すると、こぼしたミルクを嘆《なげ》いても、無駄」

なるほど、と、僕はみどりさんには聞こえないように、ため息をついた。初めて聞く言葉だけれど、ニュアンスは理解できた気がする。おそらく、日本語で言うならこうだ。

――覆水盆《ふくすいぼん》に返らず。

7

お疲れさまでした、と一礼して、ジョージさんが事務所を出ていく。もう、すっかり夜も更《ふ》けて、外は真っ暗だ。お疲れさまでした、と返してジョージさんを送り出すと、事務所内はしんと静まり返った。電気代の削減のために室内の照明はすべて落としているので、かなり暗い。デスクライトだけを点《つ》けて、僕は作業を続ける。

長かった梅雨《つゆ》もようやく明け、いよいよ本格的な夏を控《ひか》えて、僕は商店街振興会の中の若手会員を中心に、商店街イベントの実行委員会を立ち上げた。計画しているのは、「夏祭り」だ。場所は竹熊神社の境内を借り、櫓《やぐら》を組んで盆踊《ぼんおど》り大会も計画している。とはいえ、レンタル櫓の設営費用や電気代など、諸経費を計算するとなかなかの額で悩ましい。もちろん、振興会の予算だけでは到底無理なので、自治体や商工会議所の商店街イベント補助制度を利用することにした。それでもまだ予算オーバーなので、協賛企業や寄付も呼び掛けている。ジョージさんには、クラウドファンディングサイトでの夏祭りプロジェクトの立ち上げや、SNSの運営をお願いした。僕は僕で、夏祭り実行委員会の事務局を事務所内で運営することになって、ここのところは問い合わせ対応や打ち合わせに追われている。

今年の始め、一月に行った「第一回・稲荷町グルメロード」というイベントは、小規模ではあったものの、これまでになかった反響があった。イベントの発案者は、当時のアシスタントだった幸菜だ。竹熊神社の境内に作られたイベントスペースに商店街の飲食店が出店し、そこだけでしか食べられない特別メニューを提供する、というグルメイベントだった。参加店のご厚意でお汁粉《しるこ》などを無料で提供したこともあって、普段は商店街に来ることの少ない近隣の住民が、思った以上に集まってきてくれた。イベント以降、売り上げが上がっているお店もあって、特に、中国から来日した陳さん、劉さんご夫婦が営む中華料理店『三幸菜館』の「超激辛麻婆豆腐」は、地元テレビ局の夕方の情報番組に取り上げられて、かなりお客さんが増えたようだ。

その結果か、商店街の若手店主を中心に、夏にもイベントをやらないか、という相談を受けるようになった。商店街を活性化させるためには、まだ一度も来街したことのない近隣住民に来てもらったり、いつの間にか足が遠のいていた昔の顧客を引き戻したりしなければならない。新店やリニューアルオープンしたお店も、もっと知ってもらう必要がある。そのためには、とにかくまずは人を集めることが大事だ。お祭りなどのイベントは、一番の近道になる。ただ、単純に人寄せだけをしても意味がない。きちんと収支を取って、利益を出さないと、やっても逆効果になってしまう。

今年の夏祭り実行委員会の委員長には、『稲荷町若梅《わかうめ》』のヒサシさんが手を挙《あ》げてくれた。顧問《こもん》には商店街振興会の福田会長を据《す》え、僕も実行委員会事務局長というポジションで参加させてもらうことになった。「第一回・稲荷町グルメロード」は神社の境内での実《じっ》施《し》となったけれども、夏祭りは商店街全体を会場にする予定だ。でも、シャッターを下ろして稼働《かどう》していない店舗も多く、なんとか商店街のお祭り感を出すために、僕も、ジョージさんも、実行委員会のメンバーも四苦八苦している。

出さなければならないメールをすべて出し終えて、僕は、ふう、とため息をついた。今日はここまで。そう思ってパソコンに表示されている時刻を見ると、もう日付が変わっていた。事務所の戸締《とじま》りなどもろもろ確認して、外に出る。ここのところは夜でも蒸し暑い。アーケード街を噴水広場に向かって歩き、そこからB街区に向かって左折せずに直進すると、商店街を出て古い住宅街に入る。道の両側には、ブロック塀に囲まれた瓦《かわら》屋根の昭和っぽい住宅が立ち並んでいるようなところだ。弱々しくて頼りない街灯の光を辿って、複雑な路地を縫《ぬ》うように十五分ほど歩くと、築四十年以上経っている木造二階のアパートが見えてくる。その二階の角部屋が、今の僕の住まいだ。

鍵を開けて部屋の中に入ると、いきなり三畳ほどのキッチン＆ダイニングスペースがある。板ガラスのはめ込まれた引き戸を隔《へだ》てて、六畳の和室が一室。リフォームもリノベーションもされていない物件なので、昭和の香りが色濃い。和室にはテレビはなく、小さなテーブルと、万年床。キッチンには小さな冷蔵庫が一つ。脱衣所はなくて、流しが洗面台がわりだ。洗濯機《せんたくき》はベランダ置きで、トイレは辛《かろ》うじて洋式。お風呂には、膝を抱えてようやく入れるサイズの湯舟がどんと置かれている。お世辞にもきれいとは言い難いし、もろもろ不便なところも多いけれど、家賃は二万円台という破格の安さだ。市から出る報酬《ほうしゅう》を事務所の維持費やアシスタントの雇用に回しているので、僕個人の固定費はなんとか下げなければならない。

でも、僕は、稲荷町ではこういう部屋に住んでみたいと思っていた。僕が幼い頃、フィリピンパブで働く母と暮らしていたのは、こういうアパートだった。もちろん、その頃に住んでいたところと同じ建物ではないけれど、うっすらと残る記憶をたどって、近い間取り、近い雰囲気の場所を選んだ。そうすることで、自分の中にある原点が見えてくるんじゃないかと思ったからだ。

家にいるとき、僕の定位置は和室のテーブルに沿《そ》っておかれたクッションの上だ。寝床《ねどこ》に転がりたくなる衝動《しょうどう》を抑えて、やや重く感じる体をクッションにどすんと落とす。部屋の真ん中にぶら下がっている電灯を点けて個人用のノートパソコンを開くと、一通、個人アドレスにメールが届いていた。「あおばタイムス」の日比野さんからだ。以前、取材をしてもらったときに打診《だしん》を受けた、質問票のファイルが添付されている。

こういうのは後回しにするとおっくうになっちゃうから、と、さっそくファイルを開く。一問一答形式の質問が、結構な数並んでいる。これは一時間くらいはかかるな、と、少し身構えて、ざらっと内容を確認した。最初の質問は、僕の学歴と経歴だ。小学校、中学校、高校、そして大学と学校名を回答し、そこから経歴の説明。大学在学中に株式会社ピッサンリに入社して、飲食コンサルタントとして勤務。稲荷町商店街のアドバイザーに応募するのをきっかけに、ピッサンリを退職し、株式会社スリーハピネスを起業した。この辺りは、インタビューでも話した内容だ。まるで履歴書《りれきしょ》みたいだな、と苦笑する。

質問票はさらに、生い立ちについての質問が続いている。家族構成、というところまできて、僕はキーボードを打つ手を止めた。幼い頃に家を出ていった日本人の父のことはすらすらと話せるが、まだ、母のことは整理しきれていないのかもしれない。母との死別について、回答するかどうか、どこまで語るか、迷った。

——ね、お腹空いたでショ！　ママ、今からゴハン作るからね！

狭いキッチンで料理をする〝ママ〟の後ろ姿が、ぼんやりと見えた気がした。包丁がまな板を叩《たた》く軽やかな音。ガスコンロに火が入るときの音。夕方、母の出勤前。幼い僕は、使い古してボロボロになったおもちゃで遊びながら、和室の畳《たたみ》の上で、夕食の出来上がりを待っていた。キッチンからいい匂いがしてくると、たまらず母の足にしがみつきにいって、まだ？　と催促《さいそく》をした。母は怒ったり邪魔《じゃま》にしたりはせず、「あと五フン！」と笑った。出来上がりまで、十五分でも、三十分でも、あと五分、だ。

急に空腹感を覚えて、ノートパソコンを閉じ、小さな冷蔵庫からラップのかかったお皿を持ってきた。昨日、僕が作った夕食の残り。「アドボ」というフィリピンの煮込み料理で、僕の〝ママ〟がよく作ってくれたものだ。元々はスペイン料理で、鶏肉や豚肉をマリネ液に漬け込んだ後、焼く、揚《あ》げるなどの調理する料理のことだが、フィリピンでは、酢や醤油《しょうゆ》に漬けた肉などで作る煮込み料理だ。ティラミスと同じく、作る人や家庭によって無数のレシピがあって、肉じゃがのように野菜と一緒に煮込むこともあるし、ココナツミルクを加える、魚介を使う、香辛料や香草を入れるなど、多種多様だ。

「ママのアドボ」は、豚のブロック肉を一・五センチ角に切り分けて、同じ大きさの玉ねぎ、ピーマン、人参《にんじん》と煮込んで汁気を少し飛ばし、ご飯にかけたものだった。肉や野菜を少し小さめに切るのは、幼い僕が食べやすいようにという配慮と、時短のためだったみたいだ。

自分で作ったアドボを一口食べると、お酢のまろやかな酸味が口の中に広がる。ご飯は炊《た》いていないので、今日は余っていた食パンと一緒に食べることにした。米でもパンでも合う料理なので、汎用性《はんようせい》が高くて作り置きしておくと忙しいときにいい。母が亡くなってから、仕事の合間に自分でも作るようになったけれど、「僕のアドボ」は、「ママのアドボ」とは味が違う。

大人になってからは、職業柄、おいしいものを食べる機会に恵《めぐ》まれた。素晴らしい素材に、プロの技術を注ぎ込んだ料理。僕の母は特別料理上手だったわけではないので、おそらく、多くの人にとっては、プロ料理人が作った料理と比較する対象にもならないだろう。でも、僕はときどき、母の作ってくれた、普通で、時に大雑把《おおざっぱ》な料理が無性に恋しくなる。恋しくなって再現を試みるのだけれど、母が亡くなってからもう八年が経つのに「ママのアドボ」と同じ味にはならない。調味料が違うのか、調理工程が違うのかはわからない。フィリピン人が経営するお店に行ってみたり、ネットで現地の調味料を取り寄せたこともあるけれど、「ママのアドボ」は、唯一無二の味だった。もしかしたら、二度と味わうことができないかもしれない。

「マリオさんも、僕と同じなだけなんじゃないかな」

〝ママ〟が生きていたら、食後に行儀《ぎょうぎ》が悪い、と言われそうだけれど、僕は畳の上に大の字になって、くすんだ天井《てんじょう》を見上げた。ここ数日、いろんな人に、いろんな話を聞いた。でも、もっと単純でいいんじゃないかな、と僕は思った。マリオさんはきっと、自分の思い出の味を愛しているだけだ。みどりさんは、自分の作った料理を「おいしい」って喜んでほしかっただけ。そこに、いろんな事情が絡んで、譲れない意地がぶつかりあって、二人の繋がりを切ってしまった。

「もっと単純でいいんだ、もっとさ、単純でいいんだよね」

よし、と、僕は体を起こし、テーブルに置いてあったスマートフォンを摑《つか》む。気持ちが抑えられなくて電話をかけてみると、もう深夜にもかかわらず、すぐに「もしもし」という声が聞こえた。声の主は、あおばタイムスの日比野記者だ。

「すみません、夜分遅くに。あ、はい、質問票は今、回答している途中です。で、それとは別件で、お願いできないかな、ということがありまして――」

8

あおば市中心部は、稲荷町商店街から車で二十分ほどの距離にある。僕が週一で報告に行かねばならない市役所もこの辺りにあって、あおば市の行政、経済の拠点になっている。ターミナル駅の「あおば駅」には三本の在来線が乗り入れていて、ここから県庁所在地にある新幹線駅まで行くことができる。駅前の北口広場はタクシープール、南口はバスプール。オフィスビルやビジネスホテルは駅北側に集中していて、南側は再開発計画が進められている最中だ。駅北口付近には、飲食店やショップが集まった駅前商店街がある。この辺りも、栄《さか》えているとは言い難いのではあるけれど、それでも個人経営の店からチェーン店までいろいろなお店が営業していて、稲荷町商店街ほどの危機的状況には陥《おちい》っていない。

「やば、ちょっと遅くなった」

「少し急ごうか」

みなみのド派手な軽に乗せてもらって僕がやってきたのは、あおば駅併設《へいせつ》の駅ビル「アコア」だ。地上六階地下一階のビルで、地下一階は食品とお土産《みやげ》売り場。一階から三階まではアパレルや雑貨系のテナントが入っていて、市内の高校生、大学生の鉄板お買い物スポットになっている。四階はレストランフロアで、五階はいくつかの病院が集まったメディカルセンター。「アコア」提携《ていけい》の駅前地下駐車場に車を停め、僕とみなみ、そしてジョージさんの三人は、エレベーターに駆け込んだ。目指すは、六階フロアだ。

六階でエレベーターを降りると、低層階のにぎやかな雰囲気とは違った、静かな空気に少し戸惑《とまど》う。あおば市在住者であれば、一度は「アコア」で買い物をしたことがあると思うけれど、ここまで上がってくる機会はあまりない。六階フロアは、カルチャーセンターの教室になっているのだ。

「すみません、遅くなりました」

一番奥の教室は、キッチンスタジオになっている。僕たちが飛び込むと、すでに準備が整っていた。今日の講師は、「著名イタリアンシェフ・赤城みどり」だ。調理器具の揃《そろ》った大きなテーブルの前で、みどりさんが動き回っている。部屋の隅《すみ》っこには、日比野記者とカメラマンさんの姿もあった。目が合って、軽く会釈《えしやく》を交わす。取材に来てくれたのだ。

「遅かったねー。今日はよろしくね」

教室に入るなり、ジョージさんは持ってきた大荷物を広げ、動画撮影の準備に取りかかった。日比野さんや新聞社のカメラマンさんとも話をしながら、三脚を設置する場所の調整をしている。みなみは、ジョージさんの補助だ。二人がくるくると動いている間に、僕はみどりさんに挨拶をする。

このカルチャーセンターを運営しているのは、あおばタイムス社の子会社だ。僕は、日比野さんに頼んでスクールの担当者を直接紹介してもらい、みどりさんを講師として採用してはどうか、という話を持ちかけた。日比野さんも、僕があおばタイムスの取材対象だから、と、いろいろ口添えをしてくれたようだ。カルチャーセンター側も講師を探していたようで、東京で人気店を経営していたシェフ、という肩書を伝えると、二つ返事で「是《ぜ》非《ひ》」という答えが返ってきた。

担当者の人は、みどりさんの肩書があれば、かなり授業料を高めに設定しても人が集まってくるだろうと太鼓判《たいこばん》を押した。講師料は、『トゥッティ・フラテッリ』の営業利益にプラスして、そのまま みどりさんの収入になる。みどりさんのような、一線級でやってきたシェフがあおば市に移住してきてお店を開いていることなど、まだ知らない人も多いだろう。受講してくれた人の中から、何人かは必ず、稲荷町商店街のお店にやってきてくれるはずだ。

みどりさんの収入の補助になり、お店や商店街の宣伝にもなる。だから講師をやってもらえないか、とみどりさんに頼むと、みどりさんは快《こころよ》く引き受けてくれた。とりあえずは一度、特別授業という枠《わく》で、「家庭向けイタリア料理ワークショップ」を開催《かいさい》してみよう、という話になり、急遽《きゆうきよ》参加者を募集することになった。開催までは二週間ほどしかなかったけれど、予定していた枠はあっという間に埋《う》まり、反響の大きさに驚いた。もし、生徒さんからの評判がよければ、定期的に開催させてもらえることになるだろう。

「材料の準備は大丈夫ですか？」

僕はいそいでエプロンをつけ、髪の毛が落ちないようにバンダナを巻く。なんと、僕はみどりさんの調理アシスタントをすることになった。事前にもらっていた材料表をもとに、今日使う人数分の食材を再度確認する。卵、グラニュー糖、そしてマスカルポーネチーズ。

記念すべき初回のワークショップで作るのは、ティラミスだ。

「準備は大丈夫だよー。万端《ばんたん》。でも、こういうの初めてだから緊張する」

「足手まといにならないように頑張りますので、よろしくお願いします」

僕の準備が整うと同時に、カルチャーセンターの職員の方がやってきて、受講生を教室に案内します、と告《つ》げた。ほどなく、待合室から今日の生徒さんたちがぞろぞろとやってきた。ほとんどは、四十代から五十代くらいの女性だ。中には、二十代と思われる若い女性もいる。皆さん、エプロンをし、やや緊張した面持《おもも》ちでキッチンスタジオの壁際に並ぶ。

「ちょっと、クリスくん！」

半分ほどの人が入ってきたとき、みどりさんが僕の腕を掴んでぎゅっと握り、小声で僕に話しかけてきた。僕は、少し体を寄せ、前を向いて笑顔を作ったまま、みどりさんに耳を寄せる。

「なんでしょう」

「なんでマリオがいるわけ」

教室に入ってきた人の中に、ひときわ背の高い男性がいる。マリオさんだ。エプロンと三角巾をつけて。他全員女性という中に一人で所在なさげに立っている姿が妙に哀愁《あいしゅう》漂っていて、僕は笑いを堪えるのに必死だった。日本人の一般男性と比べても背が高い人だし、外国人男性ということもあって、周囲の人がちらちらマリオさんを見る。その視線を浴びて、マリオさんがさらに肩をすぼめてうつむくのがかわいい。

「ごめんなさい」

「やめてよー、こういうドッキリみたいなの」

「全部僕が仕組んだことなので、あとでいくらでも怒ってもらっていいんですけど」

「もー、なんなの？　ねえ、何がしたいの」

「今日は、マリオさんのお母さんのレシピで、ティラミスを作ってもらえませんか」

「え、いや、それはだって」

「マリオさんには、事前に了解を取ってます。みどりさんがお店であのティラミスを出さないのなら、できるだけ多くの人にレシピを知ってほしいそうです」

「そうじゃなくて、今日準備した材料だけじゃ、作れないんだよ、あれ」

今日のワークショップでは、みどりさんがお店で出すティラミスとは違って、イタリアの家庭で食べられているような、比較的庶民的なティラミスを作ることになっていた。でも、一般の方が家庭で作りやすいように、日本で簡単に手に入る材料を使ったレシピで作る予定になっていたので、マリオさんのお母さんのレシピで作るには、準備した材料の他にいくつか足りないものがあるのだ。

「大丈夫です。用意してきました」

「えっ？」

「サボイアルディとアマレット、ですよね」

「なんで、って……、もしかして、アヤ？」

実は、件のティラミスのレシピについては、アヤさんに頼んで、それとなくみどりさんから材料を聞き出してもらっていたのだ。細かな分量まではわからなかったけれど、追加で必要なのは、日本では手に入りにくいフィンガービスケット「サボイアルディ」と、杏《あん》子《ず》の種、つまり杏仁《きょうにん》で作るイタリアのリキュール「アマレット」だということはわかった。この二つさえあれば、材料は揃う。今日は、追加で僕が持ってきている。少し多めに。

「マリオに頼まれたの？」

「違います。さっき言った通り、仕組んだのは全部僕です」

「どうして？」

「すごい単純なことなんですけど、いろいろ話しているうちに僕が食べてみたくなっちゃったんですよ。でも、食べたいって言ったところで、みどりさんは作ってくれないだろうな、って思って。あのレシピは、今はもうマリオさんのもの、って思ってるだろうから」

「それは、まあ、そうかもだけど」

「マリオさんの了解をもらえればあるいは、と思ったんですけど、お二人とも、そんな話し合いをするような状態にはならなそうだったので、ちょっと騙《だま》し討ちみたいになって申し訳なかったんですけど、こういう場を用意させていただいて」

「でもさ、マリオを呼ぶことないじゃない、ここに」

ジョージさんが、受講生の方たちの前に立って、今日のワークショップに撮影が入ることを説明し、映りたくない人に画角の確認などをしている。マリオさんも、中に混ざって神妙な顔で話を聞いていた。

「食べさせてあげたいじゃないですか」

「え？」

「いろいろ理屈をごねてましたけど、マリオさんは自分の思い出の味が消えてほしくなかっただけなんです。残っていれば、いつかまた味わえるかもしれないけれど、消えてしまったら、それはもう二度と戻ってこないですしね。僕も、十八の時に母が亡くなっているので、気持ちはわかります。もう二度と食べられない、思い出の味がたくさんある」

「そりゃ、気持ちは、わからないでもないよ、そういうの」

「みどりさんに、自分の価値観を押しつけようとしたのは間違いだと思います。だから、みどりさんに任せるんじゃなくて、このワークショップでレシピを覚えて、自分で再現できるようにするべきだ、と言ってマリオさんをここに呼んだんです。みどりさんは、一回はきっと騙されてくれると思いますけど、もうこんな機会は二度とないはず、と伝えたので、かなり本気でここにきてるんじゃないですかね」

　サイズの合っていないエプロン姿はなかなかに愛らしくて笑ってしまいそうになるが、今日のマリオさんは、なんとしてもお母さんのティラミスを覚えて帰るんだ、という決意に満ちているように見えた。みどりさんの性格上、仕組まれたことに怒って出て行ってしまうようなことはないと思っていたけれど、僕のお願いを聞き入れてくれるという保証はなかった。それでも、マリオさんは一縷《いちる》の望みをかけて、わざわざ東京からやってきたのだ。その証拠に、今日はまだ一度も、「イタリア人」のスイッチを入れていない。

「今日だけでいいんです。マリオさんに、マンマの思い出を渡してあげてもらえませんか」

　みどりさんは、これ以上ないほど深いため息をつくと、僕が追加で持ってきた材料を確認して、もう一度ため息をついた。

「その、実際問題、作れるものですか、ここで」

「材料は揃ってるし、できないことはないんだけどさ」

「マリオさんもあんな感じですから、口げんかにならないと思いますし」

「わかったよー、やるよ、もう」

僕は、ほっと息をひとつついて、みどりさんに目でお礼を言う。みどりさんが、受講生のみなさんには見えないように、僕のおしりの肉をぎゅっとつねった。控《ひか》えめに言って、めちゃくちゃ痛い。

「ほんとさ、クリスくん、そういうとこあるよ、君は」

「どういうところでしょうか」

そういうところ、と、目で僕に釘を刺しておいて、みどりさんは講師としてのスイッチを入れた。本日はお集まりいただき、ありがとうございます。シェフの赤城みどりです。滑《なめ》らかな自己紹介をするみどりさんを横目に、僕はマリオさんに向かって、頑張って、と拳《こぶし》を握った。

9

おいしい、という、どよめきに近い声が一斉に教室内を埋め尽《つ》くす。受講生はたった十五人ほどなのに、「騒然」と形容したくなるようなざわつきぶりだ。

ワークショップは、みどりさんが指導をしながら人数分の大皿にティラミスを作り、ところどころ、受講者から代表の人を指名して作業を体験してもらう、という形式で進められた。素材の選び方から、ベースとなる、卵黄を使ったカスタードクリーム「ザバイオーネ」の作り方。メレンゲやマスカルポーネチーズの混ぜ方のコツ。砂糖を入れるタイミング一つにも細やかな注意点があって、それこそが、マリオさんのお母さんが試行錯誤《さくご》した歴史そのものなのだろう、と思った。みどりさんは、教えてもらったレシピを極力丁寧《ていねい》に伝えている。マリオさんも、その様子を食い入るように見つめながら、小さなメモ帳にペンを走らせていた。

大皿にビスケットとクリームを敷き詰めてティラミスを冷やしている間は、イタリア料理の基礎講座という感じで座学を行った。みどりさんの説明も上手だし、和気あいあいとした雰囲気であっという間に一時間が経ち、みなさんお待ちかねの試食の時間となった。

みどりさんが大きなスプーンでお皿にとりわけるのだが、その盛りつけられたティラミスに、僕は、えっ、となった。驚いたのは、その柔《やわ》らかさだ。きれいに角の立った立方体のような『トゥッティ・フラテッリ』のティラミスと違って、目の前のティラミスは、ほぼ形状を保《たも》っていない。クリームをそのままお皿に置いたような感じで、半分液体のようだ。見た感じの柔らかさは、ヨーグルトくらいだろうか。柔らかいタイプのティラミスももちろん知っているが、それと比べてもさらに柔らかそうに見える。

そこにココアパウダーを振ると、景色が変わる。クリームの複雑な陰影《いんえい》が浮かび上がってくると、不思議と、あ、ティラミスだ、と思えてくるのだ。みどりさんのティラミスが緻密《ちみつ》に作られたアート作品だとするなら、このティラミスはまるで自然そのものだ。お皿という大海に浮かぶ、山の陰影が美しい大地。まるで、日本列島、そして、イタリア半島みたいだな、と思った。

最後にミントの葉を添えられたティラミスは、絵画のような美しさだった。一人一人の前に置かれたそれぞれのお皿に、世界に一つしかない形のティラミスがある。「では、お召し上がりください」というみどりさんの声を合図に、受講生のみなさんが一斉にティラミスを口に運ぶと、一気に場がざわついた。口々に、「おいしい」という声が聞こえてくる。

僕も、あまりを少し取り分けてもらって、一口試食してみた。スプーンに載せただけでもわかるほどなめらかなクリームを口に含むと、文字通り、声が出なくなった。濃厚な甘みはあるのに、まるで雪のように口の中で溶けて、一瞬で消えてしまう。ビスケットは変なパサつきはなくて、エスプレッソの苦みを口に届けると、役目を終えたとばかり、ほどけてクリームと一緒に消えていく。風が吹き抜けていくように、ほんのりとリキュールの香りが鼻に抜けて、余分な甘さをどこかに連れ去っていった。

これが「世界一のティラミス」か、と言われたら、僕にはわからない。この世界には、まだまだおいしいものがたくさんあるだろうし、僕は、世界一を決めるにはまだまだ経験が足りない。でも、みどりさんが「食べてきた中では一番おいしい」と言ったことに、納得は行く。

みどりさんのティラミスも、もちろん驚くほどおいしいし、単品で食べたときの満足感はきっと上だろう。でも、卵と砂糖とマスカルポーネだけ、生クリームすら使わない、というシンプルな材料だけで、これほどの味を生み出すことができるのか、という驚きは強烈だ。ティラミスとしての純度、完成度、という面では、やはりマリオさんのお母さんのティラミスに軍配が上がる。どれだけ食べても、あ、もう少し食べたかった、という余韻《よいん》が残って、永遠に満足させてくれそうにない意地悪なドルチェだ。みどりさんが、コース料理の最後にこのティラミスを出していたのも、ディナーという物語の余韻を楽しむのに、これ以上ないキャストだったからなんだろう。食べ終わったそばから、次はいつ食べることができるだろう、と考えてしまいそうになる。

「どう？　おいしい？」

「いや、ちょっと、びっくりして言葉が出ないです」

「ね。みんなに教えちゃったから、商売あがったりだよ、こっちは」

みどりさんと話して我に返ると、一番遠い席にいるマリオさんの姿が視界に入った。マリオさんは、じっとりとティラミスを見つめたまま、なかなか手をつけようとはしない。なんとなく、気持ちは理解できるような気がした。幼い頃からの記憶だとか、これまでに受け取った愛情とか。そういうものが胸に詰まって、喉が開かなくなっているんだろう。

「えーと、みなさん、今日のティラミスはいかがでしたかー」

　みどりさんが突然声を張って、受講生のみなさんの視線を集める。

「今日のティラミスなんですけど、実は、そこの彼、マリオのマンマから教わったレシピなんですよ」

　あ、彼は私の元夫です、と、「元」にアクセントを置いてみどりさんが補足を入れると、「えー！」という声と、「ああー」という声が交錯《こうさく》した。え、そうなの？　と驚いた人と、あ、だからここにいたのか、と納得した人、それぞれの視線を浴びて、マリオさんが目を白黒させる。

「残念だけれど、彼のお母さんは最近亡くなられて、このレシピを受け継いだのは、私だけになってしまいました。もし、みなさん、おいしいな、って思っていただけたら、家に帰って、ご家族とか、お友達とかに作ってあげてほしいんです。料理って世界いたるところにいろいろあるんですけど、大体どんな料理でも、ルーツをたどっていけば、誰かが誰かに食べさせてあげたい、っていう思いで考案したものなんですよね。それを食べて、おいしいって思った人が、また誰かに食べさせてあげたいって思って、そういう気持ちが連鎖して伝わってきたもの、残ってきたものが、今ある料理なんじゃないかな、って、私は思うので。だからぜひ、家で作ってみてください」

　みどりさんは少し言葉を切って、今日はじめて、真っすぐマリオさんを見た。マリオさんはスプーンを手にしたまま、みどりさんを見て固まっている。

「ねえ、マリオ。ちゃんとできてるか、チェックしてくれない？」

マリオさんは、何度かうなずくと、自分に集まってくる視線に気がついたのか、急に「イタリア人」のスイッチを入れた。「マンマはとても料理がうまかった」「このティラミスは世界一です」などと調子をつけてべらべらとしゃべり、笑いを取る。スプーンでティラミスをわさっとすくい上げ、「ミドリがちゃんと作れてるか、チェックするよ！」と笑いながら、口に入れた。スプーンを置いて、両手を広げて、ややオーバーに顔を作ると、オウ！　と声を出した。

マンマ・ミーア！

マリオさんは、そう言って、笑いの渦《うず》を作りたかったのかもしれない。

でも、途中までしか言葉が続かなかった。

「マンマ……」

マリオさんの顔がくしゃくしゃに崩れて、やがて大きな両手で顔を覆《おお》ってしまった。肩が震えて、嗚咽《おえつ》が漏れる。マリオさんは、何度も「マンマ」と繰り返したけれど、結局、最後まで、いつもの「マンマ・ミーア！」を言うことはできなかった。

10

「あああああ、辛《から》い辛い辛い辛い辛い！」

額から汗を滴《したた》らせながら、足をバタバタさせて「辛い」を連呼するみなみを、僕とジョージさんは向かいの席から困惑しつつ眺めている。今日のランチはみなみの一存で、事務所の向かい側にある中華料理店『三幸菜館』に決まった。みなみが注文したのは、稲荷町商店街で最凶の激辛メニューと僕たちの中では名高い、「超激辛麻婆豆腐」だ。山椒《さんしょう》の痺《しび》れ・麻味《マーウェイ》、唐辛子の辛さ・辣味《ラーウェイ》、そして杏《あんず》ジャムの甘さ・甜味《ティエンウェイ》の「三つの幸せ」が一体となったおいしい麻婆豆腐、が売り文句なのだが、日本で生まれ育ってきた僕たちには、その幸せがトゥーマッチで、あまりのパンチ力に悶絶《もんぜつ》してしまうくらいの一品になっている。レギュラーの麻婆豆腐でも普通の人には破壊力抜群《ばつぐん》の辛さだけれど、「超激辛」はさらに地獄のような辛さに仕上がっている。

最近は、『三幸菜館』の麻婆豆腐のあまりの辛さがコアな激辛マニアの間で話題になっているらしく、あおば市外や隣県など、比較的遠くからお店にやってくるお客さんもちらほらいるそうだ。まれに、動画の撮影をさせてほしい、という問い合わせも来るようで、今年の「第一回・稲荷町グルメロード」というイベント限定で出した「超激辛麻婆豆腐」も、そんなマニアなお客さんの要望に応えてレギュラーメニュー入りすることになった。

でも、麻婆豆腐以外はいたって普通の中華料理屋さんなので、僕とジョージさんは、辛くない普通のメニューを食べていた。みなみだけが、「どこに幸せがあるんよ」「辛いしか見えない」と、食べながら大号泣している。

「自分で頼んだんだよ、みなみが」

「わかってる。うっさい」

「あんまり無理しないほうがいいと思うよ」

「ごはん残すと、パパママに死ぬほど怒られるからいやだ」

胃を痛めますよ、と、ジョージさんが冷静なツッコミを入れる。

「だってさあー」


昨日行われたみどりさんのワークショップは、大盛況のうちに幕を閉じた。最後には、マリオさんが号泣する姿を見てもらい泣きする受講生の方も続出して、ドラマチックなワークショップになった気がする。ずっと教室の端で立ち会っていた日比野さんにも、「クリス君の目指すものが垣間《かいま》見えてよかった」という言葉をかけてもらえた。そんな中、おいしいものあり、感動ありのアットホームな空気を切り裂《さ》いて、ひたすら怨念《おんねん》のこもった目を僕に向けていたのが、ジョージさんとみなみだ。どうやら、僕だけがあのティラミスを試食したことが許せなかったらしい。食べ物の恨みは恐ろしく、帰りの車中では、二人ともろくに口をきいてくれなかった。

スタッフと遺恨《いこん》を残すわけにもいかないので、みどりさんに頼み込み、予備分の材料でマリオさんのお母さんのティラミスを作ってもらうことになった。今日の朝の仕込みの合間に作ってくれるという話だったので、ランチは『トゥッティ・フラテッリ』に行こうか、とジョージさんと話をしていたのだけれど、それに異を唱《とな》えたのが、みなみだった。

みなみ曰《いわ》く、あのティラミスを最高の状態で食べるには、その前に激辛料理を食べて、舌と体が最大限スイーツを求める状態にしなければならないそうだ。辛い物を食べるのなら、稲荷町商店街では『三幸菜館』一択《いったく》になる。

「どうですか、おいしいですか」

みなみがあまりにも騒ぐので、厨房から店主の陳さんが出てきて、ころころと笑った。陳さんの奥さんで、ホール担当をしている劉さんも、汗だくになっているみなみがツボに入って仕方ないらしく、お盆で顔を隠しながら肩を震わせている。

「ウマい？　辛い、しか出てこん」

僕は、平和においしい什景湯麵《スーチンタンミエン》――メニューには「あんかけ五目つゆそば」と併記してある――を食べながら、そういえば、ここの麻婆豆腐も、災害で亡くなった陳さんのお母さんのレシピをベースにして作られたものだったな、と思いだした。日本の豆腐では同じ味が出せず、一時はメニューに入れることを諦めていたのだけれど、『福田とうふ店』の協力のもと、青大豆とすまし粉を使った特注の豆腐を使って味の再現に成功し、今では立派な看板《かんばん》メニューになっている。僕が、お母さんの麻婆豆腐をメニューとして出せるのはうれしいですか？　と陳さんに聞くと、「当然了《もちろんです》！」という答えが返ってきた。

「私にとって、お母さんの料理は故郷の味ですから、自分のルーツを感じます。お母さんの料理が食べられなくなったときは、とても心細くなりました。自分に、家がなくなったみたいで」

「家、ですか」

「自分にルーツがある、戻りたい場所、帰る場所があれば、なんでも勇気をもってチャレンジできますから、前は、とても不安で、寂《さび》しかった。根っこがなくなった草のようでしたけど、今は、ここで故郷を感じられるようになったので、また根を張ることができていますね」

なるほどな、と、僕はうなずいた。マリオさんも、故郷から遠い異国の地に単身やってきて、唯一の拠《よ》り所《どころ》だったみどりさんとも離れて、心細かったのかもしれないな、と思った。仕事があってなかなか帰国する決断もできない中、お母さんが亡くなったという知らせが来たときには、陳さんと同じように、自分の根っこが引っこ抜かれたような気になったのかもしれない。

「幸菜サンは、お父サンの炒飯《チャーハン》、スキ言ってましたね」

稲荷町に来て少し経ち、日本語がだいぶ上達した劉さんが、話の輪に入ってきた。そういえば、そうだった。幸菜のお父さんは、この『三幸菜館』の前のオーナーの息子さんで、ここで中華料理屋をやっていたプロだった。小さい頃から、幸菜は元料理人だったお父さんの料理も食べて育ってきたから、「おふくろの味」ならぬ、「おやじの味」が一番印象に残っているみたいだった。

僕たちは、生まれてから成長するまでの間に、かならず誰かから食べ物を与えてもらっている。それが父親か、母親か、あるいは違う人なのかは、人それぞれあるだろうけれど、自分で収入を得て、自分で食事をする能力を身につけるまでには、誰かの「食べさせてあげよう」という思いを受け取って生きてきたはずなのだ。原初の時代から、連綿と続く食のバトン。受け取った人が、また次の人に渡し、無数の思いが集まって、今ある料理という形になった。僕もいつか、自分のバトンを渡すときが来るだろうか。その機会を迎える前に、「ママのアドボ」の再現ができるといいな、と思った。

「っしゃ、食った！　行く！」

みなみが顔を真っ赤にしながらも超激辛麻婆豆腐を完食し、財布を取り出す。なにをしているんだ急げ、と僕らを急《せ》き立てるので、劉さんにお会計をしてもらい、『三幸菜館』を後にする。

「今、甘いもの食ったら絶対ウマい。絶、対、ウマい」

うわごとのように「甘いもの」と繰り返しながら走り出そうとするみなみを抑えつつ『トゥッティ・フラテッリ』に向かっていると、珍しく、向こうから歩いてくる人影が見えた。どうやら、男性だ。それもかなりの長身の。

「あ」

「あ」

マリオさんだ、と、僕が気づいた瞬間、マリオさんも僕に気づいたようだ。そのまま急に「イタリア人」のスイッチを入れ、「ボンジョールノ！」と、結構な大声を出しながらこちらに向かってくる。近くまで来ると、例のごとく、僕とジョージさんとハグを交わし、みなみには頬を合わせてキスをする。ただでさえ蒸し暑い日に超激辛麻婆豆腐を食べて体温が上がり切っているみなみは、「暑苦しいんよね」と愚痴《ぐち》をこぼした。

「どうしたんですか、マリオさん」

「今、クリスさんの事務所に向かっていたところです」

「僕の？」

「これ、ミドリから、クリスさんに渡すようにと頼まれたので」

マリオさんが差し出したのは、『トゥッティ・フラテッリ』で、ドルチェのテイクアウト用に使うことになった保冷袋だ。中身はもちろん、あのティラミスに違いない。いち早くみなみが飛びつくと、ひったくるようにしてマリオさんから袋を受け取り、そのまま事務所へ走り去っていく。ジョージさんが、「瀧山《たきやま》さん、彼女は独《ひと》り占《じ》めする気ですよ」「それは許されない」と、血相を変えて後を追う。

走り去っていく二人の背中を見送ると、「イタリア人」を少しオフにしたマリオさんが、僕の前に立って、照れくさそうに頭を下げた。

「クリスさん、ありがとう、本当に」

「いえ、別に僕はなにも」

「さっき、ミドリと話をしました。ワタシが、ティラミスをきちんとマスターするまで、何度か教えてくれるそうです」

「それは、よかったですね。ケンカせずに話せたみたいで」

ケンカは少ししました、と、マリオさんが肩をすくめる。お店の営業中だっただろうに、大丈夫かなあ、と、一抹《いちまつ》の不安が胸をよぎる。

「マンマのティラミスを完璧に作れるようになって、息子に食べさせてあげます。ワタシはミドリのいい夫ではなかったから、せめて、ルカのいいパパでいないとね」

仲良くしてくださいね、と、僕はマリオさんの腕を軽く叩く。覆水盆に返らず。みどりさんがマリオさんと復縁するということはもうないのだろうが、完全に切れかかっていた二人の繋がりを、あのティラミスが辛うじて結びつけていた。そこから、何か生まれることもあるだろう。やっぱり、おいしいものには力があるんだな、と思う。

「クリスさん、ミドリのお店を、よろしくおねがいします」

「え、ええ。頑張ります」

「何か、ワタシに協力できることがあったら、言ってくださいね。遠慮なく」

「本当ですか？」

「ワタシの息子のためでもありますから。今度は、ビジネスの話もしましょう」

マリオさんが、僕に向かって手を差し出す。少しずつ、人と人とを繋いでいって、こうして差し出される手を握っていけば、商店街にも光が見えてくる。そんな気がしている。まあ、新店の誘致三十店舗、店舗稼働率八十パーセントというちょっと大きな目標をぶち上げてしまったので、少しずつ、なんて、あまり悠長《ゆうちょう》なことも言っていられない。今は、僕の活動が、きっと誰かを幸せにするんだと信じて、とにかく、がむしゃらに進んでいくしかない。

「ぜひ、お願いします」

僕がマリオさんの手を握り返すと、マリオさんは、風を切る音が聞こえそうなくらい、力強く何度もシェイクする。これは肩が抜けそう、などと思っていると、急に、マリオさんが手首につけていたスマートウォッチが、けたたましいアラーム音を鳴らした。

「オウ、マンマ・ミーア！　もうこんな時間！」

新幹線に乗り遅れる、と慌てながら、マリオさんがバタバタと商店街の出口に向かう。最後は、「チャオ！」と叫びながら投げキッスをするという、「イタリア人」全開の別れだった。無理をしなくていいのに、と苦笑する。

にぎやかなマリオさんが去っていくと、またしんとしたいつもの「ゾンビロード」が戻ってきた。耳を澄《す》ませば、どこからかセミの鳴く声が聞こえてくる。ニュースによると、どうも、昨日で梅雨が明けていたらしい。なんか、ぬるっとというか、ふわっとというか、切れの悪い感じではあるけれど、今年も、夏がやってきた。

就職難民ガール（4）

来ちゃった。

目の前にある「サンロードあおば」というアーチ看板を見上げて、わたしはなんだか複雑な思いで息をひとつついた。この街から離れてまだ半年も経《た》っていないはずなのに、もう懐《なつ》かしい場所に戻ってきたような気になっている。

アーチをくぐろうとして、ぴたりと足が止まった。ほんの少し前までは、毎日当たり前のように出入りしていた商店街なのに、どこか、わたしを拒《こば》んでいるような、よそ者のクセに、と言われているような感じがする。商店街前の雰囲気《ふんいき》も、入口のアーチ看板も、なにも変わっていないはずなのに。わたしは、キャップを深くかぶりなおして、顔が見えないようにうつむきながら、A街区、アーケード街に入った。

時刻は、もう二十一時。ほとんどすべてのお店は営業終了の時間で、この時間を過ぎても営業しているお店はほとんどない。商店街のメインストリートに面しているお店は市の条例で深夜営業が禁止されているので、裏通りや横丁にある何軒かの飲み屋さんがひっそりと営業しているだけだ。

わたしはどこかで、見違えるような活気に溢《あふ》れた商店街の姿を期待していたのかもしれない。ちょっと見ないうちに、こんなににぎやかになったんだ！　と、驚きたかった。それは期待しすぎだとしても、わたしがクリスと一緒に撒《ま》いて回った種が芽吹いて、変化の兆《きざ》しのようなものが見えていてもいいんじゃないかな、なんて。でも、稲荷町《いなりまち》商店街は今日も、わたしの記憶の中にある「ゾンビロード」のままだった。ひっそりと静かで、薄暗くて、人がいない。

「ねえ、どうしたの？　行こ？」

「あ、いえ、はい。すみません」

わたしと一緒に歩いているのは、クリスの友人で、建築デザイナーの藤崎《ふじさき》さんだ。職業はモデル、と言っても誰も違和感を持たないくらいのスーパースタイルの持ち主なので、横に立つと、わたしのような庶民派体型女子はみるみるうちに体力が削《けず》られていく感じがする。藤崎さんとは、クリスのアシスタントをしていたときに何度か話をしたことはあるものの、連絡先の交換などはしていないし、直接の付き合いはなかったのだけれど、わたしはなぜか、藤崎さんと一緒に夜の稲荷町商店街を歩いている。

それは、数時間前、奇跡的な「偶然」によるものだ。

学生最後の夏休み、と言っても、特別なことはあまりない。学校の単位はほぼすべて取り終えていて、後期はゼミで卒論を仕上げていくだけ。今年はもうアルバイトもしていないので、スケジュール帳に書き込まれる定期的な予定はない。本当は、まつりと卒業旅行なんかも計画していたのだけれど、残念ながら冬休みに延期することになった。わたしの就活が、まだ終わっていないからだ。

夏休み前ぎりぎりのところでようやく一社からもらえた内定は、結局、辞退することに決めた。本当に悩んで悩んで、胃に穴が開くんじゃないかと思うくらい悩んで、やっぱり、自分が納得できる仕事を探そう、と思ったのだ。

去年の今頃は、稲荷町商店街に新規オープンする『トゥッティ・フラテッリ』というイタリアンバルの開店のお手伝いに駆け回っていたなあ、と、ふと思い出す。夏の炎天下、首に冷感タオルを巻きながら駅前でビラ配り、日焼け覚悟《かくご》のポスティング。それがただのアルバイトだったとしたら、暑くて辛くて、楽しいなんて思えなかったかもしれない。でも、わたしがチラシを渡した人がオープン当日に来店してくれたり、店主さんが感謝してくれたり、自分のやったことが何かの役に立った、というのがダイレクトに伝わってくる仕事は、今までに感じたことのない充実感を与えてくれた。まつりに言われた通り、その感覚は麻薬のようなものだ。

これまでの人生、わたしは替えの利《き》く部品のようなものだった気がする。学校でも、バイト先でも、おそらく内定をくれた会社でも、わたしと他の誰かを入れ替えたって、特に何も変わらない。でも、稲荷町商店街では、わたしはわたしとして確かに存在できていた。自分の居場所があった。たぶん、クリスのおかげで。わたしを、ちゃんと仕事上の「パートナー」として扱ってくれたから。

夏以降の就活が今まで以上に厳しいということは、わたしだってわかっている。精一杯やり切ったと思えるように、夏休みの期間を使って、エントリーする企業の選択《せんたく》の仕方をもう一度練《ね》り直そうと考えている。ただ、あんまり思い詰めてもよくない気がして、夏らしい天気になった今日くらいは、のんびりと、自由に時間を過ごそうと思っていた。

午前中は少し遅い時間までゆっくり寝て、お昼前から都心に出た。カフェで一人ランチをして、柄《がら》にもなく、食べたものだとか、梅雨《つゆ》が明けてカンカン照りの夏空の写真なんかを、フォロワーのほとんどいない個人SNSに上げてみる。その後は、夏用の服を少し買い足《た》して、本屋をぶらついてから、夕方、少し早めに帰宅することにした。スマホをチェックすると、「カフェに行くなら誘ってよ」とまつりからのコメントがついていた。ごめんね、今から電車に乗って家に帰るとこ、とリプライを返して、駅に向かう。

都心部から電車で二十分ほど、ギリギリ二十三区内、というところにあるわたしの家の最寄《もよ》り駅に着いて駅舎を出ると、急に、後ろから、パァン！　という車のクラクションの音が聞こえた。わたしは思わず、足を止めて振り返る。勝手知ったるエリアに着いて完全に油断しているところに大きな音がしたので、一瞬、心臓が止まりそうになった。

「幸菜《ゆきな》ちゃん！」

「え、藤崎さん？」

「久しぶり！　どうしたの、こんなところで」

それはわたしのセリフです、と言いそうになる。

駅前のロータリーに滑《すべ》り込んできたのは、角ばった真四角のフォルムが特徴的な、見上げるほど大きい藤崎さんの愛車だった。左ハンドルの輸入車で、藤崎さんはわたしの立っている歩道側の窓を全開にして手を振っていた。長い髪をなびかせ、胸元をざっくり開けた服で車から身を乗り出す藤崎さんは、わたしの住む小さな駅の駅前の空気感にはまるで馴染《なじ》んでいない。駅から出てきた人たちが、芸能人でも見るかのような視線を向けながら横を通り過ぎていく。

「その、わたしの家がこの近くで」

「えー、そうなんだ。すごい偶然。今日、ちょうどこの辺りで仕事で。なんか見たことある子がいる、と思って」

「それは、すごい偶然ですね」

この近辺に藤崎さんが仕事するような場所があるのか、と、わたしはぼんやりと駅周辺の地図を頭に浮かべる。でも、駅周辺はこちゃっとした商店エリアがある以外は住宅地しかないような、地味極まりない場所だ。稲荷町商店街に比べれば、さすがに街を歩く人は多いけれど、藤崎さんのようなデザイナーさんが活躍《かつやく》できそうな場所は思いつかない。

「どう？　元気？　あ、就職活動中なんだっけ。決まった？」

「ええと、内定は一件いただいたんですけど」

「え、おめでとう！」

「あ、でも、辞退しちゃったんです」

「あれ、どうして？　あんまいいところじゃなかった？」

「その、なんででしょうね」

「え？」

「自分でも、よくわからなくなって」

わたしがしゅんとなると、藤崎さんは思い切り笑い飛ばしながら、大丈夫、と、手をひらひらさせる。

「私もさ、就職決まったの、夏が終わってからだったもん」

「え、そうなんですか？」

「三年時に遊びすぎて単位落としまくったから、四年の前期なんて就職活動どころじゃなくて。夏休みに入ってから、初めて就職説明会に出たよ」

慰《なぐさ》めになっているのかいないのかはさておき、少し元気づけようとしてくれているのだと思うと、胸がきゅっとなる。

「ねえ、もう夏休みでしょ？」

「そうです」

「じゃあさ、気分転換に行こうよ。私、ちょっとドライブに行こうと思ってたんだ」

「ドライブ、ですか」

「そう。ちょうど話し相手が欲しかったところ。だから、ほら、乗って」

え、え、という間に、藤崎さんが車を降りてきて、わたしを助手席側に引っ張っていく。言われるがままに右側のナビシートに乗ろうとするのだけれど、ステップを使わないと車高が高くて乗り込めない。よいしょ、という感じで体を持ち上げて、妙《みょう》に座り心地のいいシートに座った。

「あ、ドア閉めて、シートベルト締めてね」

藤崎さんが運転席に乗り込んでハンドルを握り、怪獣《かいじゅう》の咆哮《ほうこう》のようなエンジン音を立てて車を発進させる。あっという間に駅前ロータリーを出て、この車が通れるのだろうかと心配になるような細い道を抜けて幹線道路に入る。

「その、ええと、どこに行くんですか？」

「稲荷町商店街」

はっ？　という声が、驚きのあまり、ふぁっ？　になってしまった。稲荷町？　新幹線を使っても三時間以上かかるくらいの遠隔地だ。ちょっとドライブに、という距離感じゃない。

「い、今からですか？」

「うん。今から」

「え、うそですよね？」

「え、なんで？」

「だって、今からじゃ泊まりになっちゃいますよね」

「いいじゃん、夏休みでしょ。それとも、明日、なんか用事でもある？」

「用事は、これといって、ないんですけど」

「おじいちゃんおばあちゃんの家あるんでしょ？　泊めてもらったらいいじゃない」

ええ？　と、意図《いと》せずに声が漏《も》れる。

「でも、いきなりそんな」

「だーいじょうぶ。孫娘が急に来たら、ジジババ大喜びだよ」

「いやでも、わたし今日、何も持ってきてなくて。着替えとか、メイク道具とか」

「後でご両親に連絡して、宅配便で送ってもらいなよ。もし足りないものがあったら、私が買ってあげる。あ、遠慮《えんりょ》しなくていいよ。若い子に服やらコスメやら買ってあげられるくらいは稼《かせ》いでるし」

ええー？　と、さらに声が出てしまう。わたしはまだ半信半疑のままなのだけれど、どう見ても藤崎さんは冗談《じょうだん》を言っている感じではなかった。そうこうしている間に、半ば戦車のような車は、がおおん、と吼《ほ》えながら、高速の入口に向かっていく。

「もし泊まれなかったらさ、私のホテルに来ていいよ。狭苦しいの嫌だから、いつもツインで取ってるんだ。あ、遠慮しなくていいからね。それくらいの贅沢《ぜいたく》できるくらいは、仕事頑張ってるから」

「えええええ」

――ということがあったのが、五時間半くらい前のことだ。

藤崎さんの車は高速道路を爆走して、本当にあおば市までやってきた。都内より広々とした地方都市の大通りを気持ちよさそうに走って、稲荷町商店街に向かう。時刻はもう夜九時を回っていたけれど、藤崎さんは、せっかくだからクリスのとこに顔を出していこう、と、商店街近くにできた真新しいコインパーキングに車を停めた。よくこんな狭苦しいスペースに、こんな大きな車を停められるものだ、と感心するくらいみっちみちのサイズ感だ。降りるとき、ドアを開けるのに気を遣《つか》う。

「この時間、まだいますかね、クリス」

「いると思うよ。最近、ずっと遅いらしいから」

「忙しいんですね」

「忙しいみたい。お盆休みに、商店街で夏祭りやるんだってさ。その準備でぱっつぱつらしいよ」

夏祭り？　ここで？　と、わたしは不安になって周囲を見回す。開くことのないシャッターを下ろしたお店ばかりで、とてもではないが、お祭りをやるような場所とは思えない。今年の始めに開催した「第一回・稲荷町グルメロード」というイベントは、商店街の先の稲荷神社の境内《けいだい》を借りて、こぢんまりと実施《じっし》した。そのときに、参加した店主さんたちと「今度は夏に商店街全体でお祭りができるといいね」なんていう話はしていたのだけれど、現段階ではまだ無謀《むぼう》だよね、と笑っていたのだ。果たして人が集まるのだろうか、と、今は部外者であるはずのわたしが心配になってくる。

商店主のみなさんが「B街区」と呼んでいる、アーケード屋根に覆《おお》われた歩行者天国をまっすぐ歩くと、『三幸菜館《さんこうさいかん》』。喫茶店『カルペ・ディエム』のある建物が見えてくる。その斜《なな》め向かいには、かつて、わたしのお父さんとおじいちゃんが経営していたお店。今は、中国から来た陳《ちん》さん、劉《りゅう》さんご夫妻が新しく中華料理屋さんを営《いとな》んでいて、『三幸菜館』という店名を引き継いでくれている。

『三幸菜館』の真向かいには、呉服店だった建物を改装した、クリスのアドバイザー事務所がある。わたしがアシスタントだった頃は、何もないだだっ広い空間のど真ん中にデスクが二セット、どん、と置いてあって、わたしとクリスはその殺風景な室内で向かい合わせになって仕事をしていた。最初、業務を始めた頃はあまり仕事もなかったので、わたしはスマホなどいじくりながら、足を組んで文庫本を読むクリスを、なんの気なしに眺めていた。今となっては、ずいぶん昔の記憶のように感じる。

クリスと会うのか、わたし。

そう思うと、また足が重くなった。心の準備が整《ととの》わない。別に、会ったっていい。ちょっと顔を見せて、元気？　頑張ってる？　くらいの会話は問題なくできるだろう。でも、正直に言えば、わたしはまだ、クリスには会いたくない。自分の力で就職先を決めて、わたしも社会人としての一歩を踏《ふ》み出したんだよ、と、胸を張って言えるようになってから再会したかった。クリスは、わたしに会ったら当然のように聞くだろう。就職、決まった？　そのときわたしは、しょんぼりしながら、実はまだ決まってなくて、と答えなければならない。それが、なんだか情けなくて、気分が沈む。

「幸菜ちゃんさ、せっかくだから、お盆までこっちにいたら？」

「お盆――、って、まだ半月先ですけど」

「私は仕事で一回東京に戻るけど、夏祭りは見に来るし。クリスもなんか大変そうだから、幸菜ちゃんが手伝ってくれたら助かるんじゃないかな」

もちろん、給料は出せ、って言っとくよ、と、藤崎さんが大人っぽく微笑《ほほえ》む。

「わたしに手伝えることなんかありますかね」

「そりゃあるでしょ。ずっと一緒にやってたんだから。即戦力じゃない？」

「わたしは、大したこととしてなかったんですよ。なんか、自分も頑張ってる気になってましたけど、よくよく考えれば、クリスの後《うし》ろをついて回ってただけで。もうたぶん、新しいアシスタントさんもいると思いますし、わたし、別に何も役に立てないかな」

「そお？　そんなことないと思うけど。ここのところ、何度か、幸菜ちゃんがいればよかったのに、って言ってたよ」

「クリスが……、ですか？」

「うんそう。最近、うまくいかなかったことが結構多かったらしくて、落ち込んでるしね。案外、繊細《せんさい》さんだからね。幸菜《こうかい》ちゃんがいてくれたら、もしかしたら状況を変えられたんじゃないか、とか、わりと後悔してるみたいだったよ」

「そんな、わたしには、何も」

また、胸がぎゅっとなって、わたしは唇《くちびる》を強めに噛《か》む。気を抜いたら、涙が出てきそうだった。どこにでもいる、なんの技能も特技もない、いくらでも替えの利きそうな大学生でしかないわたしが、クリスの抱えた難題をどうにかする手伝いができたのだろうか。クリスは、本当に、そう思ってくれたのだろうか。わたしが何かしたことが商店街にいい風を吹き込んで、喜んでくれる人がいたのだろうか。胸の奥で、いろんな感情や言葉がぐるぐる駆け巡る。

去年の夏は、たぶん、楽しかった。東京とあおば市を毎週往復して、疲れてクリスの前で居眠りをしたことも一度二度じゃなかったし、悔しい思いもしたし、楽しいことばかりでもなかったけれど。でも、大変でしんどかったはずのあの日々が、今はなんだかいとおしくて、今、そこにいない自分が寂《さび》しかった。わたしがわたしとして働けた短い時間はとてもまぶしくて、そのまばゆさゆえに、わたしは今、就活難民になっていて、夏だというのにどこにも行けず、毎日鬱々《うつうつ》とした気持ちで過ごすはめになっている。

なんてことしてくれたの。

わたしの人生に意味を与えてくれてありがとう、という気持ちと、わたしがアシスタントを辞めて就活に専念すると言ったときに、引き留めもせずあっさりと承諾《しょうだく》したことへの恨《うら》みのような気持ち。頭の中で、すべてを知ったような顔をしているクリスが、ごめん、と言うように笑っていた。

もし、クリスが、また一緒に働いてほしい、と言ってくれたら。

きっと、お給料は期待できない。予算も限られている中で、アシスタントにはそうお金をかけられないだろう。たぶん、ボーナスも出ないし、福利厚生もいまいち。年間休日は、何日保証してもらえる？　有休は？　そもそも残業代は出る？　お正月に、実家に帰ることはできるだろうか。無理かもしれない。商店街で初売りなんかをやるなら、きっと忙しく過ごすことになるだろうから。わたしが内定辞退をした企業の待遇《たいぐう》とは、比ぶべくもない。第一、クリスの任期が終了した後はどうなるんだろう。わたしは解雇《かいこ》されて、また就業先を探すことになるんだろうか。そのとき、ここで働いた経験は、ちゃんとしたキャリアだと評価してもらえる？　お父さん、お母さんはなんて言うだろう。やめておきなさい、と言うだろうか。それとも、好きにしていいよ、と背中を押してくれるのか。まつりは？　まつりは、「マジで言ってる？　バカじゃないの？」「まつりがイケメンのとこ行けって言ったの本気にしたの？」などと、呆《あき》れるかもしれない。

――遅かったね。

わたしの頭の中のクリスが、いろんな雑音を打ち消すようにそう言って、また笑う。

やっぱりさ、幸菜はここにくる運命だったんじゃないかな。

アヤさんと再会したのも、運命的だな、とか思わない？

都合《つごう》のいい偶然、でもいいんだけど。

そんな、無責任に運命だなんて言わないで。ごく普通の人生を、ごく普通に生きてきたわたしの心をかき乱して、商店街のために都内での就職を蹴《け》って地方移住する、なんていう、わたしにとっては突拍子《とっぴょうし》もない選択をさせるように追い込まないでほしい。

「ね、きれいになったでしょ、事務所」

変な妄想《もうそう》をしている間に、いつの間にか、わたしはクリスの事務所のすぐ近くまで歩いてきていた。車の中で藤崎さんに聞いた話では、あの殺風景な事務所はまるっとリノベーションされて、「Ina-Link」というコミュニティスペース兼事務所に生まれ変わったのだそうだ。建物が見えてくると、えっ、と驚いた。古めかしくて殺風景だった建物は、二階までガラス張りの、モダンな雰囲気の建物に生まれ変わっていた。でも、決して場違《ばちが》いとか、浮いているような感じはなくて、商店街の風景に溶け込みながらも、そこだけ先に数年後の未来に行っているような、そんな印象を受けた。

「どう、私のデザイン。結構いい感じでしょ」

「いや、想像以上におしゃれで、びっくりしてます。なんか、すごいお金かかってそうですけど、大丈夫だったんですか」

「元の建物活かしでかなりコストカットしたから、たぶん千五百万くらいで収まったんじゃないかな」

　事務所は、市庁舎内に席を置くのではなく、商店街の中に拠点を置きたい、というクリスの希望によるものなので、市からは一切お金は出ない。クリスが、自身の報酬《ほうしゅう》からすべての費用を賄《まかな》っている。千五百万円ということは、昨年のクリスの一年分の報酬の半分以上を事務所の改修につぎこんだことになる。残ったお金から、事務所の家賃《やちん》を支払って、アシスタントのお給料を出したら、クリス自身の手元には、いくら残るのだろう。

　建物が近づいてくると、なぜか胸がどきどきと高鳴ってきた。緊張して、手に冷たい汗をかいている。最初に、クリスになんて言えばいいだろう。クリスは、なんて言うだろう。こんばんは、久しぶり、も他人行儀《ぎょうぎ》だし、ただいま、も、なんかこそばゆい。遅かったね、と言われて、ごめん、と謝るのもなんだか納得がいかない。

　ガラスで建物内が全部見えるようになっているせいで、室内の照明が「ゾンビロード」に溢れ出してきている。色温度の低い、オレンジみのある暖かい電球色の光。暗くて薄気味の悪かった「ゾンビロード」に差し込んだまばゆいばかりの光は、人の温《ぬく》もりのようにやわらかで、ここにおいで、と手招きされているような感じがする。

　アーケードの真ん中を貫く道の、事務所とは反対側寄りを歩きながら、わたしは、光の中に目をやった。ガラスの向こう側、驚くほどきれいになった事務所に、クリスの姿があった。当たり前だけれど、背格好は全然変わっていない。髪の毛が少し伸びて、前髪の分け方がちょっとだけ変わった。でも、クリスだということは、遠目にもわかる。

帽子を取った方がいいだろうか、ちょっと髪の毛を直せないか、などと考えながらキャップのつばに手をやったところで、わたしは足を止めた。クリスは、コーヒーか紅茶か、飲み物のカップを手にして、誰かと談笑していた。クリスを挟むように立っているのは、背がひょろっと高い男の人と、わたしと同年代か少し年下くらいの、元気そうな女子。おそらくは、わたしの後にクリスが採用した、アシスタントの人だろう。

わたしの、代《か》わりの。

何をしゃべっているのかはわからない。声が聞こえてくるわけでもないけれど、クリスはリラックスした表情で、楽しそうに見えた。あまり大笑いをしたり、テンションを上げたりはしないけれど、わたしには、クリスが楽しんでいるな、というときは、だいたいわかる。

そっか、と、わたしは肩の力を抜いた。どきどきと胸を打っていた心臓も、だんだん元の拍数に戻っていく。クリスは元気そうだ。藤崎さんが、落ち込んでる、なんて言うから心配したけれど、大丈夫。クリスは、わたしみたいにバランスを崩《くず》さない。新しいアシスタントを二名採用しているなら、きっと、予算もいっぱいいっぱいだろう。もう一人採用するなんて、たぶんできない。

「幸菜ちゃん、どうかした？　早く行こうよ」

ぴたりと足を止めたわたしを、藤崎さんが訝《いぶか》しげに見る。わたしはもう一度キャップを深く被りなおして、また下を見た。まぶしい光が、目に入ってこないように。

「藤崎さん、その、わたし、今日はやっぱり帰ります。祖父母の家には泊めてもらえることになったので、あんまり遅くなっちゃうのもあれかなって」

「え？　どういうこと？」

「クリスもまだ仕事中でしょうし、邪魔になる気がするから、また日を改めて」

「ねえ、ちょっと、どうしたの？」

わたしは、くるりと踵《きびす》を返して、元来た道を引き返そうとした。光に背を向けて、相変わらずさびれている「ゾンビロード」から、自分の世界へと。

クリスが元気そうでよかった。

でも、思っていた通り、ここにはもう、わたしの居場所はなかった。

ワン・サマー・ナイト

1

「そろそろ始めようぜ、クリス」

「あ、でも、陳《ちん》さんがまだ」

「まあ、そのうち来るだろうし、大丈夫だろ」

事務所の階段を半分まで下りてきた『稲荷町若梅《いなりまちわかうめ》』のヒサシさんが、そろそろミーティングを始めよう、と催促《さいそく》する。今日は、夏祭り実行委員会の会合だ。「Ina-Link」二階の多目的スペースには、一日の営業を終えたばかりにもかかわらず、店主のみなさんが集まってくれている。僕は手に持っていた紅茶を飲み干《ほ》すと、じゃあ、そろそろ始めましょうか、と伸びをした。ジョージさんにはもう少し手伝ってもらうけれど、みなみは終業で帰宅だ。遅いから気をつけて、と送り出す。

二階に上がると、実行委のいつものメンバーがデスクを囲むように座っていた。僕とヒサシさんがホワイトボード前に陣取る。記録係のジョージさんは、ノートパソコンを開き、ボイスレコーダーを準備していた。

夏祭り実行委員会は、商店街の若手店主が中心だ。実行委員長のヒサシさんこと安倍川《あべかわ》久《ひさし》さん以下、『トゥッティ・フラテッリ』の赤城《あかぎ》みどりさん、『花邑酒店《はなむらさけてん》』の花邑ご夫妻の長女で、お店の跡取《あとと》りである花邑かなえさん。到着が遅れているけれど、ほどなく来るであろう『三幸菜館《さんこうさいかん》』の陳さん劉《りゅう》さん。ニューカマーの『参六伍《さんろくご》』釜田《かまた》さんご夫妻。その他にも、稲荷町商店街では希少な三十代、四十代の店主数名と、最近、跡を継いだばかりの地元不動産屋さんや、竹熊《たけくま》神社の氏子総代の家の息子さんなど、総勢十五名で運営されている。

「じゃあ、陳さん劉さんがまだなんですが、すぐに来られると思いますので、ミーティングを始めたいと思います」

司会役はヒサシさん。僕は、ホワイトボードに報告事項、懸案《けんあん》事項などを書き出しながら、ヒサシさんのサポートをする。各メンバーは、自分が担当していた話がどうなったか、それぞれ順番に報告をしていくことになっている。例えば、盆踊《ぼんおど》り会場に設営するテントのレンタルについては、花邑かなえさんが町内会に貸し出しを掛け合ってくれることになっていた。結果はOKで、無償《むしょう》で貸し出しをしてもらえることになった。近隣《きんりん》の小中学校と連携《れんけい》して、子供たちに飾《かざ》り付けの手伝いをしてもらえないか、という件は、みどりさんが常連のママさんたちに話をして、学校と交渉を進めてもらっている。今はまだ調整中だ。他にも、神社に納める場所代の確認だとか、露店の地割《じわり》などなど、確認事項は目白押《めじろお》しだ。

僕がいつも驚くのは、商店街のみなさんの話から垣間《かいま》見える、地域の見えない繋がりの強さ、人と人とのネットワークの広さだ。何か懸案事項を上げると、必ず誰かが、「それは○○に話を通してみる」とか、「知り合いで、詳しい人がいる」といったように、解決できる誰か、を提案してくれる。友達の友達、とか、父親の麻雀《マージャン》仲間、とか、繋がり方も様々で面白い。先ほどのテントの話も、僕がレンタル業者を選定して予算を立てようとしたところに、かなえさんが、だったら町内会のを借りたらいい、と提案してくれたものだ。町内会長が中学の同級生の父親なんだそうだ。結果として、テントを貸し出してもらえただけではなく、町内会の人たちも夏祭りのお手伝いをしてくれることになった。中には、昔、竹熊神社の例大祭を仕切っていた経験のある人などもいて、まだノウハウのない僕たちに、協力を申し出てくれた。

今回の夏祭りは、二十年前まで毎年行われていた夏の「狐《きつね》祭り」をロールモデルにしつつ、来年、再来年と定期的に開催《かいさい》することを目標に企画されている。やって終わりのお祭りではなくて、ちゃんと収益を出して、持続可能な計画を策定する必要がある、というのが、アドバイザーとしての僕の見解だ。年初の「第一回・稲荷町グルメロード」とは、規模感も、必要な予算もかなり大きくなる以上、しっかり計画しなければならない。

竹熊神社をメインの盆踊り会場にして、櫓《やぐら》を設営。商店街、A街区・B街区は飾りつけを行い、ぼんぼりや提灯《ちょうちん》でライトアップする。使うぼんぼりや提灯は、一口からスポンサーを募《つの》って、社名などを入れて作ることにした。

商店街の飲食店は、食べ歩き可能なフードを用意して店前に展開する。ただ、以前よりも稼働《かどう》店舗が激減しているので、スペースを埋めるために、露店の出店でカバーすることになった。これがまたなかなか大変で、地域の露天商組合などに話を通す際には、バックに反社会的勢力がついていないかなど、事細かにチェックしなければならなかった。ほとんどの場合は問題ないけれど、露天商、的屋《テキや》といった商売は、伝統的に暴力団の資金源となることもあったからだ。僕が、あおば市と契約関係にある以上、反社勢力と関係を持つことは許されない。まちづくり振興課の井毛田《いけだ》課長からも、「暴力団は徹底《てってい》排除せよ」と、かなり強く言われている。もちろん、僕だけでは、どの団体と連携すればいいか、なんてわからなかった。人に相談して、知り合いから知り合いへと辿《たど》ってもらって、一つ一つ解決してきたのだ。

開催まで二週間あまりとなって、目下の問題は、地域への周知と、予算の確保だ。特に、予算についてはそこそこ苦戦している。

自治体の商店街イベント助成制度や、商工会議所の補助金など、使える公的補助ははすべて申請《しんせい》した。ジョージさんにクラウドファンディングのプロジェクトサイトを立ち上げてもらい、そちらも寄付額の目標達成まであと少しだ。僕は僕で市内を回って、協賛提案書を片手にスポンサー企業探しに奔走《ほんそう》。大半は門前払いだったけれど、何社かは、協賛企業として名乗りを上げてくれた。商工会議所の原《はら》会頭が口添《くちぞ》えをしてくれたところもあるようだ。そのうちの一つが、日比野《ひびの》記者のいるあおばタイムス社。それから、あのマリオさんも、スポンサードを申し出てくれた。

事前に想定したイベント予算の確保まで、あと一歩のところまで来ている。けれど、この「あと一歩」がなかなかに遠い。残り二週間で、どれだけ資金を集めることができるか。今日の一番の議題はそれだった。

「とはいえ、もうだいぶ集まってはいるんだろ？」

「今のところ、必要経費の九十パーセントくらいの予算は確保できています」

ヒサシさんが、うーん、と唸《うな》って、それくらいならさ、と切り出した。

「それなら、残りは商店街で負担できる範囲じゃねえか？　振興会の予算を振っておくとか、足《た》りない分を各店舗に均等に割って、負担してもらうとか。一店舗あたりにしたら、そこまで大きな金額になんねえだろ？」

「ヒサシさん、それはあまりおすすめしません」

「なんでだ？」

「商店街の各店舗からは、もうすでに負担金をお預かりしてるじゃないですか。その上で、さらに負担増になるのはみなさんへの負担が大きくなりすぎます。お金だけじゃなくて、こうして集会をしたり準備をしたり、労力も無償で提供してもらっているわけですし」

「そりゃそうだけど、まあ、祭りで人を呼び込めれば、当日の売り上げで負担分はペイできると思うんだけどな」

「売り上げは不確定要素ですから、最初からそこを当てにするのはよくありません。売り上げが負担と相殺《そうさい》されるのではなく、ちゃんとみなさんの利益にならないとイベントを打つ意味が薄れてしまいます」

「そういうもんか」

「久しぶりにお祭りがやれるなら多少の負担はしかたない、と、もし思っている方がいらっしゃったら、それは考え方を変えたほうがいいと思います。商店街を発展させていくには、これを毎年繰り返していかないといけないんです。負担を許容したまま続けようとしても、いつか息切れを起こして、祭り自体の質が下がります。そうなったら、お客さんは減ってしまいますし、売り上げも下がる。でも、定例化するとやめどきがわからなくなって、ジリ貧になっていきがちです。現に、以前の狐祭りが開催されなくなったのは、商店街のお店が減っているのに、最盛期と同等のお祭りをしようとし続けた結果、現役の店主さんたちに、金銭的、時間的な負担がかかりすぎてしまったからです」

商店街イベントは、商店街の振興策としては最も一般的なものかもしれない。補助金を出している自治体も多いし、やればある程度集客は見込めるからだ。ただ、商店街のイベントは、「集客が目的」ではない。集客は利益を上げるための手段であって、目的ではないからだ。でも、人が集まる、というわかりやすい成果にばかり注目してしまって、肝心《かんじん》の売り上げは上がらず、労力だけをかけてしまうところも多い。イベントの目的は、イベント自体で収益を上げることと、イベントで集客した人が商店街を認知して、継続的に訪れてくれるように、この商店街がどういうところか、どんなお店があるのかをアピールすることだ。

でも、イベントの収益頼りになると、日常の売り上げを上げることがおざなりになって、年一回だったイベントが、やがて、シーズンごとに一回、さらに月一回、二回、と、乱発されることになる。当然、一回ごとの集客は落ちていき、落ちた売り上げを補《おぎな》おうとして、さらにイベントの回数を増やしていかなければならなくなる。最終的には、イベント開催の負担に商店街自体が追いつかなくなって、疲弊《ひへい》してしまう。

商店主さんたちは、サービス業の性《さが》か、やはり、お客さんに満足してほしい、みんなに楽しんでもらいたい、というマインドが強い。でも、そうであればこそ、イベントは収益を上げなければいけないのだ。その収益をもとに各店舗や商店街自体のサービスをさらに向上させて、継続的に成長していかなければならない。収益が上がれば、出店したいという人も増えてきて、それがまた商店街の活力になる。商店街イベントは、地域住民に対する奉仕や、人集めではない。きっちりとした予算管理と、売り上げに直結する工夫《くふう》が必要になる。

「とはいえ、もう結構やることはやってきたと思うぜ？」

「そうですね。気になるところといえば、近隣住民の方からの寄付金があまり集まっていないところです。町内会で回覧を回してもらうだけじゃなくて、直接アプローチした方がいいかもしれないですね」

「一軒一軒、寄付を頼んで回る、ってことか」

「そうです。なんか、寄付しろっていう人が回ってるよ、って、近所でうわさが広がるだけでもお祭りの周知にはなりますし、やって無駄《むだ》ということはないと思います」

「商売やってる人間には、そんな暇《ひま》ねえよ」

「もちろん、そこは僕たちが動きます」

ジョージさんに目を向けると、無言でこくんとうなずいた。とはいえ、みなみはともかく、あまりフレンドリーな雰囲気のない男二人で回って、どれだけの人が心を開いてくれるかは未知数だ。僕も、マリオさんのように陽気スイッチを入れられる人間だったらよかったのだけれど。

なかなか厳しそうだな、という空気に場が重くなる。でも、僕はもう、『弓張月《ゆみはりづき》』や『CAFE ERA《カフェエラ》』のような失敗をするわけにはいかなかった。なんとしても、夏祭りを成功させなければ、任期までの目標達成が難しくなる。必死に脳を回転させて、どうすればいいか考えるしかない。

「クリスさん！　ちょっと！　大変！」

事務所の一階から、興奮したような声が聞こえてきた。あれ、陳さんかな、と思って階段に目をやる。すぐに血相《けっそう》を変えた陳さんが上がってきて、身振り手振りで、大変、を伝えようとした。何事かと思って腰を浮かせると、陳さんが、階段下に向かって、何してるの、早く来て、と大声で声をかけた。

陳さんの声に呼応するように、階段を誰かが上ってくる音が聞こえる。陳さんが一旦階段を下りて、また姿を現した。陳さんの後に、帽子を深く被《かぶ》った女性が続いて上がってくる。あれ、劉さんかな、雰囲気がいつもと違う、と思った瞬間、僕の背中に、ぞわっと鳥肌が立った。

「幸菜《ゆきな》サンですよ！」

陳さんに手を引っ張られ、劉さんに背中を押されながら二階に上がってきた幸菜は、困惑した様子で被っていたキャップを取り、ペコペコと頭を下げながら、「みなさん、お久しぶりです」と挨拶《あいさつ》をした。それまで重かった場の空気が、わっとほぐれる。幸菜を知らない釜田さん夫婦とジョージさんだけはきょとんとしていたけれど、その他のメンツは幸菜と面識《めんしき》がある。急に現れたかつての「戦友」に、みんな驚いて立ち上がった。

「ウチのお店を出たら、外に幸菜サン立ってたんですヨ！　吃驚《びっくり》しました！」

興奮気味の劉さんは幸菜の背中に抱きつき、みどりさん、かなえさんも、幸菜の手を取る。ヒサシさんも席を立って、おお、と声を上げた。

「幸菜？」

「あ、クリス、お久しぶり……、です」

「どう……、したの？　あ、もう夏休みか。就職、決まった？」

「いやその、それが、まだ決まってないんだけど」

うちで働けばいいよ！　と、ヒサシさんが野次《やじ》を飛ばして笑う。冗談《じょうだん》のように言っているけれど、案外本気かもしれない。幸菜が商品開発にかかわった錦玉羹《きんぎょくかん》が大ヒットして、今、商店街で一番勢いがあるのが、『稲荷町若梅』だからだ。売り上げの減少で、もうあと何年かでお店が維持《いじ》できなくなる、という状況から反転して、「ゾンビロード」で行列を作るまでに業績を回復させたのは、幸菜のアドバイスからだった。ヒサシさんとしては、また幸菜と組んで新商品の企画をやりたいところだろう。

「その、今日、偶然家の近くで藤崎さんとお会いして」

幸菜が目を泳がせながら、階段を見る。いつの間にかアヤさんが上がってきていて、壁に寄りかかって悪戯《いたずら》っぽい笑みを浮かべていた。

「へえ、偶然《ぐうぜん》」

「そのまま、ここまで来ることに」

話を聞いて、僕は思わず苦笑した。半ば拉致《らち》だな、と思いつつ、アヤさんに視線を向けた。果たして、アヤさんに幸菜の家がある辺《あた》りに行くような用事があるだろうか。その上、外出した幸菜が帰ってくるタイミングでたまたま駅前にいる、なんて偶然があったら、それは「奇跡」とか「運命」と呼べるくらいの確率だろう。

そんな、都合《つごう》のいい偶然、あるかな。

運命か偶然かはわからないけれど、そういえば最近、アヤさんに「幸菜はどこに住んでいるのか」とか「SNSのアカウントを知っているか」みたいなことを聞かれたな、と、思い出した。

「幸菜ちゃんさ、夏祭り手伝ってくれるってよ。よかったね、クリス」

「え、いや、藤崎さん！」

一斉《いっせい》に拍手《はくしゅ》が起こって、幸菜が目を白黒させながらおろおろと左右を見る。リアクションからして、アヤさんが勝手に言っているのだろう。でも、幸菜には申し訳ないけれど、僕はアヤさんからのパスを受け取ることにした。

——今、必要なんだ、幸菜の力が。

「それは助かるよ。ちょうど、幸菜に任せたい仕事があって」

「いや、ちょっ、クリス、ねえ」

「この辺りの家を回って、夏祭りの寄付金をお願いする仕事なんだけどさ」

「え、待って、また真夏の住宅街を歩き回るの？」

2

遠くから聞こえてくる太鼓《たいこ》と笛の音が、とても心地いい。夏祭りの日は、なんだか特別だ。顔を上げて、外を見る。時刻は、もうすぐ午後九時。遅い時間になってきているのに、提灯の淡い光が照らす道を、一人、また一人と、人が流れていく。ここに事務所を構えて一年以上経つけれど、ガラス越しに見える夜の「ゾンビロード」がこんなに明るいのも、そして、こんなにたくさんの人が歩いているのを見るのも、初めてのことだった。

光というのは、不思議だな、と思う。

普段、夜の稲荷町商店街は、白っぽい光を放つ小さな照明で照らされているだけだ。それも限界まで間引かれているから、とにかく暗い。「ゾンビロード」と呼ばれるのもわかる、という雰囲気だ。でも、そこに光が集まってくると、街が呼吸をしているように見える。生きている街には、自然と人が集まってくるものだ。今日のこの光景を見て、「ゾンビロード」と笑う人はいないだろう。ほら、ゾンビなんかじゃない。ここは生きているんですよ。僕は、胸を張ってそう言って回りたい気分だ。

「まだお仕事ですか」

事務所の入口を開けて入ってきたのは、ジョージさんだった。甚平姿《じんべい》で、なんだかいつもとは違った雰囲気に見えるけれど、手にはしっかり動画撮影用のカメラを携《たずさ》えている。

「外、賑《にぎ》わってますよ。瀧山《たきやま》さんも見てきたらどうですか」

「あ、ありがとうございます。じゃあ、これだけ片づけたら」

僕がパソコンのディスプレイを指さすと、ジョージさんはこくんとうなずき、事務所から出て、カメラを構えながら歩いて行った。僕は作っていた文書の印刷ボタンを押してプリントアウトすると、用意しておいた封筒に折りたたんで入れた。とりあえず、今日の仕事は、これで一段落だ。

昨日までは、怒濤《どとう》のような毎日だった。予算管理、会場設営、商店街の飾りつけ。地元情報誌の取材対応に、協賛企業との打ち合わせ。寝る間もなく目まぐるしい日々を過ごしたけれど、それが今日、ようやく形になって報《むく》われた。早朝から露店の設営状況を確認して、各店舗のお手伝いに駆け回って、準備が完了したのがお昼過ぎだ。そこから急いで自室に戻ってシャワーを浴び、浴衣《ゆかた》に着替えて戻ってきた。今日は、商店街のみなさんも、めいめい浴衣などを着て、夏祭りを演出することになっている。

準備を終えたお店が動き始める頃、商店街にもぽつぽつと人が増えてきた。普段、商店街の中では会うことのない中高生たちや、家族連れ。麻《あさ》の夏着物を着たご老人に、浴衣姿の若い女性の集団。午後五時、神社に組まれた櫓の上の太鼓が轟《とどろ》きだすと、人の流れの勢いがさらに増した。一体どれくらいの人が来てくれているのだろう。今日は、商工会議所から委託《いたく》されている業者さんが、人流調査も行っている。結果は、振興会にもフィードバックされることになっているので、僕もそのうち確認できるだろう。

文書を入れた封筒を信玄袋《しんげんぶくろ》に収めて、僕は事務所の外に出た。向かいの『三幸菜館』の前では、劉さんとアルバイトの女性が、よく通る声を張り上げて、パック詰めのチャーハンや餃子《ぎょうざ》を売っている。店前には「超激辛麻婆豆腐《マーボーどうふ》」の立て看板《かんばん》を思い切り立てていて、お客さんを店内に誘導していた。僕が見ている間も、笑ってしまうほど顔を真っ赤にして汗を滴《したた》らせた人が、お店から出てくる。

アーケードを歩き出すと、よりくっきりと太鼓の音が聞こえてくる。曲名は知らないけれど、どこかで聞いたことのある曲。アーケード入口では、アルバイトの人が「狐祭り」にちなんだオリジナルの狐のお面を無料で配布している。チラシや掲示などで配布を周知したので、子供連れやカップルがお面を求めてやってきているようだ。お祭り会場を、狐で埋め尽《つ》くして盛り上げよう、という意図が一つ。もう一つは、夏祭りに来たお客さんを、商店街の中に誘導するためだ。アーケード入口をくぐったお客さんは、ほぼ確実に、商店街を抜けて神社へと向かう。その人の流れを、僕は作りたかった。

お客さんの流れに乗って、昔ながらの露店が並んだアーケード街を進む。ソースの焦《こ》げるいい匂いに、キラキラ光るおもちゃ。いい意味で昭和っぽい露店の雰囲気が、商店街の空気にはとても合う。僕も昭和の時代は知らない世代だけれど、それでも、懐かしさを感じる光景だ。なぜだろう。両親から受け継いだ遺伝子がノスタルジーを感じるのだろうか。

B街区奥の噴水広場は、年初のイベント以来久しぶりに噴水が稼働しているせいもあって、噴水を取り囲むように人だかりができている。みなみのアイデアで噴水の池にたくさんのLEDライトを浮かべていて、その前で写真を撮っている若い人がたくさんいるのだ。いい写真を撮って、SNSに上げてもらえたら、今からでも来てくれる人がいるかもしれない。

噴水広場を曲がってA街区に入ると、また雰囲気が変わる。A街区は竹熊稲荷神社へ続く参道だ。そういう雰囲気を出せるように、通りには、神社に向かってずらりと行燈《あんどん》を並べた。道沿いのお店は、路上に長机を置いて商品を売っている。少し面倒だけれど、僕は「会計は店内でするように」と、みなさんにお願いした。その場で代金をもらうだけでは、露店とあまり変わりない。店の中に入ってみる経験をしてもらえれば、こんないい店があるんだ、と知ってもらえるし、次に入店するときのハードルを下げることができる。

『トゥッティ・フラテッリ』では、「セミフレッド」という、半凍結状態のアイスケーキを販売。今日はアヤさんがお店の手伝いに入っていて、男性客を強烈に引っ張っているようだ。『参六伍』は、冷たい「ぶっかけうどん」を店頭で出している。うどんはやわめ、のあおば市民にも冷たい讃岐《さぬき》うどんは好評らしく、製麺室では、サブローさんが追加の麺を打っていた。『鮨《すし》けい』は、「第一回・稲荷町グルメロード」で好評だったいなり寿司《ずし》と、お店の売りのサーモンを使った海苔《のり》巻きをセットにした助六《すけろく》寿司。『稲荷町若梅』も、水まんじゅうやカップ入りの葛《くず》切りを。『花邑酒店』は、地元の酒造メーカーの人を呼んで、日本酒の試飲会をやっていた。みんな趣向《しゅこう》を凝《こ》らして、お客さんにお店の魅力《みりょく》を伝えようと頑張ってくれている。

神社の鳥居の近くまでやってくると、驚くほどの大行列ができている。行列の先にあるのは、『福田《ふくだ》とうふ店』だ。二十年ぶりに復活した、名物の「きつね」。揚《あ》げたての大判油揚げは、見た目にも迫力があって、訴求力が抜群だ。四角い発泡スチロールのトレイにのった巨大油揚げに、醤油《しょうゆ》や七味、しょうがにマヨネーズといったトッピングをめいめい施《ほどこ》し、口に割りばしを咥《くわ》えて神社に向かっていく人がたくさんいた。

ふと、列の中に、見知った顔があることに気がつく。着物姿で、あまりにもイメージが違うので一瞬気がつかなかったが、『カルペ・ディエム』のマスターと、『追憶《ついおく》』の早矢香《さやか》「元」ママだ。喫茶店の営業を終えて、二人で連れ立ってきたのだろうか。声をかけるのはさすがに野暮《やぼ》、というのは僕でもわかる。そっと視線を外して、鳥居に向かった。

神社の境内には、二段組の櫓。四方から吊られた提灯の灯が交差して、ひときわ明るい。二段目には、大きな和太鼓。叩いているのは、近隣に住む一般のお年寄りだ。昔取った杵《きね》柄《づか》、ならぬ太鼓バチを手に、ねじり鉢巻《はちま》きに法被《はっぴ》というお祭りスタイルで、勇壮に、どんどん、という低音を響かせている。みんなきっと、こういう場を求めていたんだろう。老若男女が、同じ音楽に合わせて櫓の周りをくるくる回っている。くせの強い踊り方のおじさん。日本舞踊《ぶよう》の経験がありそうな、華麗《かれい》な舞を見せるおばあさん。櫓の下段では、ギャル全開のアレンジ浴衣を着こなしたみなみと友達数人が、ご老人たちに踊り方を教わっている。「盆踊りとかダッサ」「DJ呼ぼう」などと言っていたわりには、楽しそうに見える。

いつも閑散《かんさん》とした「ゾンビロード」に、溢れんばかりの音楽、光、人の声。夏の夜というのは、どうしてこんなにも特別なのだろう。にぎやかで、楽しくて、そして儚《はかな》い。一夜明ければ、また人通りのない「ゾンビロード」がそこにあるのかもしれない。でも、確実に、小さな明かりは灯《とも》したはずだ。明日から僕は、その小さな明かりを絶《た》やさずに、大きく育てていこう、と気を引き締める。目の前の光景は夢のように美しいけれど、夏の夜の夢で終わらせるわけにはいかない。

でも、今は少し、この夢に浸《ひた》らせてもらおう。

盆踊りの光の輪から少し離れた場所、境内の端にある石のベンチの近くに、探し人がいた。僕が、「幸菜」と声をかけると、こちらに向き直って、ちょこんと胸の下あたりで手を振る。幸菜には、『参六伍』の手伝いをまかせていたのだけれど、そろそろお店も落ち着いてくる時間になったこともあって、事務所を出るときに、「少し話があるので」とメッセージを送って、ここに来てもらっていたのだ。

「ごめん、遅くなった」

幸菜もまた、今日はいつもと雰囲気が違う。淡い色合いの朝顔《あさがお》の浴衣を着て、手には小さな巾着袋《きんちゃくぶくろ》を提《さ》げている。浴衣のせいか、いつもよりも所作が丁寧《ていねい》で小さい。普段は下ろしている髪の毛は後ろで結い上げられていて、頭の上には、ちょこんと狐面が載っかっていた。

「浴衣、似合ってる」

「ありがとう。おばあちゃんのを借りてきたんだけどね、これ」

「でも、こう見ると、ずいぶん焼けたね」

幸菜が、やめて、と言いながら、あらわにしたうなじに手をやる。

「クリスのせいでしょ。また、真夏にあちこち歩き回らせてさ。日焼け止めが、自分の無力さに泣きだすレベル」

「おかげで、寄付金の目標額達成できたからね」

「休み明けに面接にいったら、こいつは就職も決まってないのに夏をエンジョイしてたんだな、って勘違いされて、落とされそうだよ」

「それは、ごめん」

二週間分の給料は今月中に振り込みます、と言うと、幸菜は、ちょっと足しといてくれてもいいよ、と笑った。

「で、話、って何？　今の、お給料の振り込みの話？」

「それもある。あと……、今、面接の話も出たけど、幸菜はこれから、就活はどうしていくつもりでいる？」

「えー、その話、ここでする？」

うんざり、と言うように、幸菜が下唇を突き出していやそうな顔をする。

「一応、聞いておきたくて」

「正直、自分でも整理がついてなくて」

「整理？」

「ほんとうは、内定、一社からもらってたんだ。でも、辞退しちゃって」

「どうして？」

「どうしてだろうね」

「自分のことだけど」

「自分のことが一番わかんないんだよ、わたし」

幸菜の横に並んで、一緒に光の輪に向かう。揺れる光が、幸菜の横顔を暗闇《くらやみ》から浮かび上がらせていた。この方が、表情がよく見えるな、と思う。

「あんまりぴんと来ない仕事だった？」

「そうかな。でもさ、普通の仕事なんだよ。待遇《たいぐう》もしっかりしてたし、わたしにしては上《じょう》出来《でき》、くらいの。なのに、物足りないって思っちゃって、わけわからなくなって、気がついたら辞退メールを送ってた。それって、ここの仕事が、わたしには刺激強すぎだったからだと思う」

「そんなに、炎天下に外回りするのが楽しかった？」

「言っとくけど、真夏に外を歩き回るのは好きじゃないから。でも、そうやって頑張った結果が目に見えてわかっちゃうと、もうやりたくない、って言えなくなる、ちょっと困った脳にされた気がする」

「僕のせいか」

「クリスのせいだよ、間違いなく」

幸菜が僕を見上げて、鼻の頭にしわを寄せる。

「だとしたら、僕に責任があるかな」

「そうだよ。責任取ってほしい」

「じゃあ、弊社《へいしゃ》の採用面接を受けてみる、というのはどう？」

「弊社……、って、スリーハピネスの？」

株式会社スリーハピネス。僕が稲荷町商店街のアドバイザー契約を市と結ぶことを前提に、いろいろ手続きをやりやすくするために作った会社だ。現時点で、正社員数はゼロ。契約社員のジョージさんと、アルバイトのみなみがいるだけだ。

「そう。ご迷惑をおかけしたようだし、アシスタントをやってもらった実績もあるので、特別に書類選考はパスで」

「社員雇《やと》う余裕、ある？　わたしが就職決まってないからって、お情けみたいなこと考えてない？」

「いや、実は、来年度からビジネスを始めようと思って」

「ビジネス？」

「そう。やってみて痛感したんだけど、僕はたぶんアドバイザーのままじゃダメなんだ」

「どういうことだろう」

「この商店街を立て直すには、僕も商店街の一員にならないといけないんだ。それではじめて、商店街の人たちと対等に話ができる。部外者のままでいても、どうしても伝わらないことがあるから」

「クリスが、商店街にお店を出すってこと？」

「そうだね。今、事業計画書を作ってるんだけど、たぶん今より人手が必要になるな、っていうのが見えてる。だから、若干名《じゃっかんめい》の社員を募集しようと思ってるんだよ」

「若干名」

「一名は、ジョージさんを正社員登用するつもりでいるから、枠《わく》はあと一か二だね」

　幸菜が、少し不安そうに僕を見る。困惑させたかな、と思ったけれど、幸菜は「それは無理」とは言わなかった。

「わたし、で、できる仕事なのかな」

「僕にもできる仕事なのかわかってないから、一緒に汗をかいてくれる人を探してる」

汗をかく、は、比喩《ひゆ》ね、と付け足すと、幸菜は、ならよかった、とばかり、苦笑した。

「その、採用面接は、いつなの？　あおば市内でやる？」

僕は少し下がって石のベンチに座ると、隣のスペースを手で叩いた。

「今から」

少し間をおいて、幸菜がふっと息を吐き、僕の隣に座った。視線は前に向けたまま、

「御名掛《みなかけ》幸菜と申します。よろしくお願いします」と頭を下げる。僕も、同じように、よろしくお願いします、と一礼する。誰も気にかけないであろう夏祭り会場の端っこで、採用面接は始まった。

「まずは、自分の長所、短所を教えてください」

「え、ほんとにそこから？」

「面接だからね」

幸菜が、かなり控《ひか》えめに自分の長所を語り、かなり自虐《じぎゃく》的に自分の短所を語る。次に、

「学校生活で力を入れたこと」を聞くと、「日焼け防止」という答えが返ってきて笑った。

「逆に、質問はありますか」

「待遇について教えてください」

僕は正直に、現時点での見通しからはじき出した社員待遇を説明する。おそらく、東京と地方都市という差を勘案したとしても、幸菜が辞退したという会社には遠く及《およ》ばない数

字だろう。幸菜は、そうだろうね、という感じで、ため息をついた。

「もちろん、業績が上がれば、都度《つど》昇給はするし、ボーナスも出すよ」

「勤務時間は？」

「九時五時じゃないことは確か」

自分で聞いておいて、幸菜は、知ってた、と、またため息をついた。

「最後に聞いてもいい？」

「なんでも」

「人と人とを繋いでいく、そういうやりがいのある仕事を、また任せてもらえますか」

それまで前を向いていた幸菜が、僕に目を向ける。いつになく真剣なまなざしだ。経営者として社員を採用するということは、その人の人生の一部を背負《せお》うということだ。僕は、幸菜の生活を守っていく覚悟《かくご》をしなければならない。スリーハピネスに入って、本当によかった。そう思ってもらえるようにする責務が、僕に課せられることになる。

「たぶん、そういう仕事になると思う。なにしろ、社長にできることがそれしかないので」

幸菜はふっと笑うと、質問は以上です、と笑った。

「どうかな、採用したいと思ってもらえるのかな」

「長所短所は、もう少し自信持った方がいいんじゃないかな」

「それ、就活前の模擬面《もぎめん》でも言われたんだ」

「自己ＰＲは、盛るぐらいでいいんだよ」

「じゃあ、不採用、かな」

僕は、腰の信玄袋から封筒を取り出し、はい、と幸菜に手渡す。なにこれ、と、訝《いぶか》しみながら、幸菜が封筒を開けた。提灯の光がここまで届いていて、薄暗いけれど字は読めるだろう。

「内定……、通知書？」

「厳正なる選考の結果、採用することを決定しました」

「本気で言ってる？」

「ちゃんと正式な文書だよ。さっき作ったんだけど」

通知書には、「株式会社スリーハピネス代表　クリストファー・ロード・瀧山」という僕のフルネームの記載と、社印を押印してある。内定通知をもって成立した労働契約には、法的な効力が発生する。正式に出した以上、僕は正当な理由なしに、内定を取り消すことはできなくなる。幸菜が承諾すれば、採用が決まる。

何度か、目でなぞるように通知書を読むと、幸菜の顔が、ぎゅっと固まったように見えた。ほんの少し、目が潤《うる》んでいる。誰しもが通る道とはいえ、就活では辛い思いもしたのだろう。自分がやりたい、という仕事があっても、企業側から、お前などいらない、と言われ続ける。小さなプライドを折られ、自信を失いながらもリクルートスーツを着て歩き続け、迷い、悩んで、自分の道を決めなければならない。それは、思ってる以上に、自分の心を削る。

「いつまでに、返事を、すればいいのかな」

「いつでも、と言いたいところなんだけど、できたら、今月中にもらえると助かるかな」

わかりました、と、幸菜は内定通知書をきれいに畳《たた》んで、巾着袋の中にしまった。目頭をちょっとだけ押さえた幸菜が顔を上げたのとほぼ同時に、空がぱっと明るくなって、どん、という音がした。

「わ、すごい、花火だ」

二人で立ち上がって、空を見上げる。夏の夜の夢物語も、ついにフィナーレだ。踊りを踊っていた人たちも、みんな動きを止めて、夜空に咲く大輪の花に目を奪《うば》われていた。

「なんかさ、不思議だよ」

「不思議？」

「ちょっと前までは、東京から出て地方で働こうなんて、頭の片隅《かたすみ》にもなくて。でも、たまたまクリスと出会って、この商店街に来て。でも、また東京で前までの人生に戻ったつもりだったのに、今度は偶然、藤崎さんと会って。なんか、そんなわけない、と思っていても、運命ってあるのかなって思いそうになるよ」

運命か、と、僕はかすかに笑う。運命というほど、都合のいい偶然ばかりで幸菜がここにいるわけではなさそうだけれど、いくつかは、まぎれもなく運命的な偶然もあった。フィクションなんかでは、「そんな都合のいい偶然が起きるわけない」と笑われそうなことが現実にはいくつも起きていて、そういう偶然の出会いこそが人を繋げ、やがて奇跡を起こす。すべてが理屈《りくつ》と計算で動くのなら、商店街を立て直すこともきっと簡単だ。でも、そうはいかないからこそ、幸菜の、人と人の間にするりと入っていく力が、この商店街では必要になる。企業の面接では評価されないだろうけれど、それは紛《まぎ》れもなく、彼女の稀《け》有《う》な才能に他ならない。僕の会社には、ぜひとも欲しい人材だ。

「ねえ、ちょっと、クリス？」

「ん？」

「花火、すごすぎない？　これ、何発上がるの？」

「一千発」

「え、うそ、そんなに？」

「来年、数を減らしたら、しょぼくなった、って言われちゃうし、頑張らないとだなあ」

夏祭りの最後を彩《いろど》る花火は、当初二百発で考えていた。けれど、一週間ほど前に、匿名《とくめい》の市民から、大口の寄付があった。額は、六百九十六万六千円。不足していた予算を埋めてもおつりがくるほどで、その分、祭りのあちこちに予算をさらに振ることができた。花火もそうだし、狐面もそうだ。

「ねえ、幸菜」

「ん？」

「みなみと寄付金のお願いに回ってたときに、ロックなおじいさん、いなかった？」

「え、あ、いたよ。すごい大きい家があったから、みなみちゃんが、ここは絶対お金持ちが住んでる、って言って。そこに、ロックなおじいさんいたね。知ってる人？」

「いや、まあ、うん」

やっぱり、と、僕はうなずく。どういう会話をしたのかはわからないけれど、幸菜はロックおじさんの心にも、するりと入っていったに違いない。寄付金の「６９６６《ロックンロール》」は、その証《あかし》だ。

「花火、久しぶりに見たよ。やっぱり、きれいだよね」

「この花火は、幸菜のおかげだよ」

え？　聞こえなかった、と、幸菜は僕の言葉を軽く聞き流し、夜空を見上げながら、楽しそうに笑った。この夏の夜の光景は、僕の心に、きっと一生残るだろう。

「花火、終わったら、最後に〝きつね〟でも食べに行こうか」

「あ、福田会長のところの。あれ、すごい食べたかった！　わたし！」

就職難民ガール（5）

暑い。東京の夏は暑すぎるよ。

冷凍庫にあったアイスをかじりながらキッチンを出ると、仕事がお休みで家にいるお母さんが、「それにしても、すごい日焼けしたわね！」と大笑いする。やめて、言わないで、とぼやきながら、わたしは逃げるように階段を上って、二階の自分の部屋に駆け込んだ。

稲荷町《いなりまち》商店街の「狐《きつね》祭り」から一週間。東京の日常に戻ってきたわたしを待っていたのは、毎年言われている気がする、「～年に一度の猛暑」だった。暑さにやられてふらふらしながら、わたしは行儀《ぎょうぎ》悪く、アイスを咥《くわ》えたまま自分のベッドに転がる。

あの夏の夜の出来事は、本当に現実だったのかな、と、セミの声に包まれた部屋で、わたしはため息をつく。わたしの知るさびれた「ゾンビロード」にあふれかえった人の波。にぎやかな盆踊《ぼんおど》りの音。そして、ほぼ真下から見上げた、一千発の花火。全部が非日常的すぎて、現実味がない。光に照らされた、クリスの横顔。見慣れていると麻痺《まひ》してくるけれど、目鼻立ちが整っていて、夏の夜に映《は》えていた。やっぱりイケメンなんだなー、と、クリスを思い出していると、しだいに、それが帰りにクリスと食べた、『福田《ふくだ》とうふ店』

の「きつね」に埋《う》め尽《つ》くされていく。

花火の後、わたしとクリスが『福田とうふ店』に行ったときには、「きつね」もすでに品切れ間際《まぎわ》だった。ぎりぎりのところで手に入れた子供の顔サイズくらいある油揚《あぶらあ》げは、これはもはや厚揚げなのではないか？　と思うほどだけれど、箸《はし》でつつくとふわっふわの感触に驚く。福田会長が、箸で切らず、豪快に端っこからかぶりつくのがお作法、と言うので、その通りに食べてみたのだけれど、これがまた外側がかりっかりのさっくさく食感で、震えるほどアツアツだった。内側は、濃い豆の香りがぷんとする、しっかりした豆腐の味。ちょびっと垂らした醤油《しょうゆ》が香ばしくて、行列ができるのもわかる、という逸品《いっぴん》だった。これが二十年も封印されていたのかと思うと、なんてもったいない、と思う。来年も、再来年も、「きつね」が食べられたらいいのに。

そうだ、わたしは、あの「きつね」がもう一度食べたい。

残りのアイスを全部口に入れて、棒をゴミ箱に捨てると、わたしは自分のデスクにちょこんと載っかっているノートパソコンを開いた。大学入学の時に買ってもらって、三年半。最近は、ちょっと不機嫌《ふきげん》な音を立てるようになってきた。もう少し、せめてわたしが卒業するまで頑張って、と、パソコンをさわさわ撫《な》でる。

画面が立ち上がってくると、つい惰性《だせい》で、就活サイトを開いてチェックする。秋採用の求人や、説明会の案内などが届いている。ざっと目を通した後、わたしはメールソフトを開いた。下書きフォルダを参照して、昨日書いたままになっている未送信メールを開いた。

あて名は、「株式会社スリーハピネス代表殿」。

件名は、「先日はありがとうございました」だ。

メール本文には、添付《てんぷ》ファイルがついている。ファイルを開いて、文面をもう一度確認した。インターネットから拾ってきた、やや堅苦《かたくる》しい文章がつづられている。私、御名掛《みなかけ》幸菜《ゆきな》は、貴社の採用内定を謹《つつし》んで承諾《しょうだく》いたします——。

「これでいいのかな、わたし」

どの道を選べば、どんな未来が待っているのか、わたしにはわからない。わからな過ぎて、思わず独り言《ひとりごと》も出た。わたしというか、みんなわからずに道を選んでいるんだろう。

道の先に未来は見えないけれど、ちらっと見えるものがある。「希望」だ。自分の進むべき道なんてどうやってもわからないから、一番わくわくする「希望」がちらちら見える道を選ぶことにした。わたしは、来年もあの「きつね」が食べたい。外カリ中フワで、大豆のいい香りがぷんぷんするおいしいやつ。

できればまた、クリスも一緒に。

送信ボタンをクリックすると、「内定承諾書.doc」という添付ファイルをくっつけたメールが、インターネットの大海へと放流された。時間とか空間とかをあっという間に飛び越えて、メールはもう、クリスの手元に届いてしまっているだろう。あー、もう、やっちまった。後戻りできないよ、と、ぶつぶつ言いながら、再びベッドの上に大の字になった。天井《てんじょう》を見上げながら深呼吸をすると、またわたしの口から、独り言が飛び出していく。

これでいいんだよ、わたし。

本書はハルキ文庫の書き下ろしです。
本作品はフィクションであり、登場する人物、団体名など
架空のものであり、現実のものとは関係ありません。

Haruki Bunko
ハルキ文庫
ゆ 7-2

稲荷町《いなりまち》グルメロード❷ Summer has come

著者 行成 薫《ゆきなり かおる》

2022年 2月18日第一刷発行

発行者 角川春樹

発行所 株式会社角川春樹事務所
〒102-0074 東京都千代田区九段南2-1-30 イタリア文化会館

電話 03 (3263) 5247 (編集)
03 (3263) 5881 (営業)

印刷・製本 中央精版印刷株式会社

フォーマット・デザイン 芦澤泰偉
表紙イラストレーション 門坂 流

ISBN978-4-7584-4463-7 C0193 ©2022 Yukinari Kaoru Printed in Japan
http://www.kadokawaharuki.co.jp/ [営業]
fanmail@kadokawaharuki.co.jp [編集] ご意見・ご感想をお寄せください。

行成　薫の本

稲荷町グルメロード

「報酬・年額二千五百万円」「求む！　若き感性！」十八歳以上なら大学生でも応募できるという市の「アドバイザー」契約。金に釣られ応募した大学生・御名掛幸菜が目にしたのは「ゾンビロード」とまで呼ばれる寂れた商店街だった！　そのアドバイザーに選ばれた謎多き青年・瀧山クリスと共に、この街にグルメで元気を取り戻すべく、幸菜が奔走する！　コーヒー、和菓子、寿司、中華——美食礼賛の口福ドラマが開幕します！